文春文庫

始皇帝

中華帝国の開祖

安能務

文藝春秋

始皇帝

中華帝国の開祖　目次

始皇帝

中華帝国の開祖

威風凜冽

いふうりんれつ

邯鄲《かんたん》の夢

晴天霹靂《せいてんのへきれき》――という熟語は、日本の漢和辞典にはあるが、中国の古い辞書にはない。晴れ渡った大空に、いきなり耳をつん裂く烈しい雷（霹靂）が落ちたら、日本人はびっくり仰天するが、それしきの異変では、中国人は驚かない――からであろうか？

なるほど、そう言えば中国には「霹靂引《へきれきいん》」という琴の名曲がある。

――その昔（春秋戦国時代）長江流域を支配していた楚国に、謝希逸《しゃきいつ》と呼ばれた琴の名手がいた。彼は弾奏の妙手でもあったが、作曲の天分にも恵まれている。

一日《いちじつ》、彼は景勝の地「雷沢《らいたく》」を訪れた。そこには名高い渓谷があって、山頂の奇岩から滝が落ちている。その水音の聴こえる幽谷に小屋をかけると、彼は坐して琴の弦を抓《つま》みながら、曲を捻《ひね》った。

空は真っ蒼で、見渡す限り雲はない。が突如として、何の前触れもなく耳を掩う霹靂が炸裂した。しかし謝希逸は少しも騒がず、眉一つ動かさない。顔の色も変えず、手も休めずに、そのまま曲を作り続けた。驚くどころか、谷に谺《こだま》する霹靂の音を、がっちりと曲に取り入れる。そして素晴しい曲を作り上げた——それによって、その曲は「霹靂引」と名付けられた、という。

そういうことで、古来、中国の人々は「晴天の霹靂」程度の異変には仰天しなかった。それは一般に、彼らが泰然自若として物に動じないからでもあろう。だが必ずしも、恐るべき胆力を備えていたからではなかった。なんのことはない。晴天霹靂などでは及びもつかない「驚天動地」な異変——人間とともに天地も「驚動」する破天荒な災異、例えば千里四方が忽ちにして水中に没する黄河の大氾濫や、百里四方のありとあらゆる作物や草木を一瞬にして食い尽す蝗群《こうぐん》の襲来を、経験しているからである。

そういうわけで中国人は、ちょっとやそっとの「天変地異」では動じなかった。もちろん、人為的な政治社会の異変についても同様である。

西紀前七七一年に、孔子が「理想の王朝」と景仰《けいこう》した西周王朝が、三百年ほど平穏無事に続いた末に、突然、一瞬にして崩壊した。それこそ「晴天の霹靂」で、まさしく、ある朝目を覚ましてみたら、昨夜まであった宮殿が焼け落ちて国王（幽王）は殺され、王朝は潰滅していたのである。しかし、それでも蜂の巣を突ついたような、大騒ぎにはならなかった。

統一権力を握っていた王朝政府が、突如として政治の世界から姿を消したのは、もとよりただごとではない。いきなり大黒柱が倒れて家がぺしゃんこになったような、手のつけようもない事態である。

現代風に言えば、それは例えば――

一つの完全な独占企業の親会社が、社長の悪ふざけで、ある日突然に倒産して、傘下の大小さまざまな無数の子会社が、なんの準備もなく、運営のノウ・ハウも知らないままに、それぞれ独立して、自前の資金と能力や、顔と信用で、会社を経営せねばならない事態が出現した――ような状況であった。

あるいはまた――

中国の伝統的な支配権力が、実は「神聖なる実体」ではなくて、単に、天下の秩序を整えるだけの「必要な標識」であった事実に着目すれば、そのような形で出現した状況とは、例えば、不意に、あらゆる主要な港の灯台の明かりや幹線道路の信号が、一斉に消えた――ような状態である。

中国史において「春秋戦国」と呼ばれた時代は、そのような歴史的状況の下で、幕を開けた。年代記では、西紀前七七〇年のことである。

なお、その前年に滅亡した「西周王朝」は、形の上では鎬京《こうけい》（陝西《せんせい》省）にあった首都を、洛陽（河南省）に移して「東周王朝」を「再興」したが、しかしそれは、あくまでも名目的なことで、文字通りに、まったくの有名無実の存在であった。つまり、統一権力を回復することは出来なかったのである。

しかし、王朝という統一権力の不在による政治的な危機に直面しながら、しかも人々は慌てず騒がなかった。それゆえに、春秋戦国時代が始まってから少なくとも半世紀の間、中央政府の存在しないままに平穏無事な日々が続いている。局部的に見れば、政治的な紛争がまったくなかったわけではない。だが、独立した諸侯国の内部で起きた幾つかの、いわばコップの中の嵐を度外視すれば、概して天下は太平であった。

さすがは「混沌」の世界に生まれ育った人たちである。無秩序の中に秩序を求める才智に長《た》けていたことを、ものの見事に具現した局面であった。同時に、この地球はそれぞれ自分の足元を軸に回転すると信じて、誰もが誰にも服従せず、出来ればこの世に支配と被支配の関係がなくて、統一権力を象徴する天子や皇帝の類は存在しない方が好ましく、したがって「政治」は已むを得ない「必要悪」だとする彼らの信念を、余す処なく顕現した場面でもある。

だが、政治は必要悪だということは、取りも直さず、悪だが必要であるということであった。つまり政治が存在せずとも社会が成り立つのは、一定期間の過渡期に限られる。果たして春秋戦国時代も、半世紀に及ぶ過渡期が過ぎた前七二二年になると、やはり政治的な紛争や戦争が起きて、俄かに物情騒然となった。ちなみに、春秋戦国時代はこの年に始まる——と主張する史家がいるのは、春秋戦国を「戦乱の時代」と規定すれば、一応ごもっともなことである。

たしかにある意味では、春秋戦国は「戦乱」の時代であった。しかし「戦争」は本来

「政治」の延長線上に存在する、政治闘争の一形式である。したがって戦争を決定づけるのが政治力学であることは言うまでもない。

だが春秋戦国時代、とりわけ前半の春秋時代において、現実に機能したのは政治力学ではなくて、自然界の法則であった。つまり政治以前の単純明快な、天下御免の弱肉強食と、情容赦のない優勝劣敗といった「生存の掟」である。簡単に言えば、政治展望に欠けた単純至極で幼稚な、財貨の収奪や権力の争奪と、無定見なただの殺し合いであった。

それは已むを得ないことで、この時代の人々が、政治的に「無知」だったからである。ただし、その無知は彼らの知能指数とは、まったく関係のないことであった。

なにしろ、ことのほかに支配と被支配との関係が存在することを毛嫌いし、政治を忌《き》諱《い》して、憚りなく「帝王の権威吾に何の関わりかあらん」と嘯《うそぶ》き、自分の知恵と才覚で、井戸を掘ってはその水を飲み、耕してはその収穫を食べてきた人たちである。

しかも政治を必要悪と心得て、税金は払うが、あらぬ干渉はするな――と高をくくってきた人たちであった。そういう人たちが「政治」の知識に興味を抱くわけはなかろう。

そういうわけで彼らは、税金を徴収することだけが仕事の支配者にとって、まことに与《くみ》し易い「納税者」である。したがって支配者たちもまた、税金を集める技術以外に、政治的な知識を蓄積する必要はなかった。

つまり徴税者も納税者と同様に、政治的には無知だったのである。それが統一権力不在によって出現した春秋初期の途方もない政治的な混乱に輪をかけた。

だが、知っていようがいまいが、それに関わりなく「政治」はそれ自身に備わるメカニズムのままに動く。そして「権力」は、それを握った者の意に反して気儘《きまま》に、魔物のように振る舞う。

同様に、意識しようとしまいと、それに関係なく人々が営む日々の身過ぎ世過ぎは、それ自体が「試行錯誤」の一齣《ひとこま》で、その試行錯誤が積み重なって「歴史」が形成される。

そうした自らなる仕組のままに、春秋戦国は期せずして、「治世」とは何を意味するか、「権力」とは何かを問いながら、効果的な政治の在り方や、それを果たす手段、そこに至る過程を実験にかけて、試行錯誤を繰り返す恰好の歴史舞台となった。

その政治的な試行錯誤は、きわめて緩慢な速度で、実に五百五十年も、延々と続く。その末に史上——中国史のみならず世界史——で最初にして最大の変革を遂げた。法治を掲げた中央集権の「帝国」が出現したのである。あの「ローマ帝国」が誕生する二百年前のことであった。

それはそれとして、大国による小国の兼併《けんぺい》や、近隣諸国に対する政治資源（領土や財貨など）の略奪、内政干渉や政争への介入と、さらには、それぞれの国が演じた権力の争奪や、臣下による王位の簒奪《さんだつ》などを通じて、そこで模索された主要なテーマは、抗争や競争のモラルとルールや、各国の王位継承を律する統一的な規範と、正当な継承者に対する相互承認を含む、競争的な共存の秩序と、それが尊重され履行される保証や、それを維持し存続させるための方法や装置である。

そうした時代の要望を担って、春秋戦国の幕開けから百年、歴史では初めての「覇王」が、春秋の世に出現した。

生活の必要から道具が生まれたように、政治の需要から覇王が生まれたのである。そして、それゆえに春秋時代は「覇王の時代」とも称された。

この場合の「覇王」とは、すでに明らかなように、長い試行錯誤の過程で探求された諸々《もろもろ》のルールやモラルと、漸くにして築いた過渡的な秩序の保護者、保証人、執行者であって、要するに「無冠」で「正統性」を持たない「非常勤」の帝王のことである。

その覇王の権限は表向きには、諸国の「会盟《かいめい》」の決議で付託された「職権」であるが、実際に職務を執行するのに必要な権力は、もとより自前の「武力」であった。必要な経費もまた持ち出しである。成功して当然、失敗すれば非難されないまでも陰口をたたかれた。労多くして功は少なく、割に合わない役回りである。

それゆえ「春秋五覇」という言葉があることからも知られるように、春秋時代には五人の覇王がいたが、期待された役割を実際に果たしたのは唯一人――あの「倉廩《そうりん》実《み》ちて礼節を知り、衣食足りて栄辱を知る」で名高い不世出の大軍師、管仲《かんちゆう》が擁立した――斉国の桓公だけであった。

すなわち春秋時代に五人――正しくは七人――の男が覇王を称したのは事実だが、わずかに一人を除く他の者は、ほとんどが、あるいは全くの有名無実の存在である。だから「春秋五覇」の存在をもって、春秋を「覇王の時代」と称するのは、厳密に言えば間違いである。

もちろん、長い試行錯誤の末に覇王が出現したことは春秋時代の快挙であった。そして言うまでもなく、試行錯誤の過程は、そのまま歴史的な変化の過程である。


ともあれ三百年に及ぶ春秋時代が過ぎて、前四世紀の初頭には、こんどは「戦国七雄」と称された七つの大国が、互いに鎬《しのぎ》を削る「戦国時代」が到来した。

そして春秋時代を「覇王の時代」と称したのと語呂合わせでもするかのように、戦国時代は「諸子百家の時代」とも称されたが、事実、戦国時代は「百家争鳴の時代」であった。

「諸子百家」とは、百人にも及ぶ「大勢の先生方」のことで――なかには如何わしい者もいたが――それぞれに一家言を持つ偉い学者、経世家、兵法家、論客であった。

この場合の一家言とは、主として治世の経綸、経世の方略、富国強兵の方策といった支配のノウ・ハウや政治のマニュアルである。それをひっ提げて、それらの諸先生方は各国の王宮を股にかけては遊説を行なった。

知識を広めるためでもなければ、ただで聴かせるためでもない。遊説とは就職運動のことであった。なにしろ、政治とは何かを求めて、試行錯誤が繰り返されていた時代である。知識には値打ちがあって高く売れたし、就職戦線は売り手市場であった。

いきなり大臣に登用される機会は、ごろごろしていないまでも至る処にあったし、突然に、宰相として抜擢されることも決して珍しいことではなかった。とにかく、知識が最高に尊重された時代である。恐らく、知識人が歴史上で最も礼遇された時代であった。したがって、就職の門戸が大きく開かれていた時代でもある。高位に昇り損ね、顕官になり損なっても、権力者の舎人になって機会を待つことが出来た。最低の場合でも、権勢家の「先生」と呼ばれる食客になってチャンスを窺う手がある。

同時に、それは「以民為本」——民を以って本と為す、がスローガンとなっていたことから知られるように、農民が優遇された時代でもあった。農民は軍隊の補欠要員で粮《りょう》秣《まつ》の生産者である。しかも各国を隔てる国境線はあってなきに等しく、農民は牛を追い鋤を担いで、好きなように移動することが出来た。優遇しなければ他国へ逃げる。厭でも大事にせざるを得なかった。

知識が尊重されて就職が容易《たやす》く、農民が大事にされて自由に移動が出来れば、それだけでも、開放的な良い時代であったことは明らかである。

だが、なぜか儒徒は春秋を含めて戦国の時代を退廃的な「暗黒時代」に描き上げて来た。なぜか、と言ったが、実際には、その理由を問う必要はほとんどない。まず春秋戦国は、彼らの好みとは正反対な時代であった。

春秋戦国を通じて儒家が掲げた治世の綱領は、一貫して古き良き時代——孔子が理想の王国と考えた西周初期への回帰である。しかし、なにかと忙しい世の中で、諸国は死んだ子の年を数えるような真似に付き合う暇はなかった。そういうわけで孔子サマとその弟子たちは、売り手市場の就職戦線で就職に失敗する。いや、儀礼に通じていた彼らは、冠婚葬祭の司儀や司祭の職にはありつけたが、志望どおりの顕官への途を閉ざされた。その屈辱と怨念がある。

しかも、その愚にもつかない「暗黒」の時代は、彼らが儒教の敵と見定めた始皇帝の手で——仁政徳治を主張する儒徒の顔を逆撫でするような——法治という最悪の事態で収拾された。したがって儒教の徒が、春秋戦国を「暗黒の時代」と断じたのは当然である。

それはともかく、時代が春秋から戦国に移った時点で広大な中国の天下は、すでに、判然とした三つの勢力圏に区分されていた。

黄河の中流と下流一帯の「中原」には、趙国を先頭に、魏国、韓国、斉国、燕国が割拠している。黄河から西の渭水流域は、秦国の天下で、長江の中流下流の一帯は、楚国の支配領域であった。

それらの七ヶ国がすなわち「戦国七雄」と称されたが、現実には、七雄の勢力が伯仲して、文字通りに頡頏《きっこう》していたわけではなく、天下の形勢は、三つの勢力圏を軸に揺れ動いていたのである。

いや、それとて実は、単なる見せかけであった。それは戦国時代の初期に「合従」と「連衡」が、政治的な話題として登場したことに、余すところなく示されている。

「合従」とは、中原五ヶ国と南部の楚国が、南北すなわち「縦（従）」に結んで、西部の秦国に対抗する「攻守同盟」のことで、他方の「連衡」とは、逆に、従の六ヶ国が秦国と東西すなわち「横」に結んで、平和共存を果たす「平和友好連盟」のことであった。

ところで、一見すれば自ら明らかなように「合従」や「連衡」が語られ、あるいは、それが外交戦略の一つとなり得ると考えたのは、問わず語りに——秦国がその時すでに、並ぶものなき、突出した超大国として存在していたことを物語っている。

つまり、六ヶ国が団結しない限り、超大国に成長した秦国との抗争では歯が立たない局面が、すでに形成されていたのだ。すでに天下の形勢は定まりかけていた、ということである。

それにしても、合従連衡というのは、言葉こそ仰々しいが、この場合は、単にある種の政治的な幻想を図式化したに過ぎず、せいぜいが、一種の政治的な願望の表白である。

後代では、それが権謀術数としての「離合集散」を、巧みに端的な形で言い換えた言葉として面白がられ、人口に膾炙《かいしゃ》したが、それが語られた時点では、現実に、何の役にも立たず、何の用をもなさなかった。

そもそも外交戦略は、単純に図式化されることを許さず、政治は力の世界で、権力は自ら一極集中を目指すからである。つまり、一つだけ突出した超大国が、弱国の群と車座になって「友好と平和」を語ることは決してなく、それに弱国の群もまたそれぞれに、利害が錯綜しているからであった。

とどのつまり「合従連衡」は、単に、それを提唱した三百代言的な二人の男（張儀と蘇秦）に「従横家《じゆうおうか》」――諸子百家の一家――の名をなさしめたのと、徒らに秦国の強大さを騒ぎ立てて、六国に「恐怖観念」を植え付けただけのことである。

いや、恐怖観念を植え付けた「だけのこと」と言うべきではない。敵に恐怖観念を植え付けることは、政治闘争における一つの極めて有効な戦略だからである。

果たして事実、前二七九年に、秦国の昭襄王が澠池《めんち》（河南省）で会盟したいと申し入れた趙国の恵文王は、怯えて尻込みをしたものだ。一つには、昭襄王に忌わしい前科があることを、思い出したからでもある。

会盟とはもともと、諸国が連合戦線を張り共同歩調を取るための会議であったが、この時代では、仮初《かりそめ》の友好や暫時的な休戦を協定する会合として、しばしば随所で開かれていた。大した意味のない、いわば日常化された一般的な行事のようなものである。

澠池の会盟を呼びかけた秦昭襄王の真意が、南部の楚国に出兵する秦国の軍事行動を妨害するな――と釘を刺すことにあると、恵文王は承知していた。その限りでは、別にどうということもない会盟である。

だが趙恵文王は「会盟」と聞いて、反射的に、秦昭襄王が武関（陝西省）で楚国の懐王と会盟した時に、いきなり懐王を拉致して咸陽（秦都）に連れ去り監禁した、十年前の事件を思い出した。

しかも、国王を拉致された楚国が、国王の不在で兵を動かす「兵符《へいふ》」が出せず、ために楚国の朝臣たちが涙を呑んで国王を見殺しにした事実を、わが事のように鮮明に記憶している。

それればかりではない。仮にそのとき楚国の朝臣が国王救出の軍を興したところで、秦国との軍事力の差は歴然であったから、国王を救出することは、所詮、出来なかったであろうと、他人事ながら趙恵文王は考量して、懐王のために涙を流した。

だから——今度はわが身か、と怯えて尻込みしたのである。

しかし、この時の趙国には、藺相如《りんしょうじょ》という賢相と、廉頗《れんぱ》という名将がいた。ともに戦国史を飾る千軍万馬のつわものである。

「出席を拒んでは礼を失するばかりか、怯んだと取られて、大国の面目が立ちません。兵を動かし陣を布いて、お護りいたします。是非、ご出席ください」

と藺相如が進言した。

「ご心配には及びません。万が一の時には、太子を国王に立てて兵を出します。秦軍恐るるに足らず。必ず無事にご救出申し上げます。憚りながら、ご存じのように臣は、戦さに負けたことは一度もございません。どうか大船に乗られた積りで、お出掛けください」

と廉頗は胸を叩いて励ます。

ならば——と恵文王は腰を上げた。そしてやはり、思うよりは産むが易しで、無事に会盟を果たす。

それだけでも、先ずは目出度いことである。しかもその上に、思いも寄らぬ瓢箪から駒が跳び出すオマケが付いた。

会盟の会場を取り仕切ったのは藺相如である。その才気煥発ぶりに、秦昭襄王は「改めて」舌を巻いた。

昭襄王と藺相如は初対面ではない。四年前に昭襄王は、天下の至宝と騒がれていた「和氏《かし》の璧《へき》」を趙国から騙し取ろうとして、逆に、藺相如に裏をかかれ、煮え湯を飲まされていた。しかし昭襄王は怨むどころか、その時の藺相如の才知と、鮮やかな仕業に感じ入って密かに畏敬している。その延長で、心の奥では藺相如に一目置いていた。

それより、好んで悪しきを企む者は、相手も悪いことを企んでいると思い込む。藺相如が澠池に布いた陣を見て昭襄王は、逆に、自分が拉致される危険を感じた。それで、咄嗟《とっさ》に「保険」をかける。

「有意義な会盟であった。今後の変わらぬ友好の証《あか》しに、孫を一人、人質として貴国に送りましょう」

と不意に申し出た。人質を交換しよう、というのではない。藪から棒のようなことで、趙国側は、一瞬、戸惑ったが、断わる理由もなければ、異存のあろうはずもない。

それによって後日、六歳になったばかりの昭襄王の孫・嬴異人《えいいじん》が趙国の都城邯鄲に、人質として送り込まれた。

秦昭襄王には、二十八人の孫がいる。その中の一人や二人を人質に出しても、別にどうということもなかった。それに、その頃では敵国に人質を出すことは、これもまた日常化されていて珍しいことではない。もちろん問題が起こったからとて、人質に迫害を加えるなどという野暮な真似は、久しく絶えてなかった。

そういうわけで、嬴異人が咸陽の城を出た時も、また邯鄲の城に入った時にも、奇異の眼を向けた者はなく、あるいは人質となり、人質に取られたことに、ことさらなる感興を抱いた者もなかった。

だが「歴史」は――重大な出来事を、さりげなく、誰にも見えない手で、その一頁に書き込む。

嬴異人が、澠池の会盟で、瓢簞から跳び出した駒に乗って邯鄲の城門を潜ったのは、紛れもなく歴史的な大事件であった。少なくともそれは、春秋戦国時代に終止符を打ち、中国史に未曾有の大変革を成し遂げて、それに続く歴史の流れる方向に指針を与えた「歴史的な功業」が築かれる端緒となった、歴史的な事件である。

もちろん、その時点ではそれに気付いた者も、それを予測した者も誰一人としていなかった。後に人々が振り返ってそれと気付くのは、三十年後、いや、五十年後のことである。

なお――

嬴異人が邯鄲でどのように暮したかは分かっているが、そこで彼がどのような夢を見たかは誰にも分からない。

ところでその千年後のことである。唐代の中葉に邯鄲へ遊びに来た呂洞賓《りょどうひん》は、嬴異人が見た夢に興味を抱いた。彼は「八仙」の一人で、四六時中酔っぱらっており、ちょっとばかり「おっちょこちょい」で、なかなか親切であることから、古来、民間で最も人気の高い仙人である。

果たして「嬴異人の見た夢」を再現する枕を作る積りで、間違って「嬴異人を夢に見る」枕を作ってしまった。しかし作ってしまったものを捨てるのは惜しい。

そこである日、その枕を盧生《ろせい》という男に貸した。すると盧生は、たちまち国王になり、五十年もの間、栄耀栄華を極めた夢を見た、という。

しかし目覚めてみたら、眠る前に火にかけた粟飯は、まだ炊き上がっていなかった。「一炊の夢」または「邯鄲一炊の夢」あるいは略して「邯鄲の夢」――の物語である。

奇貨、居《お》くべし！

邯鄲の城における嬴異人の境遇は、良くも悪くもなかった。まあまあ、と言ったところである。だが、彼は大変にご機嫌で、毎日を楽しそうに過ごしていた。

もちろん幼いながらも彼は、自分がなぜ邯鄲に来たかを承知している。したがって

「人質」とは何かを、確《しか》と心得ていた。その上、現実的にも人質の身であるから、それなりの束縛や不如意なことが、まったくなかったわけではない。そうでなくても、生活環境の急激な変化に伴う驚きや、戸惑いがあった。それにも拘らず、楽しかったのである。

彼が楽しくてしようがないことは色々とあった。しかしなんといっても、最高に楽しくて、しかも嬉しかったことは、それまで厳格で口喧しかった世話役で教育係の夏伯《シャポ》が、邯鄲に来てから——いや咸陽の城を離れた時から——急に優しくなって、小言を言わなくなったことである。

侍女や下僕と随時に口が利けて、冗談さえ言えるようになったのも、その一つであった。春には、裏庭の草原で大の字に寝て太陽の光を浴び、夏には、大きな杉の木陰に寝そべって涼を取るのも、その一つである。好きなように城の中を歩き回れることも、その一つであった。他人の目を気にかけず、七面倒な挨拶をせずともすむこともまた、この上なく楽しい。

咸陽の宮殿で暮していた時の異人はさんざんであった。二つ、三つの頃から——大きな声を立てるな。宮殿の中や廊下を走り回ってはいけない。背筋を伸ばして腰を下ろし、胸を張って歩け。女官に声を掛けられたらニッコリ笑え。挨拶されたら丁寧に返せ。父君の好きな詞を覚えて、お好みの詩句を暗誦せよだのと、教え込まれて育った。

それを教え躾けたのは母親の夏姫《かき》と、そして夏伯である。邯鄲に旅立つまでの咸陽の宮殿は、異人の住家でもなければ遊び場でもなく、いい子の優等生を演ずる子役の舞台であった。いや、異人が大勢の異母兄弟と競演した劇場である。

その劇場の舞台を踏んでいたから、嬴異人は幼年ながら少年じみていた。数えで六つだが、確実に歳の倍はませている。時として、大人のような真似や仕草をすることさえあった。まだあどけないのに物知り顔をしているのは、熱烈な演技が板についていたからであろうか。

彼は秦昭襄王の孫ではあるが、嫡孫ではない。それどころか、父の嬴柱は安国君に封じられていたが、昭襄王の次男で、しかも母の夏姫は正室ではなく、俗にいう「めかけばらの子」で、いわゆる「諸庶孼孫《しょしょげつそん》」の一人であった。しかも、なにしろその数が多い。上には二十五人の異母兄と、下には二人の異母弟がいた。

どこの社会にも競争はある。しかしすべての社会を通じて、恐らく諸庶孼孫の世界は、最も生存競争の烈しい、苛酷なまでの出世競争の修羅場であった。それはそのはず、この場合は昭襄王の一存で、いきなり「王」となり「君」に封じられ、あるいは生涯を「部屋住み」で終えなければならないからである。

その意味で異人は、間違いなく貧乏くじを引いた。人質に出されたのは明らかに、その競争で後れをとった証拠である。人質の人選を決めたのは当然に祖父の昭襄王だが、その選考に父の安国君が関与したのは言うまでもない。

しかし、異人が人質に選定されたのは、幼い彼の「優等生演技」に問題があったというより、母の夏姫が父の安国君の寵を失っていたからであった。夏姫は目鼻立ちの整った理智的な彫刻型の美人である。どちらかと言えば理性的で、妖艶さに欠けるところがあった。いわゆる妾型ではなかったのである。

それが逆に妖嬈《ようじょう》渦巻く後宮では、ひと際目立つ特異な存在として安国君の目を引きつけたが、所詮、妾妃の本領は、やはり妖艶な姿体と妖嬈な振る舞いを手立てに発揮するしかなかった。つまり夏姫は一服の清涼剤としての価値はあったが、安国君の寵を繋ぎ留めることは、初めから出来なかったのである。

しかし幸いなことに夏姫は、後宮の仲間や女官、宦官の間では受けがよかった。露骨に寵を争うこともなければ、嫉妬を顔に表わすこともなく、なにより謙虚に振る舞ったからである。それが寵を失いながらも、夏姫が後宮で存在感を維持していく上での支えとなった。

後宮の輿論は微妙に、妾妃たちの地位を左右する。宦官と女官の立てる噂や毀誉褒貶には、妾妃の浮沈や勢力の消長に影響を及ぼす絶大な力があった。最小限度、宦官や女官たちにこぞって嫌われたら、妾妃とその子供たちは、後宮で安楽に暮すことは出来ない。

しかし夏姫と異人の場合は、それが裏目に出た節がある。夏姫は賢夫人で、彼女の教え躾けた異人は聡明で気性がよい——という評判によって、異人に人質の「白羽の矢」が立てられたからだ。真実はともかく、異人は独り子だからご勘弁をと、泣いて懇願する夏姫に安国君は、恥曝《さら》しになるような出来の悪い子を人質に出すわけにはいかないから、と言い聞かせた。

安国君は出任せに、いい加減なことを言ったわけではあるまい。つまり夏姫の人徳と、異人が「優等生」の演技で頑張ったのが仇となったのである。

ならば――趙国で、まだ幼い異人が困惑しないように、万全の支度を、と夏姫が頼む。その積りで父君にご相談申し上げた――と安国君は言った。

しかし昭襄王は首を横に振る。長く王位にいた昭襄王は、外交駆引のコツを弁《わきま》えていた。それにこの度の人質は、彼自身の口から出たことである。心の底に責任のようなものを感じていたから、理由や口実を設けて、早々に人質を連れ戻す算段をしていた。それゆえ異人が「大事な」人質であると、趙国に思い込ませてはならない。よって最低限度の供揃えと支度で、城を出るようにと、わざわざ注文をつけた。

ごもっともなことである。しかし夏姫は、理屈は分かってもやはり泣いた。それにしても入質《にゆうち》するのが趙国であったのは、不幸中の幸いである。

夏姫は趙国の出身で、いまも実家は邯鄲の近郊にあり、しかもかなり盛えていた。異人の教育係の夏伯は、彼女の従兄である。夏伯を同行させれば、なにかのときに実家の助けを借りることも出来よう、と考え直して泣くのを止めた。

六つになったばかりで、生まれて初めて親許を離れ城を出るというのに、異人には驚いたふうもなければ悲しむ様子もない。教えこまれた通りに「いい子をして」優等生の演技をしているのかと思うと、夏姫の心はさらに痛んだ。

　出立の日は容赦なくやって来た。異人はわずかに世話役兼教育係と侍女に下僕の三人という供揃えで、馬車九乗を引き連れて、咸陽城の東門を出る。函谷関を通り、黄河を渡って、邯鄲に向った。

　邯鄲はいまの河北省南部にあって、河北と山西の省境をなす太行《たいこう》山脈の東麓を縫う南北交通線の要衝で、華北平野から山西高原に入る入口でもある。

　春秋時代は衛国の邑《まち》（都市）で、前三八六年——秦国では出公元年、趙国では敬侯元年——に、趙国が晋陽（太原）からこの地に遷都した。もともと交通と物流の中心地として栄えた商業都市である。それが趙国の遷都に伴って飛躍的な発展を遂げ、斉国の都城臨淄《りんし》（山東省）に次ぐ中国第二の大都市となった。

　都城は、もともと「品」字形に接する北城、西城、東城の三つからなる複合城郭の城で、王宮は西城にある。それが商業の発展による爆発的な人口増加で、北城の東北に接して——現在の邯鄲市をその中に包み込む——広大な北大城が築かれた。

　だから嬴異人の主従一行が到着した時の邯鄲の都城は四つの城から成り立っている。そして一行の住居には、東城に立ち列ぶ外国の使臣のための瀟洒な客舎の一つが用意されていた。

　しかし、超大国の秦国から送り込まれた人質が、総勢四人で馬車が九乗と聞いて、恵文王は苦笑する。そして急遽、宿舎を北城にある外国使臣の随員用の客舎に移せ——と命じた。

人質の住居は受入国が適宜に提供するが、その生活費を含めた一切の費用は、人質の国許が負担するのが仕来《しきた》りである。したがって人質の本国における地位や身分、いや、肩書とは関係のない身価や羽振りは、随行者と馬車の数で、容易に見定めることが出来た。

嬴異人は初端《しょっぱな》から、足許を見透かされたのである。しかしそれは、彼にとっても、また夏伯にとっても同様に、むしろ結構なことであった。元来なら趙国側の世話係と称する監視役が付けられる。それを付けられずに済んだからだ。

それにあてがわれた宿舎も、決して立派ではないが、主従四人が暮すには程よい広さで、文句を言うほどのことはない。

それより宿舎のある北城は、繁華な北大城と、一部だが壁を接している。遊びに行くのに近いから、と異人は悦んだ。

到着した日は荷解《にほど》きに手間どって、夕食の時間が遅れる。四人で食卓を囲むと、先ず下僕が、続いて侍女が涙をこぼした。

下僕のこぼしたのは感激の涙である。殿下や先生（夏伯）と食卓を共にすることが出来た恐懼感激で、思わず涙が出たのだ——という。

「ありがたがることはあるまい。この邯鄲の城には三十万とも、五十万とも言われる大勢の人たちが住んでいる。ところが、右を向いても左を向いても、われわれには顔見知りすら一人もいない。この家は、大海に浮かんだ孤島のようなものだ。ここでは、互いに肩を寄せ合わねば生きてはいけない。今後は、主従としてではなく、家族として暮すことにしよう」

と夏伯が淡々として言った。

侍女の流したのは「天下無情」を嘆く涙である。金枝玉葉の殿下が、このような家で、このようなご生活をなさるとは、余りにもお痛ましい――というのだ。

「同情するには及ばんぞ。ここでは構わん、と先生が言うから、寝そべって君たちの荷解きを見ながら考えたんだが、ここでの生活は、咸陽の御殿で〝いい子〟をして〝優等生〟ぶることより、よほど増しだ。現に、君たちの前で寝そべっても構わん。こうして一緒に食事しながら、お喋りすることが出来る。素晴しいことだ。こんな楽しいことはない。気の毒がることなどないぞ」

と異人はにこやかに言う。いかにも嬉しそうである。

かくて、邯鄲の北城の一角で、嬴異人を軸に「四人家族」の人質生活が始まった。もちろん四人とも初めての経験である。異人は、あの苛酷な「競争社会」から脱却した解放感で、日々が楽しかった。侍女と下僕は、家族扱いされたことで生き甲斐を感じて、幸せに浸っている。

独り夏伯だけは、表面を平静に装いながらも、心は暗かった。邯鄲での生活に不満や不足があったわけではない。彼とて、咸陽における生活よりは、たとえ貧しくても、遥かに人間的な暮しであると天に感謝している。誠心誠意、心から嬉々として働く侍女や下僕の姿にも、人間世界の美しさを垣間見る思いで、心が和《なご》んだ。

だがこれで、異人はついに諸庶孽孫の「競争」から脱落したと思えば、心が曇る。もちろん人間社会には、人それぞれの生き方があって然るべきだ。しかし異人は、ただの人間ではなくて王孫である。生き方の選択をしようにも、ほとんど幅はない。不憫である。

しかも基本的には、どうこうしてあげられる問題ではないから辛い。いや、いまの自分にしてあげられることはある。厳しく勉学を続けさせて教養を身に着けさせることだ。しかし、だからとてそれが何になる。

しかし何にもならずとも、それは最小限度に必要なことだ。あとは、あまり期待の出来そうにもない幸運が、彼に巡り来ることを待つのみである。そう考えて夏伯は、異人にあらぬ干渉をせず、がたがたと小言を言うのを止めることにした。

なぜ不意に優しくなったか——と異人に問われたことがある。咄嗟に夏伯は、適当な言葉を選び出せずに、答えなかった。異人が、子供とも思えない複雑な表情で、夏伯をじっと見詰める。

分かっているんだ。諦めたのだな——と悟ったような顔をして呟く。彼は自分の境遇を、承知していたのである。

そうではない。人間の万事は塞翁が馬だ。すべての事は、天の配剤、時の巡り合わせで決まる――と夏伯は心にもないことを口にした。しかし、そう言ってしまった後で、ふと考え直す。

本当のところは、そういうことかも知れない。いや、そういうことだ！

孫の嬴異人を人質に出してから秦昭襄王は――ほとんど引っ切りなしに隣接の韓、魏、楚の三国を侵蝕しながら――八年の間、趙国には兵を出さなかった。戦略的な見地からそうしたことは紛れもないが、あるいは、邯鄲にいる孫の立場をも、考慮に入れたのかも知れない。

だが九年目の昭襄王三十七年には、やはり邯鄲から西南へ百二、三十キロの閼与《あつよ》で、軍事行動を起こした。しかし本格的な侵略ではなくて、暫く干戈《かんか》を交えなかった趙国軍の小手調べをしたまでのことである。

異人と夏伯は、そういう事件があったことを知らなかった。趙国の朝廷からの知らせがなかったのは、存在をまったく無視されていた証拠である。

その三年後に、秦国の太子が魏国で客死した。次の年に趙国の恵文王が薨《こう》じて、その子の孝成王が即位する。その翌年、趙国の政権交替の乱れを衝いて、秦国軍が趙国に侵入し、三城を抜いて邯鄲に迫った。

趙国は慌てて斉国に救援を求める。斉国は出兵の条件に人質を要求して、人質に長安君を指名した。長安君は孝成王の末弟で、太后が溺愛していた末子である。

斉国の要求を太后は拒んだが、ついには拒み切れず、馬車百乗に随員五十名を付けて、長安君を斉都臨淄に送った。嬴異人の場合とは雲泥の差である。その見送りに駆り出されて、異人は長嘆息した。

長安君を人質に出す羽目に追い込んだ秦国を、趙の太后は憎む。坊主憎ければ袈裟まで、と、異人の虐待を始めた。が、そこへ異人の父安国君が、秦国の太子に立てられた報せが邯鄲に届く。それで趙国の朝廷は、異人に対する迫害を止めた。お陰で異人は危く命拾いする。

間もなく、父の立太子を報せる母の手紙が届いた。手紙は――もしかすると近々帰国出来るのではないか、と結ばれていた。心を弾ませて書いた手紙の行間には、子を想う親の熱い情念が滲んでいる。異人はそこに、母の息吹きをすら感じた。やにわに心が騒ぐ。

帰りたい！――という想いが突如として胸に込み上げた。邯鄲に来てから十四年になる。異人はすでに、成人に達していた。そして知らず知らずの間に、了見を変えていたのである。

それにしても人間は妙なもので、帰りたいと想い始めたら、俄かに望郷の念が募った。よし！　脱走しよう。秦軍が邯鄲に到着して城を包囲した時がチャンスだ、と密かに計画を練る。夏伯は意見を挿し挟まなかった。

だが、長安君が臨淄に入って斉国の救援軍が邯鄲に到着し、それと知って秦国軍は撤退する。異人の夢は破れた。

がっかりして待っている間に三年が過ぎる。秦昭襄王四十五年（前二六二）に、秦国と趙国の間に、国運を賭けた激しい衝突が起こった。歴史にいう「長平《ちょうへい》の戦役」である。

この場合の非は趙国側にあった。韓国は、魏国と北で国境を接していたが、巨大な楔《くさび》を魏国に打ち込んだような形で、上党《じょうとう》と称された領土が、北に伸びている。その楔の底辺のほぼ中央に位置する軍事的な要衝で、南から上党に入る時の入口でもある野王が、秦の名将白起《はくき》に制圧された。出入口を秦軍に閉ざされた形で、上党の地は孤立する。

ところが孤立した上党の守将は――秦国にではなく――趙国に投降した。それを趙国が受け入れたのが、事の発端である。

虎の追い出した獲物を、狼が横取りするような真似をしてはならないと趙国の重臣、とりわけ、あの「澠池の会盟」で力を尽した藺相如や廉頗は極力反対したが、孝成王は聞き入れずに、上党を趙国の版図に編入した。

果たして秦国の大軍が、怒濤の勢いで上党へ殺到する。孝成王は不敗の将軍廉頗を大将に任じ、兵四十五万を授けて反撃を命じた。だが、秦国の謀略にかかり、「敵前にて将を換える」兵法上のタブーを犯す。大将の廉頗を趙括《ちょうかつ》に換えて惨敗を喫し、将三名と兵四十万を失った。

ちなみに趙括とは「紙上にて兵を談ずる」という成句の出典をなしたご本尊で、それが日本語で「机上の空論」と訳されたことが示すように、まったく実戦を知らなかった男である。

ありうべからざる惨敗に廉頗は憮然として言葉もなく、藺相如は憤死した。兵四十万といえば趙国の総兵力の半数に当る。軍を各地に配していたから、その時、邯鄲の城には軍隊がいなかった。朝廷は虚脱状態にある。長平から邯鄲までの距離は、わずかに百五十キロほどであった。邯鄲の西北にある長平から、軍を東南に進める路には大きな障碍はない。

異人は秦軍が必ずや邯鄲に進撃すると予想し、期待した。そうなれば、こんどは脱走せずとも坐して秦軍の入城を待つことが出来るはずである。異人の胸は躍った。

異人の予想は間違ってはいない。事実、秦軍の大将白起は邯鄲城の攻略を主張した。だが、秦国朝廷に権力闘争が起きて、長平にいた秦軍は邯鄲への進撃を阻止され、咸陽へ引き揚げさせられる。異人の夢はまたもや破れた。

夢が破れて異人は焦燥する。心の中で母親に八つ当りした。

——父が太子に立てられてから、すでに五年が経過している。母上は近々帰国出来るかも知れないと手紙に書きながら、実際にはなにもせず、ただ、ひたすらに待っていたのではないか。そうでなければ父上や祖父さまが放って置くことはあるまい。考えてもみられよ。二十八人兄弟で、自分だけが二十年も人質にされるのは、どうみても明らかに不公平だ。強く働きかけたら、きっと救いの手を差し伸べていただけるはずだ。趙国が応じないのなら、人質の交替という手もある。自分が幼い時から母上は万事に控え目であった。この場合、それでは困る――

　と異人は夏姫に、滅多に書かない手紙を書いた。

　親の心、子知らずとは、このことである。夏姫は幾度も涙を流して安国君を口説き、幾十度も膝を屈して正室の華陽夫人に、口添えを懇願した。

　その心労で夏姫は、かなり以前から病床に臥《ふ》せた切りである。異人の手紙が届いた時には、すでに病いは篤かった。手紙を書くにも手が動かせない。誰かに代筆を、とも考えながら、知らず時が過ぎた。

　福不双来、禍不単行――幸せ（福）は肩を並べて（双）来たらず（不来）、禍いは単独では現われない――という。

　邯鄲で首を長くして消息を待っていた異人に、咸陽から届いたのは母親の返事ではなくて、夏姫死亡の訃報であった。異人は声を上げて泣く。目の前が真っ暗闇となり、見るも哀れなほどに、悲嘆に暮れた。やや落ち着きを取り戻すと、今度は、咸陽に帰りたい、母親の葬儀に帰国する権利がある、と騒ぎ出す。

　見兼ねて、夏伯が意見した。夏伯は異人の教育を十五歳で打ち切っている。爾来、異人のすることには干渉せず、口を挿し挟まなかった。だから、五年ぶりの説諭である。

　――わたくしは、もう先が長くない。この際、守役としてではなく、母方の伯父として言い聞かせる。二度とは繰り返さない。だから耳を澄ませて、よーく聞くのだ。よいか、君はいま千載一遇のチャンスと、破滅に至る恐ろしい危機に直面している。これまで学問の手解《てほど》きをしながら、歴史の綾や人生の機微をも教えてきた。だのに、二十にもなって、なぜそれに気付かなかったのか？――

と夏伯は開き直って言った。初めて見せた剣幕である。しかし語気が鋭い割には目が涼しい。

――お父上が太子に立てられたことで、君は諸庶孽孫から「孽」の抜けた「諸庶孫」の一人となった。しかも正室の華陽夫人は子供を産まなかったから、太子には嫡子がいない。当然に二十八人の諸庶孫の中から一人が嫡子に選ばれて太孫に立てられる。それを選定するのは表向き昭襄王だが、実際には、華陽夫人であることは言うまでもない。

――その華陽夫人が好感を抱いた夏姫は世を去った。その夏姫が育てた息子が不肖であろうはずはない。いや事実、彼女の育てた「いい子」は、「優等生」の印象を残して咸陽の城を離れた。しかも咸陽と邯鄲は遠く隔たっているから、その優等生に粗《あら》があったとしても華陽夫人は、現実に、それを目にしたことはかつて一度もない。

――生母がすでに世を去った「いい子」の「優等生」は、それこそ嫡子選びに誂《あつら》え向きな条件である。つまり君は、期せずして王位継承の最短距離にいる、というよりその階段の前に立っているのだ。だが、幸運の女神に微笑みかけられた男は、その後足を悪魔に狙われる。二十七人の兄弟とその母御たちが、君に転がり込もうとしているチャンスを潰そうと、妨害の網を張り危害の落とし穴を掘って、待ち構えているのだ。それと承知で、君は帰国したい、早く帰りたいと騒いでいるのか？

——チャンスは向うからやって来る。危険はこちらから遠ざからなければいけない。考えてみれば、結果論だが、人質になって咸陽を離れたのは、天の配剤であった。もちろん良き天の配剤も、人事を尽さなければ、良い結果は生まれない。しかし人事を尽そうにも、この場合は、時間との勝負である。それまで持ちこたえる事が出来るかどうかだ？

——これまで心配をかけまいと思って口にはしなかったが、かなり以前からわが家は、退《の》っ引きならぬ苦境に陥っている。誰の策略によるかは定かではないが、国許からの仕送りが途中で消えて届かないのだ。幸いに、それを察知した夏姫が自分のヘソクリを送り続けてくれたから助かっている。足りない分は実家からわたくしが調達して賄ってきた。だが、長くなれば実家の人たちもいい顔をしない。

——あの忠実な侍女と下僕が、懸命に働きながら、時々屈み込んでいるのを見たことがあろう。栄養失調で貧血を起こして、目眩みの発作に襲われているのだ。わが家には、すでに一文の蓄えもない。彼と彼女は自分たちの食いたい物も食わずに、苦しい家計を遣り繰りしているのだ。もう酒など買わせてはいけない。夏姫が亡くなったことで粮道は切れた。しかし食い扶持だけは、乞食をしてでも、なんとか工面する——

と夏伯は思わず涙をこぼした。異人も茫然として自失する。それが因《もと》で急に病床に臥《ふ》せった。ショックによる心身衰弱である。急に死ぬ病気ではないが、放っても置けなかった。医者にかかる金はない。夏伯は困り果てた。

そこへ侍女が、買物に出掛けた市場で、耳よりな話を聞きつける。ただで薬を調合してくれる名医がいるという噂を頼りに、夏伯は北大城に出掛けた。

名医の住所は不明だが、北大城では誰知らぬ者のない大富豪呂不韋《りよふい》の邸にいるから、聞けばすぐ分かるという。果たして呂不韋の邸はすぐ見つかった。しかし商人だと聞いたから、商業区にあると思っていたら、そこは高級住宅区である。人違いかと思って道往く人に尋ねたら間違いではなかった。

その名医の名は誰も知らず、伝説的な名医扁鵲《へんじやく》に因《ちな》んで「扁鵲老」と呼ばれているという。そして聞きもしないのに――あの邸の倉には金銀が唸っているんだ。ただし塀が低いからと思って、勝手に入りこんだりするなよ。いたるところに落とし穴があるんだ。落ちたら絶対に這い上がれないぞ、と道往く人は教えた。どうやら、泥棒が下見に来たと疑われたようである。

言われてみればたしかに、広壮な邸にしては異常に塀が低かった。塀越しに見える庭園の樹木も大邸宅のそれらしくない。しかし門構えは荘重で警備は厳しかった。門の横に来訪者の控え室がある。

案内を乞うと「扁鵲老」が出て来た。夏伯が身分を打ち明けて処方を頼むと、扁鵲老は快く引き受けて邸に戻り、暫くして三日分の薬を手に、再び控え室へ現われる。

「三日後にもう一度来てください。別な薬を差し上げます」

と丁寧に夏伯を送り出した。夏伯は恐縮しながら二度、三度と邸を訪れる。ひと月ほどすると薬効が顕われ、三つ月ほどして異人は全快した。やはり名医である。薬を貰いに通っている間に扁鵲老は夏伯と雑談を交わすようになった。それで分かったが、扁鵲老は邸の主人呂不韋の岳父である。全国を股にかけて商売する呂不韋の留守居役でもあり、相談役でもあった。名医の評判は高いが、医者を商売にしていたわけではない。誰に頼まれても処方するわけではなかった。いや、そう気安くは頼めず、頼んでも門番が簡単には門を開けてくれないからである。

夏伯がその邸に通っていた秋頃には、たまたま呂不韋が商用で咸陽へ出掛けていて、邸を留守にしていた。邯鄲に戻って来たのは、年の暮れも迫る十二月の半ばである。

北大城の邸に帰り着くと呂不韋は、さっそく咸陽でまとめた商談の運営を、扁鵲老と相談し、それを了えてみやげ話を始めた。

「咸陽城は長平戦役の勝利に酔っていました。凱旋将軍白起の人気は大変なものです。方々の街角に俄か拵えの舞台が出現して、城民たちが好き勝手に——白将軍かく戦えりを演じながら踊り狂っておりました。邯鄲に進撃する手筈を整えていた白起を、それ以上の戦功を立てさせまいと宰相の范雎《はんしょ》が止めたという噂は、どうやら事実だったようです。まあ、お陰で邯鄲は戦禍を免れたが、咸陽の城民たちは悔しがっておりました。個人的には具体的な利益や恩恵などあろうはずもないのに、なんで地団太踏みおるんじゃ、と言いたかったが、しかし立場が逆なら邯鄲の城民も、そうしたであろうなあ」

と呂不韋は苦笑する。

「そう言えば――」

と扁鵲老が、嬴異人の薬を調合した一件を話した。そして可哀そうに、薬代もないほど困窮していると、軽く首を左右に振る。

「まさか――」

と呂不韋は本気にしなかった。

「なんでも国許からの仕送りが、なぜか、羽が生えて消え去るそうな」

「うむ、それならあり得る」

と呂不韋は頷《うなず》いた。咸陽で、王室に華陽夫人の「養子取り」を巡る凄まじい暗闘があることを小耳に挟んでいたからである。

「やっぱり、そうか。お気の毒に――」

と呂不韋が呟いた。

「粟を買う金にも事欠く、と守役が言っていた」

と聞いて、呂不韋の目が俄かに輝く。

「奇貨、居くべし!」――うむ、これはいい買物だ。買って置けば値が出る。よし、買った! と呂不韋は膝を叩いて、唇を結ぶ。瞼を閉じて、頬杖を突いた。

なにか重大な決断をした時に、彼が決まって見せる仕草である。

呂不韋は勘がやたらと鋭くて、頭の回転が恐ろしく速い男であった。じっくり考えた末に決断するのではなく、先ず決断してから、実現の可能性や実行の方途を考える。

勘が鋭いのは半ば天性だが、咄嗟に頭を働かす訓練が出来ているからでもあった。いや、その前にありとあらゆることを学んで、広い知識と高い見識や深い知恵を蓄えていたから出来ることである。

大商人呂不韋は、生まれながらの商人ではなかった。かつて、時代の先端を切る「諸子百家」を志して「遊説」を試みたことがある。だから当然に、治世の道と治国の方策に一家言があった。兵法の心得すらある。

敢えて蛇足を加えるが、呂不韋の出身は、後代、彼を嫌悪する偽善者たちの手で卑賤化されてきた。歴史的な人物として彼の顔が、儒学史家の憎悪した始皇帝と二重写しになっていたからであろうか。

長袖《ちょうしゅう》にして善舞す

呂不韋は韓国の大賈人《だいこじん》（商人）で、扁鵲老との出会いは、この時から十年ほど遡る。

呂不韋が楚国へ鉄材を買い付けに行って、旅舎で瀕死の重病に倒れた。そこを、やはり邯鄲から来ていた、同宿の扁鵲老に救われたのが機縁である。

病気の治療をしている間に、医者と患者は意気投合した。なんと言っても邯鄲は天下の大商業都市で、物流の中心地である。商売を広げるなら、その邯鄲へ本拠地を移してはどうか——と扁鵲老が誘いをかけた。

たまたま呂不韋も、そう思っていたところである。それで誘いに乗り、さっそく本拠を移して、邯鄲に居を構えた。扁鵲老もただの医者ではなくて、商売にも経験がある。その手助けが得られることは、呂不韋にとって有難いことであった。いや、それ以上に扁鵲老が医者であることを、心から悦んでいる。

自分の健康管理を頼めるから、ということだけではなかった。扁鵲老には秘伝の「調陰補陽」に特効のある秘薬がある。簡単に言えば、腎臓の機能を強化する強壮剤のことだ。男ならそれを悦ばない者はいない。その秘薬を取引先のみやげに持参すれば、必ずや商談はまとまり易くなる——と計算したからであった。

一般に「実用主義的《プラグマティック》」な中国人の中でも、とりわけ呂不韋は徹底した実用主義者である。それで、彼は北大城の一角に建てた邸に、大きな薬草園を造った。

言うまでもなく、薬草園ではあっても、そこでは四季折々に花が咲き乱れる。薬用樹とて花を咲かせて実を結ぶから、実質的に庭園と変わるところはなかった。つまり、それは薬草園であって、しかも庭園でもある。まさしく、一挙両得というわけだ。

春を告げて咲く芍薬の根は、下痢腹痛や月経不順の薬である。それを追って花を開かせる牡丹の根は、消炎や血圧降下に効く。

夏を告げる菖蒲（石菖）は咽喉炎に特効があり、秋に公孫樹《いちょう》が実らせる銀杏は喘息性気管支炎に薬効がある。冬に実を結ぶ甘橘の果皮は「陳皮《ちんぴ》」と呼ばれて健胃と拗《こじ》れた咳に効き、冬の終りと春の始まりを告げる楊梅《やまもも》の果実には解毒作用があって、樹皮は頑固な皮膚病を治す。

解熱と抗瘧《こうぎゃく》（わらわやみ）に特効のある柴胡《さいこ》のS字形にくねった茎と、そこに付く楚々たる黄白い花には、えも言われぬ趣があって、なかなかの観賞用植物でもある。寒さに耐えて懸命に枝を伸ばす熱帯植物の樟《くすのき》も、その皹《ひび》割れたような幹と、初めは白で黄色に変わる可憐な花が観賞に値しながら、やがて結ぶ豆粒大の黒い果実は、腫瘍の治療や痛み止めに効く。

桑の葉は周知のように蚕の飼料で、その根茎の分厚い中皮は蕁麻《じんま》疹《しん》に特効があり、その果実は優れた補血剤だが、問題は――その直根（柢《てい》）である。

その直根を地下で切断した時に、その切り口からわずかに滲み出る粘液は、扁鵲老が「調陰補陽」の秘薬を調合するのに、不可欠な材料の一つであった。その粘液を採集するのは至難の業である。いやでも、その桑の木の直下に巨大な穴を掘らなければならないからであった。

しかも一株の樹に一本しかない直根から採取出来る粘液の量はわずかである。当然ながら一度に幾つもの穴を掘らねばならなかった。それに粘液の採取作業は、秘密を守るために、最終段階では人払いをせねばならない。つまり穴を掘った邸の使用人たちも、それが何のための穴かを知らなかった。

そこから、呂不韋の邸には無数の落とし穴が掘られている、という噂が広まったのである。当然に呂不韋も扁鵲老も、敢えて、その噂を、否定もしなければ肯定もしなかった。それによって噂は、やはり事実だ、ということになる。しかも、邸を取り巻く塀が異常に低いのが、その事実を物語る証拠だ——ということになった。

だがその実、塀を低くしたのは、呂不韋が世間の一般常識を裏返しにしたまでのことである。塀が高いと、強盗に押し込まれた時に勝手な事をされても、外部には分からない。つまり、それは考え抜かれた「八方破れ」の構えであった。侵入されないことよりも、侵入された時の被害を、最小限度に止《とど》めようとの発想である。

だから「落とし穴」の噂は、呂不韋とすれば願ってもないことであった。意表をついた発想や行動に、世間が乗せられて、勝手に調子を合わせてくれることは、ままあることである。もちろん、それは「好運」といった類のことで、常にそういうことがあるわけではない。

しかし呂不韋は、しばしば計算ずくで、敢えて、その盲点をつく挙に出た。常識やルールを逆手に取る見識があり、しかもその術を心得ていたからである。ある意味では、臍曲りなところがあった。

例えば、彼は二百年ほど前の春秋末期に越国の宰相だった范蠡《はんれい》を、心の教祖として尊崇している。范蠡とは越王勾践を輔《たす》けて春秋時代に覇業を立てた男だが、ある日、突然に宰相の職を捨てて商人に転向した。そしてついに財を成し、陶朱公と敬称されて歴史にその名を留め、辞書に「大富豪」の代名詞とされた男である。

——宰相はわずかに一国を動かすのみ。金は天下を支配し得る。よって吾れ商人を志す——

という言葉に感動しながら、しかも呂不韋は陶朱公すなわち范蠡とは逆なコースを辿ることを志した。

だから——奇貨、居くべし！　と言って口を横一文字に結び、瞼を閉じて頬杖を突いた呂不韋が、なんのために何を買うことを決意したのかを、扁鵲老は知っている。

「居く（買う）のは結構だが、先ずは、しかと品定めもせずばなるまい。明日にでも、さっそく訪ねてくるように連絡をつけようか」

と扁鵲老が言った。

「いや、それはいけない」

「断わられる気遣いは、おそらく万に一つもなかろうよ」

「そういうことではない。これは千載一遇の機会で、しかも途轍もない大きな買物だ。買ったはよいが、値打ちが上がらなくては困る。そのためには、先ず買主が買ったものを大事にしなければならない。明日、当方から表敬訪問することにいたしましょう。ところで宿舎には、監視役や警護係は付けられているのだろうか？」

「ずっと付いていなかったが、五年前、長安君が斉国に入質したのを機に、太后の命令で公孫乾《こうそんけん》という軍官が、門の横の陣屋に、数名の配下と詰めている。誰かに公孫乾を紹介させようか？」

「いや、その必要はない。その場で、握るものを握らせるから」

と呂不韋は言った。それが彼の一貫した流儀である。軍需物資の取引で、いやでも政府当局と折衝しなければならない場面はしばしばあるが、彼は常日頃、彼らと交際するのを避けて来た。必要な時に、必要なだけの賄賂を渡す。それが普段に付き合うよりも面倒がなくて、結果的に安上がりだからであった。ここでも彼は、常識を裏返していたのである。

翌朝、呂不韋は正装して趙妃を伴い、立派な四頭仕立ての馬車に乗って邸を出た。趙妃は邯鄲の邸での第三夫人で、歌舞の達者な美人である。第一夫人（扁鵲老の娘）が、精力絶倫な呂不韋のために見立ててあげた近い親戚の娘で、半年ばかり前に祝言したばかりの新婚ほやほやであった。

第一夫人の目に狂いはなく、呂不韋は趙妃を寵愛して、秘書代わりにどこへでも連れ歩く。この度の咸陽出張にも同行して、昨日帰宅したばかりであった。かなり大柄な美人だから、容貌魁偉な呂不韋と馬車の上に並んだ姿は絵にもなる。

その四頭仕立ての馬車が、大きな荷馬車を随えて接近するのを見た公孫乾は、目を瞠りながらも、訝《いぶか》しげな顔をした。表敬訪問だと聞いて首を傾《かし》げる。

酒甕を下ろすのを手伝ってもらえまいか——と背後で、荷馬車の馭者が声をかけた。公孫乾の配下たちが荷馬車に駆け寄る。それを見届けて呂不韋が二十金を包んだ袋を公孫乾に渡した。それを配下たちと分配せずともすむように、との呂不韋の配慮である。

「嬴異人に出迎えるように伝えてきます」

と公孫乾が言った。

「いや、それでは礼を失することになります。それより、これからお伺いすると、殿下にお伝えください」

と呂不韋は「殿下」にアクセントを付けて頼む。分かりましたと公孫乾は一礼して馬車から離れる。

配下たちは手古摺《てこず》っていたが、漸くにして大きな酒甕と肴の入った大笊《おおざる》を陣屋に運び込んだ。揃ってニコニコしている。

「せっかくの頂戴物だ。さっそく始めてもよいが、お客さまのお目障りになるような、振る舞いがあってはならんぞ」

と母屋から戻って来た公孫乾が言い渡した。そして、さっそく呂不韋と趙妃を、母屋に案内する。

「立ち会うのが掟ですが、なにかと不都合もございましょうから、遠慮させて頂きます」

と言って公孫乾は嬴異人を引き合わせると、すぐ、立ち去った。さっそく、二十金の「領収書」を切ったのである。

呂不韋は慇懃《いんぎん》丁重に、初対面の挨拶をした。それを嬴異人は逆に、からかわれたと思ったのか、気色が冴えない。

「なにか、用があって来られたのですか?」

あるなら、それを早く言え、と言わんばかりに、けんもほろろな態度である。

なるほど、かなりな心の荒《すさ》みようだな、と呂不韋は同情した。しかしそう出られた方が、呂不韋とすれば話が早くて有難い。これは「商売」である。

「殿下を秦国の王位継承者にするためのご相談に伺いました」

と呂不韋はずばり言う。

「相手を間違えたのでは？」

「いいえ。あなたさまでございます」

「事情を知っておられるのか？」

「もちろん、なにもかも。昨日、咸陽から戻って来たばかりでございます」

「あっ！　もしかして、扁鵲老と呼ばれる名医のご縁者では？」

「その通りでございます。夏伯殿の姿がないので、どうなされたのかと訝っておりました」

「これは失礼千万、ご容赦ください。その節はお世話さまでした。夏伯は親戚を訪ねて、留守にしております。ところで、本当のご用件は？」

「いま、申し上げたことでございます。ただし正確には、殿下を王位継承の階段にお乗せすることは出来るが、殿下がその気を起こさなければ、到底出来ることではございません」

「その気はあっても、世の中には出来ることと出来ないことがあります」

「いや、気があるないではなくて、その気を起こさなければ出来ません。もしその気を――」

「わたくしには二十七人の兄弟がおります。なぜ、このわたくしを――」

「条件が整っているからでございます」

「うむ、条件――か。夏伯が教えてくれたことだが、実は、その条件のよさ、つまり王位継承の最短距離に位するがゆえに、私は現在のような死地に追い込まれております」

「殿下、思い詰めてはいけません。その死地とやらからは、一瞬にして脱け出ることが出来ます」

「そんな――」

「いや簡単至極。ただいま、それを証明してご覧に入れます。これを、どうぞ――」

と呂不韋は、五百金を差し出した。

「これだけあれば、三年や五年は楽に暮せます。どうぞ、お収めください」

「なぜこのわたくしに、そのような厚意を？」

「厚意ではございません。投資です。それにしては端金《はしたがね》ですが、これはほんの手付けとご了承ください」

「それは有難いが、しかし成否のほどは――」

「お気遣いには及びません。呂某は男でございます。それにこれまで、投資で失敗《しくじ》ったことは一度もございません」

「わかった。言う通りにする。成功した暁には国を半分、分かち与えよう」

「そうと決まれば、家財と身命を賭して、殿下と運命を共にいたします。胸中に成竹《せいちく》がありますので、期してお待ちください」

「ただ期して待つわけにも行くまいよ。まず何をどうすべきか？」

「まず立派な馬車を買い入れ、派手に趙国の高官や外国の使臣と交際して、名声を天下に上げてください。費用は必要なだけ、幾らでも供給いたします。そればかりか、不如意なことや欲しい物がございましたら、なんでも構わずお申し付けください。御意に叶うように取り計らいます」

「有難う！　心から感謝いたします」

と異人は不意に坐り直して手をついた。

「いまや、われわれは新しい事業を興す『夥伴《パートナー》』でございます。感謝には及びません」

「ところで――」

と異人が言いかけて言葉を切る。

「なにか――？」

と呂不韋が促した。

「誰がわたくしを死地に追い詰めたのか。つまり国許からの仕送りに小細工を施したのは誰か、それを調べてもらえまいか」

「その気になれば簡単に調べはつきます。しかしそれは、近い将来に勝負がついた後のお楽しみに、お取り置きください。その男または男たちを含めて、二十七人のご兄弟たちは、すべてライバルです。藪を突ついて蛇を出すことになりかねません。最短距離にいる者が、彼らの一人を攻撃すれば、彼らは合従（団結）します。それより、この場合は彼らの設定した土俵の上で勝負してはなりません。いや、彼らとは直接に争わず、その頭上を飛び越えて、目標地点に着陸する戦略が肝要です。それはお委せください」

「うむ、そなたはやはり知恵者だ。それは、そうとして、ええ――」

と異人は再び言い淀む。

「また、なにか――？」

「ほんとうに、なにを欲しがっても、かまわないのだな？」

「けっこうでございます」

「その、そのご同伴の女性を、たしか秘書だと紹介したね、そのー、わたくしの妻にいただけまいか」

と異人が言った。虚をつかれた形で、呂不韋は、一瞬ハッとする。調子のいい不作法者めが、と腹を立てたが、次の瞬間には、その回転の速い頭が回り出す。家財を傾けて乾坤一擲の芝居を打つと決めた、この際のことだ。よし！　乗ろう――と決断する。

「けっこうでございます」

と事もなげに言った。咄嗟の決断で、それが趙妃の矜持《プライド》を傷つけたようである。その呂不韋に報復しようとして、趙妃は悔しさを抑えてニッコリ笑った。女心の綾を知らなかったのであろうか。異人が心の底から莞爾とした。

呂不韋の心が微かに傷《いた》む。しかし、二人に付き合うかのように、やはり笑った。ただし、えも言われぬ微妙な笑いである。趙妃は呂不韋の子を孕んでいた。すでに妊娠二ヶ月——である。もちろん異人がそれを知る由はない。


嬴異人は奈落の底から、いきなり九天の上に舞い上がったような心地である。九天の上を「有頂天」というから、文字通りに有頂天になったわけだ。

しかし動くにも、夏伯が留守だから動けない。そこでさっそく下僕に命じて、夏伯を呼びに走らせた。下僕は久しぶりに鱈腹ご飯を食べたから、元気よく颯爽と邸を飛び出す。城門の閉まる夕暮れ前に戻れと言い付けられていたから、懸命に走った。

ぎりぎりセーフで間に合って帰宅した夏伯に、異人が言う。

「先生に教わった老子の言葉に——禍いは福の倚《よ》る所（禍兮福之所倚）とあったが、やはり聖賢の言葉に間違いはなかったねえ」

「当然です。だが名句を半分だけ取り出してはいけません。あれには——福は禍いの伏する所（福兮禍之所伏）と続きます」

と夏伯は窘《たしな》めながらも顔は笑っている。

「なにより年の瀬を越すことが出来てよかったね」

と侍女を顧みて頷き合った。侍女が涙ぐむ。

「真っ先に馬車を買おう」

と異人が言った。

「それより家の者に欠配していた手当を支払うのが先です」

「それは当然だ。それに高官や使臣と交際するのに、このボロ家ではやはりまずいなあ」

「それはまあ、そうだね。調度品ぐらいは入れ替えねばなるまい」

「いや、一等最初に趙国朝廷が東城に用意してくれた客舎への引越しを交渉しよう」

「さあ、それはどうかな？」

「大丈夫だよ。このボロ家では食客を置くことは言うに及ばず、客も呼べないから、と言えば応ずるだろう」

「そう慌てることはなかろう。ゆっくり考えてからでも遅くはない。それに銭主《スポンサー》の意向も打診せねばなるまいから――」

「いや、なんでも御意のままに――と言われたぞ」

「だからとて、そうも行くまい。とにかく明日にでも挨拶がてら相談してみます。それまでは考えても埒《らち》はあかない」

と夏伯は言った。なにしろ思いも寄らぬ急転直下の環境の激変である。夏伯もいきなりは頭の整理がつかなかったのだ。

しかし異人は昨日までの事が、すべてウソであったかのような風情である。夢と願望を綯《ない》交《ま》ぜにして、滔々《とうとう》と喋り続けた。

夜半から、異人一家四人のそれまでの不幸を清めるかのように雪が降って、庭に一面の銀花が咲く。

翌朝、降り続く雪をついて、夏伯は北大城の呂不韋邸を訪ねた。出て来た扁鵲老に、夏伯はまず礼を述べて来意を告げる。

「お待ちしておりました」

と扁鵲老は奥へ案内した。呂不韋は丁重に夏伯をもてなし、気さくに話しかける。しかし、鼻が隆《たか》くて眼光が鋭いからか、ある種の近寄り難さを感じた。あるいは、彼の背後に輝く「黄金」の後光が、彼に一種の威勢を漂わせているのかも知れない。だが、彼は下手に出た。

「われわれは仲間です。しかもこの先、誰よりもあなたにご苦労をおかけすることになりますが、どうぞよろしく——」

と逆に頭を下げられて、夏伯は恐縮する。なるほど、大をなすだけのことはある男だ。この男が本気で手を貸せば、必ずや事は成る。やはり異人は本物の「貴人《クエレン》（救い星）」に巡り合ったようだ——と心で天に感謝した。

夏伯は改めて、今後の指針を尋ねる。いずれ包み隠しや駆引など、出来もしなければ必要もない相手だ、と判断して、異人が言い出した引越しの件に触れた。

「もし是非にとなら交渉いたしましょう。いま満天下の話題を攫《さら》っている四君子を頭に浮かべられたのでしょうが、われわれの現在の立場で、その後塵を拝する必要はないかと存じますが、如何なものでしょうか？」

と呂不韋は夏伯の意見を求める。

――四君子というのは、斉国の孟嘗君、魏国の信陵君、楚国の春申君、それに趙国の平原君のことで、揃って食客「三千人」を養い、それぞれの国君以上に「名声」を天下に轟かせていた。

この時代に限られたことではないが、中国における「名声」は、それ自体が力である。だから異人がそれに憧れ、彼らを範にしようと頭に描いたのは、ある意味では当然のことであった。

しかし食客とは、いわば私兵で――いわゆる鶏鳴狗盗の特殊技能者を含む――知囊《ちのう》団と自衛団の混合する集団である。もちろん四君子はそれによって、それぞれの国内における立場と地位を固めながら、同時に、相結んで、相互の政治勢力の増強を謀った。

それだけ見れば、その「食客三千人」は、明らかに君権を脅かす不穏な政治集団である。だがその集団は「合従連衡」と言われる場合の――秦国に対抗する――「合従」の機動隊の役割を果たした。それゆえに、元来は存在を規制されるはずの集団が、君権と並存することが出来たのである。それは取りも直さず、いよいよ秦国に追い詰められた各国の、微妙な政治状況の反映であった。

つまり食客集団は、漸くにして秦国を除く戦国七雄の支配体制に現われた「金属疲労」のような「体制疲労」を救う応急対策のエースとして華々しく歴史に登場したのである。そして春秋戦国の世に豪華絢爛を競いながら、人々の耳目を聚《あつ》めた。しかし、ついに実を結ぶことのなかった、極めて歴史的な「徒花《あだばな》」である——

支配体制の「金属疲労」による政治危機は、そのような甘ったれた弥縫《びほう》の策では歯が立たない。それを知るには、異人はまだ若かった。しかも、その華々しさに目を奪われて食客を置く気になったようだが、彼の立場や直面している政治状況は、四君子の場合とは違う。

「その必要は、まったくありません」

と呂不韋に意見を求められて、夏伯はきっぱりと答えた。

「やはり、そうお考えですか。殿下には、たしかに、名声を上げるために広く交際するようにと申し上げました。しかし目標は当然に限定されたものです。つまり名声を咸陽に響かせれば十分で、天下に轟かせる必要はありません」

「その通りでございます」

「そうすると、効率的な方法を考えなければならないわけですが、なにか——?」

と呂不韋は再び夏伯に聞く。

「いいえ。ご教示ください」

「大した知恵もないが、例えば重点的に平原君と派手に交際する、というのはどうでしょうか?」

「——」

「それを見れば、そこにいる三千の食客は、頼まずとも、勝手に噂を広めてくれるはずです。それどころか、殿下に鞍替えする了見を起こす者も出るに相違ない。当然に、噂を耳にした所属不定の食客も、殿下の門を叩きに現われる」

「しかし、それではもしかして、平原君との間に諍《いさか》いが――」

と夏伯が懸念を口に出す。

「その気遣いはありません。と言いますのも、現実に、われわれはそれを受け入れてはならず、初めから食客を置く必要などないからです。それに、人質が身辺に人を集めてはいけない仕来《しきた》りはないが、それでも避けるに如《し》くはありません」

「分かりました」

「そういうわけで、つまり門を叩く食客に門前払いをかけるのに、家が狭いというのは打って付けの口実になります。しかも、目下東城への引越しを朝廷と交渉中であるから、それが実現した暁には改めて――と気を持たせておけば、謝絶された食客も納得するに違いありません」

「しかし、いつまでもそれでは――？」

「その通りです。しかし殿下がいつまでも邯鄲の城におられたのでは埒があきません。環境を作り上げたら、一刻も早く帰国せねばならないわけですから、その手を講じておきます。殿下には、さっそく平原君と対等な付き合いの出来る立派な身繕いの支度をして差し上げてください」

と呂不韋は言った。

いとも簡単に結論が出たのである。相談をしていたはずが、いつしか結論を押し付けられていた夏伯は、拍子抜けしながらも、やはり！　と呂不韋のものの考え方や論理の進め方に舌を巻いた。

間もなく「子楚」と改名した異人と平原君との交際が始まる。それが軌道に乗ったのを見澄まして、呂不韋は、口舌の徒（論客）を伴い、それこそ昔取った杵柄《きねづか》の「遊説」を行なうために、咸陽へ旅立った。

咸陽に到着した呂不韋は、さっそく邯鄲から連れて来た口の達者な二人の論客に、邯鄲の城で「見た」嬴子楚の「威風」を宣伝させる。自分はさっそく太子安国君の正室夫人・華陽夫人の姉を訪ねた。

高価珍貴な礼物（贈物）を渡して、さりげなく、しかし懸命に子楚を売り込む。同時に、さあらぬ体《てい》にて、華陽夫人の嫡子選びの進め方や進展の具合について探りを入れた。

依然として子楚が最短距離に位置している、つまり優位に立っていると知って、呂不韋は長居無用とばかりに辞して去る。

意図を見抜かれるのは賢明ではない。咸陽に放した論客の宣伝が行き渡ったところで、出直すことにしよう。それを追い駆けて、邯鄲での子楚の噂も咸陽に届くはずである

――と考えて呂不韋は邯鄲に戻った。

呂不韋が邯鄲に帰り着いたのは前二五九年（秦昭襄王四十八年、趙孝成王七年）の初

秋である。爽やかな秋風が冷たくなった晩秋十月に、子楚の夫人趙妃が男子を出産した。混沌の世界に「始皇帝」が誕生したのである。

出産予定日よりひと月以上も遅れたから、逆に、ひと月早く生まれたとして計算すれば、十月の出生は順当で、彼此いわれる謂《いわれ》はない。それより、趙妃が出産する時に——龍の夢を見たとか、鳳凰が庭で舞ったとか、あるいは、麒麟の足跡を踏んで懐妊したとかの——荒唐無稽な儒者の作り話に包まれずに、それこそ「裸」で生まれたのも善いことであった。つまり、後に天子とはなるが、天の子としてではなく、人の子として、ただ一人だけの忠実な侍女と、善良な下僕に祝福されて、産声を上げたのも、まことに結構な話である。

そのようにして生まれた子は「政」と名付けられた。姓が嬴だから嬴政である。そして十三年後には「秦王政」と呼ばれた。「始皇帝」と称されたのは、さらに二十五年後のことである。

嬴政が生まれた翌年の九月に、秦趙両国の間に再び戦端が開かれて、王陵の率いる二十万の秦軍が邯鄲城を包囲した。

嬴子楚とその家族が、邯鄲から脱出するチャンスが訪れたのである。果たして夏伯が、呂不韋を訪ねて相談した。

——慌てることはあるまい。城攻めには時がかかる。勝敗の目途がついてからでも遅くはない。勝敗の如何に拘らず、秦軍は必ず引き揚げる。その直前に合流すればよい。軍中に長く留まるのは避けねばならず、単独で帰国するのは、たとえ護衛がついたところで、安全無事に趙地を通過出来る保証はない――

と呂不韋は慎重を期して、早く動きすぎるなと諭す。

果たして秦軍は城を攻めあぐねた。王陵は猛然と攻め立てたが、年が明けても城は落ちない。焦った秦国朝廷は、若い総兵（総司令）の王陵を、老練な王齕《おうこつ》と交替させた。

だが、それでも城は落ちない。

業を煮やした朝廷は、ついに最後の切り札を切る。あの三年前の「長平戦役」の英雄で、敵城七十余座を落とした実績のある宿将白起に出陣を命じた。

だが、ここで思わぬ悲劇が起こる。白起が断固としてそれを拒否し、朝命に逆らった。

――長平で趙軍を潰滅させた時に、長駆して邯鄲を攻めれば、一挙にして功を成すことが出来たはずである。自分はそう主張したが無視された。殺し損ねた蛇はしぶとくなる。いまとなっては邯鄲を落とすことは出来ない。損害を恐れるなら、早く撤退することだ。それに自分は病いを患っているから動けない。そもそも、この時期に出兵したのは、兵法の兵の字も知らない者の愚挙である――

と白起は言った。宰相范睢への露骨な鞘当てである。実は、白起が范睢に作戦を妨害されたのは、一度や二度ではなかった。だから白起は怒り心頭に発していたのである。

しかし不世出の勇将白起は「抗命」の罪で断罪され、秦国の大軍は邯鄲の城下で惨敗した。

この邯鄲の戦役で趙国が勝利を収めたのは、あの「四君子」の中の三人が行なった——史上ただ一度の巧みな——連繋作戦が功を奏したからである。

諸国は秦軍に都城を包囲された趙国から救援軍の派遣を要請されたが、後日、秦国から報復されるのを恐れて、二の足を踏んだ。それを、趙の平原君の呼びかけに応じた魏の信陵君と楚の春申君が、それぞれの国王を動かして、救援を実現させたのである。

ところで呂不韋は、平原君が楚国へ春申君と渡りをつけるために城を出た翌日に、やはり城を離れて咸陽に旅立った。やりかけた「遊説」を仕上げるためである。白起が動かず「四君子」が動くと見た呂不韋は、間もなく秦軍が敗退すると読んだ。子楚とその家族を、撤退する秦軍と合流して帰国させる積りでいたから、その前に「跡継ぎ」の件を固めておかなければならなかったのである。

咸陽の城に入った呂不韋は、真っ直ぐに華陽夫人の姉を訪ねて、車に満載した礼物を、その家に運び込ませた。二度目で最後の「遊説」だから、みみっちい真似は出来ない。それにこの度は、華陽夫人の分も用意したのと、子楚から託されたと称する礼物も持参したのだから、いやでも嵩張《かさば》った。

案の定、邯鄲で平原君の食客たちが立てた噂と、呂不韋自身が咸陽に放しておいた論客の広めた子楚の風説は、すでに王宮とその周辺に達している。挨拶をすませると、姉御前が開口一番に言った。

「この前お出になられた折に、お話に出た異人殿は、やっぱり、ひとかどの器量人に成長されたようですね」

「まったくその通りでございます。子楚と名を変えられました。わたくしも心から尊敬いたしております。それにしても、よくご存じで——」

と呂不韋は惚《とぼ》ける。

「ええ、妹から聞きました。なにしろ、跡継ぎの選定をしている時ですので、なにかと噂に聞き耳を立てているからですよ」

と彼女は言う。呂不韋は声を立てずにウム！　と唸り、思わず拳を握って膝を叩いた。そう来なければウソだ！

「それにしても子楚殿下は、大変なお方でございます。器量ばかりではございません。人間的な情感が優れておられます。いつかお会いした時など——異国にいて父上に孝養を尽せないのが悲しい。しかし幸いにも華陽夫人が身辺のお世話と健康を気づかってくださるから有難いことだ。夫人には心から感謝している。自分の実母が亡くなったいまでは、父上の正室はすなわち自分の母上だ。父と同様に、母上にも孝道を尽したい。ところがそれが出来ないのだ。残念である——と涙ぐんでおられました」

と呂不韋は感動の色さえ浮かべて、まことしやかに言う。

「ほお！　そう言っていましたか。妹に伝えましょう。きっと喜びます」

「それはそうでございますよ。他人が口を挿し挟むことではないでしょうが、ああいうよく出来た方を世継ぎになされば、夫人はきっとお幸せな老後をお過ごしになられるはずです」

「わたくしもそう思いますし、またそれはわたくしにとっても有難いことです。実は、異人の他に適当な跡継ぎはいない、とは考えていたようですが、なにしろ二十年も顔を合わせていないので、本気で自分を母親と思ってくれるかしら、と迷っておりました」

「わたくしが知る限り、そのようなご懸念は、まったくございません」

「よくぞお教えくださいました。迷っているのを見るのが、なんともかわいそうで、さっそく決断するように言い聞かせます」

「人さまの幸せを見るのは嬉しいことです。是非、そうしてください。わたくしも子楚殿下に、伯母さまがご推挙くださることを、お伝えいたします」

と呂不韋は彼女の言質を取るかのように言った。

首尾は上々である。呂不韋は辞して屋敷を出た。思わず笑いがこみ上がる。翌日、呂不韋はさっそく咸陽を離れて帰途についた。

邯鄲に帰ってきた呂不韋は、さっそく身辺の整理に取りかかる。子楚一家を咸陽に送り届けても、当分は帰宅出来ない。趙国朝廷の出方も見届けねばならず、咸陽での子楚を、陰から見守る必要もあった。

計画の第一段階は順調に進んでいる。しかし、土壇場で小石に躓《つまず》くといった――「九《きゅう》仞《じん》の功を一簣《いっき》に虧《か》く」ようなことがあってはならない。

そう考えていたところへ、前触れもなく夏伯が訪ねて来た。呂不韋が帰って来たことを知らない夏伯は、驚いたようである。

「お帰りになられたら、すぐご連絡願いたいと頼みに来たところです」

「なにか、急用でも――」

「いえ、ただ、時機を失してはいけないと、それが気掛かりだったまでのことです」

「そうですねえ。あとひと月もすれば楚魏両国の援軍が到着するでしょう。咸陽では政争があって朝廷は動揺しているから、その影響で秦軍はひと月も持ち堪《こた》えられまい。つまりふた月後には秦軍が撤退を始めるはずです。その積りで支度をするようにと言ってください。ただ、問題はあなたと使用人です」

「わたくしたちは、もちろん居残りますが、いや、残る他に途はないでしょう」

「たしかに、そうする他ありません。もちろん後の事は後で考えるとして、城の攻防戦が行なわれている時に、殿下とその家族が脱走したとあらば、使用人はともかく、あなたはきっと咎められます」

「それは前々から覚悟しておりました」

「いや、予測出来る眼前の危害は避けるべきです。もうふた月ほどしか時間がありません。数日中に、理由を設けて、あの監視官の公孫乾の前で、派手に殿下と言い争い、怒った末に宿舎を飛び出したことにして、ご実家にひとまずお帰りください。そうすれば後日、あの二人の使用人の面倒を見ることも出来ます」

と呂不韋は珍しく単刀直入に言ったが、夏伯は返事をしなかった。

「分かっております。その二ヶ月の間の殿下のご不便を気遣っておられるのでしょうが、それは公孫乾に金を払ってやらせますので、ご放念ください」

「分かりました。そういたします。いろいろとお世話さまでした。事の成就を祈ります」

と夏伯は席を立った。呂不韋と扁鵲老が背後に随い、大門まで送って別れる。

ひと月半が経った。子楚の宿舎では、監視役の公孫乾が夏伯に代わって、子楚の守役をしている。その公孫乾がある日の朝、呂不韋の招待を受けた。

公孫乾は喜び勇んで呂不韋邸を訪ねたが、大門横の来客控え室で待たされる。当然、邸内に案内されると思っていたが、逆に呂不韋が出て来た。

――貴公と取引しようと思ってお呼びした。ちょっと骨の折れる仕事をして頂きたい。報酬は六百金、よろしいか六十金ではなくて六百金ですよ。前金が三百、残りの三百は成功の暁に支払う――

と呂不韋は言った。一生をなにもせずに、贅沢して暮せる大金である。

おお、六百金か！　妻子を売れと言われれば売るし、強盗、誘拐、放火、殺人、なんでも引き受けるぞ――と公孫乾は心に頂突《うなず》き腹をくくって、続く呂不韋の言葉を待つ。

これがその前金です――と呂不韋は三百金を卓の上に並べた。

沈黙が続く。公孫乾は三百金から目を離さず、呂不韋はじっと公孫乾の目の色の変化を読み取ろうとしている。長年の取引の間に呂不韋は、高価な品物を売り惜しむ相手に現金を見せて、売る気を起こさせるコツを会得していた。それを応用したのである。

「仕事とは？」

と公孫乾が痺れをきらした。

「さして難しい事ではないが、そう簡単な仕事でもない」

「なんでも引き受けます。早く言って下さい」

果たして公孫乾が、逆に催促した。

「子楚殿下と随伴者三名の通行手形及び旅行許可証を、本日中に、しかも城門が閉まる前までにお願いします」

「お引き受けいたしますが、今日中というのは無理です。三日以内でいかがでしょう」

「いや、困難があるなら、偽造したものでもよろしいが、その場合は、貴公にご同道願います」

「承知いたしました。やってみます。前金はいま頂けますか？」

「結構です。それに、お手伝いする男を一人お付けいたしますので、遠慮なく使ってください」

「ありがとうございます。それに、酒をひと甕と肴をひと笊《ざる》ご寄贈願えますか。詰所の連中を眠らせておきたいので」

「それはご周到なお心掛けでまことに結構、さっそく届けさせます」

というわけで商談は成立した。

子楚には未だ事の詳細を打ち明けていない。呂不韋は昼食をすませると、子楚の宿舎に出掛けて、そこで待機した。

城の閉門一刻（二時間）ほど前に公孫乾が満面に笑みを湛《たた》えて戻る。通行手形と旅行許可証を示して——ご同行いたします、と言った。

詰所では公孫乾の配下たちが「黒甜郷《ヘエテンシャン》」——「夢の世界」に遊んでいる。酒に眠り薬が仕込まれていたから、暫く目を覚ます気遣いはない。宿舎の前庭に馬車が三乗並んでいる。荷物の積み込みが始まった。

公孫乾の車の荷台にも、荷物がぎっしり詰まっている。彼が城を出て、そのまま逃走する気でいることは明らかであった。

数えで三つになった嬴政が、母の趙妃に手を引かれて、馬車に歩み寄る。旅行だと言い聞かされていたが、はしゃぐ様子もなく、興奮の色もなかった。

大きくなったのう——と呂不韋が感慨深げに呟く。

「三人だと窮屈だから、政は呂爺の車に乗らせようか」

と子楚が声をかけた。窮屈であるのは事実である。それより、呂不韋と同車すれば、万一、なにかが起きても安心だからであった。自分の息子を、呂不韋がやはり自分の子のように、可愛がってくれていることを子楚は知っている。

しかし、趙妃が返事するより早く、嬴政が言った。

「いやだ！　窮屈でも母上と一緒がよい」

三歳の子供とも思えない、きっぱりとした言い方である。

それを聞いて呂不韋が軽く嘆息した。ふと、金は天下を支配出来ると言った、范蠡の言葉を想い出す。しかし、子供の心は支配出来ない――と苦笑した。

いよいよ「歴史的な旅」が始まる。無事に城門を通過すれば、前面は秦軍の陣地であった。子楚殿下が脱出してきたと聞いて、王齕《おうこつ》将軍が挨拶に現われる。

呂不韋の予想に違わず、秦軍の一部はすでに撤退を始めていた。折よく翌朝には第二波の撤収部隊が出発するという。子楚の一行は予定どおり、それに合流して、無事、咸陽の城に入った。いや、漸くにして帰り着いたのである。

「歴史的な旅」は、別にこれと言ったエピソードもなく順調に、旅の主人公の将来を暗示するかのように、呆気なく終った。公孫乾がいつしか姿を消していたことは言うまでもない。

嬴子楚は筋書通りに太子安国君の「嫡子」となり、まもなく「太孫」に封じられた。

しかし秦国の朝廷は、宰相范雎の進退を巡って揺れている。

それまで無名に等しかった范雎は、ある奇縁で楚国から咸陽に流れ着き、客卿《かっけい》を経て、ちょうど十年前の昭襄王四十一年（前二六六）に、いきなり宰相に登用された。いわゆる「諸子百家」が春秋戦国の世に織り為した出世物語を、典型的に体現した男である。

その頃、昭襄王は政治実権を母の宣太后に握られ、朝政は宣太后の弟穣《じょう》侯（魏冉《ぎぜん》）に牛耳られていた。つまり昭襄王の存在は霞んでいたのである。

——秦国の朝廷に太后と穣侯のあるを知るのみ、昭襄王のあるを聞かず——

とは初対面で、范雎が昭襄王の奮起を促すために吐いた言葉だが、事実も、まさしくその通りであった。

昭襄王が即位したのは十五歳の年である。若い国王に代わって母后が実権を握り、外戚が朝政を専断するのは、よくあることで、いわば政治力学の必然のようなことであった。

しかし穣侯は有能な宰相で、朝政を仕切りながら兵を率いて隣国を討ち、領土を広げて国力の増強に貢献していたから、それはそれで文句の付けようはない。だが功を立て権を伸ばすと穣侯は、昭襄王を無視して権力を私有化し、国庫よりも自腹を、国土よりも封地を広げるようになった。野心を剝《む》き出したのである。

しかし昭襄王はそれに気づきながら、打つ手がなかった。下手に動けば国王の地位が危くなる。軍権を一手に握る白起が、穣侯の息のかかった武将だからであった。

そこへ范雎が現われたのである。そこで昭襄王は范雎の「離間策」を採用して、穣侯には相談せず、いきなり白起を元帥に昇進させて、穣侯と白起とを切り離した。その上で、宣太后を後宮の奥に幽閉して穣侯を追放する。そして范雎を宰相に任じ、応侯に封じて重用した。

范雎は、その有名な「遠交近攻」という「言葉」とともに記憶されて来た男である。

遠交近攻とは、もともと深遠な外交政策の原理として説かれたのではなくて、穣侯がしばしば、趙魏両国の東にある斉国へ出兵したことを批判した「言葉」であった。

もともとは――遠い国を攻めてその城や領国を奪っても、結局はそれを領有し続けることは出来ず、税金を取り立てることも出来ないから、現実には何の用もなさない。しかし近い国だと、一寸を切り取れば一寸、一尺なら一尺と、確実にそれだけ領土が広くなる。したがって攻めるなら近い国、遠い国とは交を結べばよい――ということである。

応侯に封じられた范睢も、穰侯の魏冉と同様に有能な宰相で、秦国の強大化に大きく貢献した。しかし范睢はきわめて感情的で、狭量な男である。

彼が功名争いで、ことごとに白起の軍事作戦を妨害し、挙句の果てに、国民的な英雄の白起を死に追い詰めたことで、咸陽の城民たちの反感を買い、剰《あまつさ》え信頼の篤かった昭襄王すらも、白起の死を惜しむ言葉を漏らすに至って、ついに彼は窮地に立ち至った。

そればかりではない。彼は、その不遇時代に世話になった二人の男を、人物ではないと知りつつ私情で、高い官職に推挙した。その一人は「将軍」に推挙した巷間の俠客鄭《てい》安平《あんぺい》である。もう一人は河東の太守に推挙した謁者（外交事務官）王稽《おうけい》であった。

秦国の法律では、推挙者は被推挙者の犯した罪と同罪、と定められている。鄭安平は趙国に出兵した軍団に加わり、総司令官の命令を無視した単独行動を取った上に、包囲されるや麾下《きか》二万の兵とともに降服した。王稽は外国と通じた謀反の罪を犯している。

いずれも「族誅《ぞくちゅう》」すなわち一族皆殺しの刑罰に処せられる重罪であった。したがって范睢は「坐三族法誅」――法による三族誅殺に連坐した罪を犯したことになる。

もちろん范雎は罪を認めて、自ら罰を願い出たが、昭襄王がそれまでの功績に免じて、問題をうやむやにした。しかし法は法である。ましてや秦国は、法の執行が厳格であることで聞こえていた国であった。

昭襄王の恩情で、范雎は辛うじてひとまず無事な日々を送っている。しかし朝臣と城民の間では、昭襄王の恩情は非法だという不満が、燻《くすぶ》っていた。

それが爆発したら、どういうことになるか。また高齢の昭襄王にもしものことがあれば――と范雎は、表面では平静を装いながら、心は麻のように乱れていた。間違いなく范雎は、絶体絶命の危機に直面している。

そこへ突如として、救いの神が現われた。蔡沢《さいたく》である。やはり「遊説の士」とも呼ばれた諸子百家の一人、いや、その最も優れた者の一人であった。

蔡沢は独り范雎の危機を救ったのみならず、それに関連した昭襄王の悩みをも解消したばかりか、実は――これまであまり注目されなかったが――春秋戦国時代を終結させる妨げとなっていた「障碍物」を取り除いた、特筆大書すべき歴史的人物である。

この蔡沢の評伝を書いた太史公司馬遷が、末尾に「韓非子」の言葉を借用してコメントを付けた。

――長袖善舞、多金善賈――

袖長くして善く舞い、金多くして善く賈《あきな》う――という意味である。衣裳と資本が物を言う。深い学識（資本）と巧みな弁舌（衣裳）を備えていたからこそ、一朝にして宰相となり、一夕にして大事をなし得た、というわけだ。

それより、咸陽の城に帰った幼い嬴政は、この蔡沢の薫陶を受けて育つ。つまり嬴政は五歳の年から成年するまで、蔡沢の教育を受けた。史上稀に見る天才児と名師傅《しふ》との、それこそ歴史的な出会いである。

亢龍《こうりゅう》悔い有り

政治の世界にも「ブーム」というものがある。世を挙げて騒がれた「招賢・聘将」の時代は、漸くにして下火になりつつあった。少なくも一っ時ほどの熱気はない。人材の売り手市場は、買い手市場に傾きかけていた。

買う気のない者に売り付けることは出来ない。いや、能の価値、才の効用、才能の品質を知らない者に、巧を弄して売り付けても詮ないことだ。やがて抛《ほう》り出されるか、あるいは尻っ尾を巻いて逃げ出す羽目に陥るのが関の山である。

燕国出身の蔡沢も、全国を股にかけて、その才能を売り歩いた。しかし、買い手も付かず、是非にでも売り付けたい、と思うほどの相手にも巡り合っていない。

しかし蔡沢には、いささかも落胆の色はなかった。良貨は必ず売れる。そう信じて疑わなかった。

時を待つのも一つの戦略である。彼は趙国に来ていた。そうだ、ひとまず故郷に戻って英気を養い、その上で出直すか――と足を北に向けてから蔡沢は、ふと邯鄲の北大城に、旧知の唐挙《とうきょ》がいることを想い出す。そして、久方ぶりに会おうと、訪れることにした。

唐挙は邯鄲のみならず、四囲に名の聞こえた占い師である。訪ねて来た蔡沢を、唐挙は、当然に「運命鑑定」をして貰いに来たものと思った。蔡沢の身装《みな》りと気色が冴えなかったからである。

蔡沢が占いなどを信じていないことを、唐挙は百も承知していた。しかし人間、落ちぶれると、崇めてもいなかった神仏に祈り、信じてもいない占い師の門を叩く。唐挙の客には、むしろそのような者が多かった。

「おお、蔡沢か。なーに、思い悩むことなどないぞ。そのご立派な面相に自信を持つことだ。昔から聖人は面貌怪異という伝説があるではないか」

と唐挙は顔を見るなり言った。挨拶抜きでいきなりの「ご挨拶」である。半ばは、慰めた積りであった。半分は、からかったのである。たしかに蔡沢の面相は並みではなかった。

――曷鼻、巨肩、魋顔、蹙齃、膝攣――

すなわち、蝎《すくもむし》（曷）のように鼻が長く、怒り肩で、額が前に張り出し、鼻根が眉に接近して、膝が彎曲している。

「その通りだ。悩んでなぞいないぞ。富貴の運命を備えているに決まっているんだ。だから運命について、ご託を並べて貰う必要はまったくない。そのために来たわけではないが、折角だ。寿命が長いかどうか、それだけ鑑定して貰おうか」

と蔡沢は言った。機嫌がよくない。

「わかった。この先、四十三年は生きていられる。保証してもよい」

「そうか、富貴があって、持ち時間が四十三年もある。結構なことだ。ありがとう」

と蔡沢は言って、そのまま「占卜館」を出た。旧交を温めようと訪ねて来たのに、足元を見透かしたかのような唐挙の態度が、気に食わなかったからである。

しかし占卜とは関係ないが、やはり運命とは奇なるものと言うべきか。占卜館を訪れたことで、蔡沢は思わぬ「開運」のきっかけを摑んだ。帰りそびれて、その夜泊まった宿屋で――秦国の宰相范雎が、政治的な窮地に陥っている、という情報を耳にしたのである。

翌朝、蔡沢はさっそく邯鄲を出て、咸陽に向った。咸陽の城に入った蔡沢は、すかさず范雎の周辺に噂を撒き散らす。

――燕国生まれの「超弩級」の遊説家蔡沢が、昭襄王に面会を求めて咸陽に現われた。彼が秦王に会ったら、応侯の地位が危い。宰相の地位は彼に取って代わられるだろう――

范雎に対する一種の脅迫である。いや、面会強要の巧みな手段であった。あるいは、范睢が本当に窮地に立たされているか、それを深刻に自覚しているかの、観測気球でもある。

その噂を范睢の耳に届くように立てて、蔡沢は静かに相手の反応を待った。反応がなければ、范睢にまだ余裕のある証拠である。もし追い詰められていたら、聡明な范睢が自覚しないことはなかろう。いずれにしても、反応があれば数日中にある――と蔡沢は読んだ。

しかし「数日中」という予想は外れる。噂を立てた翌々日には、さっそく范睢が「会ってやる」と伝える使者が現われた。会って「くださる」のか、と蔡沢は苦笑する。「会ってやる」にしては、使いを出すのが早すぎた。范睢は手足が乱れている。勝負はすでについた――と北叟《ほくそ》笑《え》む。

翌日、蔡沢は范睢の邸を訪ねる。奥に通されると蔡沢は、軽く会釈して座に着いた。仮初にも相手は一国、いや超大国の宰相である。果たして、それは無礼であろう――と范睢が咎めた。

お付き合いを願うために訪ねたのでもなければ、通常の「遊説」で罷り越したわけでもない。大切な相談、ありていに言えば貴殿の降りる梯子を掛けて遣わすために参上した。礼を論ずるより用を片付けよう――と蔡沢は受け流す。

しかし范睢も然《さ》る者、蔡沢の挑発には取り合わず、蔡沢を「並み」の説客として扱い、仕来りに従って対応する。

「まあ、ようおいでくだされた。ご説を伺いましょう」

と促した。

それを真面《まとも》に受けたら、ここで蔡沢は――国家、社会、政治に対する抱負経綸を吐露して、治世の道に触れ、さらに重要な歴史的事件と、それに関連した人物を論評せねばならない。

もちろん蔡沢は、それを真正面からは受けずにはぐらかした。そういう挙に出た范雎の意図は明らかである。范雎は、自分が蔡沢という優れた人材を発掘し、それを秦王に推挙して身を退くという、ある種の儀式を踏もうとしていたのだ。つまり自ら降りる梯子を――蔡沢に掛けてもらうのではなく――自分の手で掛ける積りでいる――と蔡沢は判断したのである。

そして、范雎の意図は正当であり、それは尊重しなければならない、と蔡沢は考えた。それより現実に范雎は蔡沢を知らず、その見識のほどや才能の「品質」を知らない。それを知らずに、秦王への推挙を迫っても、それは無理な相談である。

さればとて蔡沢は、型通りに、そもそもから説き起こすのは億劫《おっくう》であり、必要もないと考えた。范雎ほどの男なら、一を聞いて十を知るはずである。

そこで蔡沢は、官場《かんじょう》（政治の場）における出処進退の問題に論題をしぼった。

――鑒於水者見面之容、鑒於人者知吉与凶――

水を鑒（鏡）にして顔を眺め、人を鑒にして吉凶（運命）を知る――を枕言葉に、蔡沢は、秦の商君（商鞅）と白起、楚の呉起（呉子）、越の大夫種を挙げて説き起こす。

いずれも国王のために絶大な勲功を立て、国運の隆盛に偉大な貢献をしながら、悲惨な最期を遂げた人たちである。

それら四人の英傑たちの業績を振り返り、その無惨な死に様に触れながら、彼らはいずれも天に恨みを残して死んだが、それは違う――と蔡沢は言った。

天には四季の序が有り、日は中《ちゆう》すれば移って、月は満つれば則ち虧《か》ける――ものである。それを彼らは確《しか》と認識していなかったのだ。

物盛則衰は天地の常数（掟）にして、進退盈縮《えいしゆく》、時に与《よ》りて変化をなすは聖人の常道（規範）である。功成りて去らざれば禍そこに至る――と知るべきであった。

いや、意を注《そそ》ぐべきことは他にもある。

――信而不能詘、往而不能返――

伸《の》（信）ばしすぎては屈《ま》（詘）がらず、往きすぎては戻（返）れなくなる――と知るべきであった。易（経）にも言う。

――亢龍有悔、言上而不能下――

亢龍悔い有りとは、昇るには昇ったが、降りるに降りられなくなった、ということである。天に昇りつめた龍は、もう上には昇ることが出来ないことを悔いているのではなくて、下へ降りるに降りられないと悔いているのだ。

あの四人の英傑たちも、天を怨んで死んだが、実は、降りるに降りられなかったことをこそ、悔いているに相違ない。

ところで——范宰相閣下！　あなたは功成り名遂げた亢龍である。降りるに降りられずに困惑しておられるはずだ。その理由は承知している。降りると「坐三族法誅」の酷刑が待ち構えているからだ。降りてすぐに、ではないかも知れない。しかし、いずれ酷刑は免れがたく、いつその日が来るかと提心弔胆《びくびく》して生きなければならなくなる。

それは、たしかに耐え難いことだ。だが、もし降りなければ、事態はさらに悪化する。進退両難の局面とは、まさしくこのことだ。ご心中お察し申し上げる。いや、手をお貸しいたす。相談とは、このことでござる——と蔡沢は言った。

范雎が、凝《じつ》と蔡沢の目の奥を覗き込む。蔡沢は涼しい顔をしている。沈黙が続く。

「して、条件と手立ては？」

と范雎が沈黙を破った。

「某《それがし》を宰相にご推挙いただきたい。ご辞任なさる時に、罪を認める奏文を正規な書式にてご提出いたせば、功により罪を免ずる朝議をまとめて、記録に残します」

「承知仕《つかまつ》った」

「感謝いたします。ご安心ください」

ということで、蔡沢のいう「相談」は、簡単にまとまった。相手が互いに聡明この上なかったからである。しかし蔡沢が感謝の意を口にしたのは、相談がまとまったことより、彼の自讃する「良貨」が売れたからであったに違いない。

その数日後に、范睢は蔡沢を昭襄王に推挙した。

「燕国から来た遊説の士蔡沢に会って論議いたしましたが、稀有《けう》の英才でございます。古代三王の事跡、五伯の業、世俗の変に通じておりました。秦国の政治を託してよろしいかと存じます。臣は人材を数多く見ておりますが、彼に匹敵するものはなく、臣も彼には及びません」

ならば、と昭襄王はさっそく蔡沢を接見する。その説を聞いて悦び、客卿に任じた。応侯范睢は辞任を申し出る。それが許されて、蔡沢が宰相に就任した。

蔡沢はよく「己れ」を知っている。彼は理論家で、実務家肌ではなかった。観察眼は鋭く判断力は優れているが、物憂《ものぐ》さなところがある。一匹狼的で集団行動は性に合わなかった。つまり宰相としては不適格だと承知している。

だから、彼は宰相となったが、長く務める積りはなかった。それでも敢えて就任したのは、自分の果たすべき歴史的な役割を、自覚していたからである。

彼は朝廷を取り仕切り、富国強兵、国力増強に努めることだけが宰相の任務だとは考えていなかった。そして、自分の果たすべき歴史的な役割を通じて、秦国の国家百年の大計に寄与しようと目論んでいる。

有名無実の東周王朝を廃して、「天下」の所在と「統一権力」を象徴する「九鼎《きゅうてい》」を洛陽から咸陽に移す——ことがそれであった。

西周王朝の滅亡で「天下」が崩壊し、統一権力が霧散して、もはや存在しなくなってからすでに久しい。その間に、諸侯国は王国となった。諸王国は、干渉してくる統一権力の存在しないことを悦び、その合間に「天下」の存在を見失っている。

ところが、どんぐりの背比べをしていた戦国七雄の間で、いつしか秦が超大国として出現した。秦国による領土の切り取りが進めば、やがて併呑が始まることは避けられない。

諸国が併呑されれば、いやでも秦の「天下」が出現する。その悪夢が必然的に、天下の概念を呼び覚ます。それが呼び覚まされたら、当然に、「周の天下」は象徴的に洛陽に存在していたことを想起させる。

現実には「周の天下」は存在していない。だが、それを表徴する「九鼎」は、間違いなく洛陽にある。ならば、やがて出現するであろう「秦の天下」は異端で、「周の天下」こそ正統である——ということで諸国は東周王朝に帰依し、力を洛陽に結集するのは明らかだ。

そうなれば、力関係は逆転しないまでも、正統と異端の争いに持ち込まれるから、秦国の立場はまずい。いや、なんとしてでも避けるべきである。

それを避ける唯一絶対の途は、いまのうちに東周王朝を廃絶して、九鼎を咸陽に移すことである——というわけだ。

実際には、そういう事態がいつ現われるかは蔡沢にも予想はつかない。だが放っておけば、必ずそういう時がやって来る。そう思って蔡沢は宰相に就任すると、さっそく昭襄王にそうすべきだと進言した。

蔡沢の進言を昭襄王は即座に承諾する。

「所要の兵員の数は？」

と問うた。

「相手の虚をつくので、二万もあれば十分でございます」

「それで間に合うのか？　どうもややこしくてよくは分からないが、周朝は西周と東周に分かれている、というではないか」

「はい、まことに奇妙な形になっております。二百年以上も前に、時の周考王が弟を河南に封じて、いわゆる分封いたしました。封地だが食邑のようなものです。しかし初めは封地だったのが、いまの当主の武公の父恵公が『東周』を名乗り、しかも末子を鞏《きょう》の地に封じて、周王の周公役（輔佐役）を命じました。そこへ周赧《たんおう》王が鞏へ移り、鞏を『西周』と称しましたが、それは宗周、成周と同様な意味での都名です。それで分かりにくくなりました」

「ならば、東周と西周へ兵を二つに分けねばなるまい」

「いいえ、この作戦は周朝の廃絶と九鼎を咸陽へ移すのが目的ですので、櫱《ひこばえ》のような存在の『東周』に構う必要はございません」

「して、将は誰に？」

「恐れながら、臣が指揮いたします」

「なにも宰相がじきじきにせずとも――」

「それにはわけがございます」

「知恵者のそちのことだ。理由は聞くまい」

と昭襄王は承知した。

そのひと月ほど後に、蔡沢が二万の兵を率いて城の東門を出る。特大の荷台を付けた車を十八乗随えていたが、誰も、何処へ、何をしに行くかを知らなかった。

洛陽に到着した蔡沢は、まず西周で周赧王を捕え、東周で九鼎を車に載せると、時をおかずに、咸陽へ引き揚げる。往きも還りも、まったく何の妨害をも受けなかった。

春の光に照らされて黒光りする赤銅の、それぞれ紋様は異なるが、形も大きさも同じ九つの大鼎を見て、昭襄王は兄の武帝を想い出す。

「これが、先君がわざわざ洛陽まで出向いて、その軽重（重さ）を計るために、抱え上げてみた九鼎《てい》か！」

と感無量の体で眺めた。

「九鼎の重さは一つが千鈞（斤）だと伝えられております。誰もその重さを知らなかったが、大力無双の先君が八寸の高さまで抱え上げたことによって、重さの見当がつきました。その情報がなければ、運ぶ支度のしようもなかったのでございます」

「そうか、それで兄上の霊は浮かばれるというわけだ。それで命を落とされたが、やはり役に立ったのじゃな」

「その通りでございます。お陰さまで臣も、一生一期の大仕事を、無事に了えることが出来ました」

「ところで、この九鼎が、実際に役立つのは何時ごろのことになるだろうか？」

「おそらく三十年、いや五十年後になるやも知れません」

「そうすると曾孫の政の時代か？」

「おそらく、そうなるかと思います」

「うむ、あの子は聡明そうで、大物になる顔と雰囲気がある。問題は教育だ。璧《たま》も磨かなければ輝かない。そうだ！　その教育をそちに委《まか》せよう。その他に適任者はいない。宰相が教育係を兼ねる事にいたす。頼んだぞ」

「ありがたき幸せに存じます。実は、臣も幼殿下の並みではない知的な面貌に、注目いたしておりました。われらが秦国の将来のために、かつまた、臣の夢を託して、幼殿下の教育に専念いたします」

「いや、専任ではないぞ。兼任じゃ」

「恐れながら専任にさせて頂きとう存じます」

「それはだめだ！」

「お願い申し上げます」

「ということは、宰相を辞任する、ということか？」

「さようでございます。どうか、宰相の辞任を是非お許しください」

「なぜだ？」

「臣は九鼎を移したことで、天下から憎まれます。国内からも、出すぎた真似をしたと、非難されるに相違ありません」

「それは、そち一人の責任ではないぞ」

「いいえ、臣が進んで憎まれ役を買うことで、殿下と朝廷に対する怨嗟の声は、いくらかでも軟らげられます。実は臣が、自ら進んで、洛陽に出動した軍を、直接に指揮したのは、そのためでございました。それより、臣は宰相が務まる男ではございません。宰相の座に坐り続けては、朝廷の和を壊します。しかし帝王学の教授なら、おそらく誰にも引けを取りません。どうかお許し下さい。お願いでございます」

と蔡沢は、梃子《てこ》でも動かない決意を顔に表わして真剣に頼んだ。

「うーむ！」

と唸《うな》って昭襄王は考え込む。穰侯魏冉《ぎぜん》と、応侯范雎《はんしょ》が共に優れた宰相でありながら、最後は揃って泥に塗《まみ》れた姿が想い出された。

宰相という職位に、そのような「業《ごう》」が付いているのだろうか？　一度あったことは二度あり、二度あれば三度ある。この稀有の人材を、そのような形で潰してはならない！

「よし、分かった。残念だが辞任を許す。くれぐれも、政の教育に力を入れてくれよ」

ということで蔡沢は、その半年後に宰相の辞任を許されて、客卿に任じられ、綱成君《こうせいくん》に封じられて、まだ幼い嬴政の教育係を命じられた。

秦昭襄王五十一年（前二五六）のことである。嬴政は四歳であった。

なお、捕えられて咸陽に連行された周赧《たん》王は、支配下の三十六邑の地籍簿と、三万の人口簿を秦国に捧げて、西周に帰される。しかし、帰国した赧王は、その秋に、燕楚の両国と結んで、討秦の兵を挙げる謀議を行なった。それを知った秦国は、将軍嬴摎《えいきゅう》に命じて西周を討たせる。秦の大軍が押し寄せたと聞いて、赧王はショック死を遂げ、春秋戦国の世に気息奄々と生き長らえて来た東周王朝は、ついに滅亡した。

蔡沢は嬴政の教育係を引き受けるに際して、昭襄王から――いかなる者も、政の父母を含めて、彼の教育の方法や内容に容喙《ようかい》してはならない――というお墨付きをもらった。

このとき政は四歳半である。蔡沢は本格的な教育を始めるのは、六歳からと決めた。その間の一年半は、だから予備期間である。

その予備教育のために、蔡沢はチームを組織した。そして選り抜きの適任者に、それぞれ読み書き、作法と躾、体育と保健、情操と遊び、散歩と外出を担当させる。必要に応じて、遊び相手には政の従兄弟や高官の子息、外出時の「仲間」には、宮殿の使用人の子供たちが動員された。

蔡沢自身は、政を甘えるだけ甘やかして、もっぱら信頼関係を築くことに専念しながら——宮殿で何があったか。街に出掛けて何を見たか。先生方から何を習ったか。面白かったか。何をどう思ったかを聞き出す。

それを喋らせながら、それとなく正確に表現する言葉を教え、密かに政の気質を見究め、情感の動きを観察した。たまには自分の家に連れてきて、一緒に遊んだり食事したり、時に、そのまま家に泊めることもある。

政は、三つまで邯鄲のボロ宿舎で暮したことを、未だ忘れずにいた。そして、咸陽の宮殿生活が子供なりに、やはり窮屈だったのか、蔡沢の家に来ることを喜び、街に出掛けて散歩したり、遊んだりするのが、いかにも楽しそうであった。

それに、蔡沢の家に来る時や、街に出掛ける時には、一般の平民服に着替えるが、それも面白かったようだ。しかも、そういう時には警護の者が、かなり離れて遠巻きにしていたから、目障りがなくて、いかにもせいせいしているふうに見える。

ところがそれで、些細な事故を起こしかけたことがあった。年上の散歩仲間の一人が、さらに年上の地元の少年に小突かれていたのを見た政が、その少年の背後に回って、いきなり後足を取ったのである。力が足りなくて少年は転ばなかったが、大きくよろけた。

その少年が、このガキ！　と拳を振り上げたのである。

警護の者が慌てて駆け寄ったが、一瞬、間に合わなかった。

ところが——かまきりが車に斧を振り上げたような形で——幼い政が拳を握って腰に構えた姿に、少年はなぜか、拳を振り下ろさずに声をかける。

「お前、どこの子供だ。偉そうな顔をしているが、なかなかサマになっている。赦してやろう。名前を言え!」

と政の顔をまじまじと眺めていた。しかし政は答えず、少年は諦めて立ち去る。この少年は、年下の子供をいじめては商店街の人たちに嫌われていた名代の悪童であった。

珍しい事もあるものだ——と様子を見ていた店の人たちが、政のまわりに集まる。

「本当だ! 小さいのに威厳のある顔をしている」

と囁き交わして項突き合う。それより感動したのは警護の人たちであった。事件にならなかったことで、彼らは胸を撫で下ろしながらも、事の次第を報告して蔡沢に詫びる。

「詫びることはない。一発や二発、食らったところで、別にどうということもなかろう。かえって良い経験をしたと思い出になる」

と蔡沢は言った。しかし内心、やはり、と幼い政の「威風」に舌を巻いて北叟笑む。

「あのとき拳を振り下ろされていたら、どうなさる積りでしたか?」

と蔡沢が嬴政に聞く。

「相手はオレよりも背が高いんだ。振り下ろした瞬間に首を引っ込めて、腰に構えた拳を真っ直ぐに突き出す。そしたら相手は水落ちを直撃されて、ひっくりかえるさ」

「ええ! ようそんなことを——」

「うん、習ったんだ。ほんとうは折角習ったんだから、一度試そうと考えていたんだよ」

「へえ! それは残念でしたね。しかし試す積りなら、相手が殴りかからずとも、出来たでしょうに」

と蔡沢が嗾《け》しかける。

「そうも思ったんだけど、作法と躾の教師にケンカをしてはいけないと言われていたのを、想い出してやめたんだ」

「それは偉い！　その通りです。殴られたら殴り返す。こっちから手を出してはいけない。それは正しいことです」

と蔡沢は二度、舌を巻いた。

そして瞬く間に一年半が過ぎる。年が明けて六歳になった嬴政に、ある日、蔡沢は——これまでとは全く異なる態度で——威儀を正して、言い渡した。

「少殿下は、やがて国王になることを約束されております。それで今年から、立派な国王になるための勉強を教えることにしました。国王は、国の中で一番偉い人です。だから、立派な国王になることは、立派な農民や商人、あるいは強い将軍や偉い大臣になることよりも、容易なことではない。それで、誰よりも一生懸命に勉強しなければならないのは、ごく当り前のことだ。その積りで、頑張ってください」

「うん、勉強することは面白いから頑張るけど、オレは誰とも、国王になるとは約束しなかったぞ」

「少殿下が約束せずとも、そう決まっております。約束したことを守らなければならないように、決まったことも守らねばならない。それで、決まったことを、約束事ということがあります」

「そうか。ならば誰が決めたのだ？」

「曾祖父さまです」

「曾祖父さまが、勝手に決めたのか？」

「勝手に、というわけではない」

「では、どうやって？」

「なにかを決めるには、必ず、決め方というのがあります」

「その決め方を決めたのは、やはり曾祖父さまか？」

「それは違います。まず皆がいいと思っている決め方がある。その決め方に従って曾祖父さまが、お決めになられたのです」

「では、その決め方を決めたのは誰だ？」

「それを簡単に一口で言うことは出来ない。それを最初に考えついた賢い人が決めることもあれば、皆で相談し、約束して決める場合もあります」

「ややこしいんだね」

「その通りです。しかし、よくぞいいことに気づかれました。しかし、それで驚かれてはいけない。そういう取り決めは、変えることも出来れば、変えさせられることもあるので、大変にややこしいものです。そのややこしい取り決めが、法律だとか規則だとか、と呼ばれて来ました。そして、その法律と規則を定め、それを人々に守らせるのが、国王の大事な仕事の一つです」

「そうか、でも難しそうだなあ」

「その通りです。しかしご心配には及びません。今日から、それをだんだんにお教えいたします」

と蔡沢は、漸くにして話を出発点に戻した。それにしても、その疑問の出し方や質問の追い詰め方は、天才的な聡明さの証しである。初端《しょっぱな》から話の腰を折られて、蔡沢は悟るところがあった。

人を見て法を説けと言う。よし、跳び級だ！　英才教育をやろう——と蔡沢は肚を決めた。

そこで急遽、予定のプランとカリキュラムを変更する。読み書きの教師には、いきなり呉子（呉起）の兵書をテキストに使えと命じた。体育と保健の教師には、武術と狩猟を教えよと指図する。蔡沢自身は——秦国が強大化する基礎を築いた公孫鞅《こうそんおう》（商鞅）の「商君書」をテキストに、政治学を講じながら、帝王学を教え込むことにした。

そして教師たちが一堂に会する総合教室では——変わる事（物）と変わらない事、似ている事と同じ事、似た物の違いと違う物の似たところ、違う事物と全く別な事物、常に正しい事と時に正しい事の区別に留意させて、恒常と変化、同一性と類似性と相違性を認識する基礎を築き、正と偽、善と悪、有用と無用の価値判断に資する力を培う、教育目標が設定される。蔡沢自身は、常に前後左右を視野に入れる訓練を行ない、それを通じて、自分がどのような環境に立脚して、どういう歴史的な時間と社会的な空間に位置しているかを、自覚させることに意を注いだ。

一方、蔡沢が「商君書」を帝王学のテキストに選んだのは——もし昭襄王のお墨付きがなければ間違いなく朝廷の学者たちの反対に遭ったはずだが——まさしく卓見である。それは蔡沢が、理想とした「戦国の帝王」必読の書であったばかりか、あらゆる意味で嬴政の教育には、まったくお誂え向きな書物であった。

そもそも蔡沢に、英才教育を決意させた端緒は、嬴政が「取り決め」とは何かを、執拗に質問したことであった。勉学の目的は言わずと知れたことである。しかし、そこに強い興味がなければ、やがて飽きるし、それに折角学んでも身に着かないのもまた、言うまでもないことだ。

その興味を唆《そそ》り立てるのは、書物の著者への人物的な共感であり、そこへ駆り立てるのは、鮮明な問題意識である。その意味で商君は、歴史的な英雄であったばかりか、秦国の大恩人であった。嬴政が人物的な共感を抱くのは疑いのないところである。

それに「商君書」の開巻第一章は「更法《こうほう》」と題されて、国家や社会の基本的な「取り決め」すなわち制度や機構は、変えるべきか、変えてはならないか——の論議で始まっていた。期せずして嬴政の問題意識を刺戟する形となっていたのである。

当然に、「商君書」の講義に先立って、蔡沢は、嬴政に発破をかけた。

「商君は魏国の王室の諸庶孽子の一人である。しかし秦国の歴史的な発展に偉大な貢献をした。秦国の人々、とりわけ王室の人々にとっては大恩人である。彼が残した絶大な業績なくしては、今日の超大国秦は存在しない。彼は孝公の招賢令に応じて秦国に来た。孝公は、幼殿下の曾祖父の昭襄王の三代前の国王である。その孝公を輔けて商君は、それまで秦国の発展の邪魔になっていた取り決めを廃止して、新しい取り決めを作った。そういう大事な政治と社会の取り決めを変えることを『変法』という。彼は百年以上も前の人だが、その変法を行なったことで、今も名を知られている。優れた兵法家でもあり、政治家としても超一流の偉い人物であった」

と蔡沢は、先ず商君を紹介する。

「そうか。うむ、きっと先生と同じ位に偉かったんだ」

と嬴政が不意に妙なことを口にする。蔡沢は虚をつかれた形で、一瞬テレ笑いを浮かべた。嬴政が本気でそう言ったようには思えない。しかし、その年齢で他人を煽《おだ》てることを知っていたのかと、空恐ろしくもあり、これは見込みがあると嬉しくもあった。

「いや、先生はその足元にも寄り付けない。十倍も二十倍も偉い人でした」

「それは違うぞ。オレは知ってるんだ」

「何をですか？」

「先生は前の宰相の范睢に、亢龍悔い有り、と教えた。それで、こんどは自分がそうなってはいけないと思って、宰相を辞めたと聞いたぞ。辞めなければ、きっと商君のように偉くなったに違いないと思っているんだ」

「そんなことをどこで？」

「うむ、呂不韋という男が、父上を訪ねて来た時に、お喋りをしていたのを、こっそり聞いたんだ」

「少殿下！」

と蔡沢は厳しい口調で言った。

「そんなことより、商君は偉い人であった。しかし彼が立派な仕事が出来たのは、孝公も偉い国王だったからである。偉い国王が偉い臣下を見出した時に、しかもその臣下が思う存分の腕が振るえるように朝廷を按排すれば、国は必ず発展する——ことを確とご記憶ください」

「わかった。商君書を一生懸命に勉強する」

と嬴政は姿勢を正して講義を待った。

登極せし者は則ち王

商君の称える「変法」とは、要するに、それまでの「人治」を「法治」に変えることである。そして蔡沢が「商君書」を嬴政に読ませたのは「法治主義」を教え込むためであった。したがって「戦国の帝王学」とは、法治体制における「君主の統治学」のことである。

さらに、法治主義を教え込むのは、もとより法治体制における「君主の役割」を自覚させるためであり、したがって君主の統治学とは、要するに臣下の操縦術と「権柄《けんぺい》の掌握」を不動にする政治哲学と方法論のことであった。

中国の古代における法治思想や法治主義には、太公望から管仲を経て、法鼎《ほうてい》を鋳て法を公開した鄭国の子産――法経を世に問うた魏国の李悝《りかい》――法令の条文を刑鼎《けいてい》に鋳込んで人民に周知させた趙国の趙鞅《ちょうおう》――王侯貴族の特権を制限して法の平等を教えた楚国(衛国出身で一時魏国に仕えた)の呉起――そしてここに登場する商鞅――法治下の行政監査と人事管理に意を注いだ韓国の申不害《しんふがい》――国王への支配権力を相対化した趙国の慎到《しんとう》――支配体制論を編み出した韓非子――で完結する一連の系譜がある。

そして、それが完結する百三十年ほど前から、商君はその「変法」によって、すでにその法治体制を秦国に布いていた。もちろん完成された形ではなく雛形である。

このとき商君の行なった変法、つまり彼の布いた法治体制は、いわゆる「墾草令《こんそうれい》」によって具体化された。墾草の「草」とは「未開」の意味で、したがって墾草令とは、国家、社会、農地の「未開を墾《ひら》く」ことである。

その墾草令は、法令の形としては現存していない。しかし「商君書」の第二章「墾令」は、その全容をほぼ完全に伝えており、それを整理すれば、ちょうど二十条になる。

そして「商君書」は、一般の政治や兵法と例外的に「移民招致」の論述をも含むが、現存する全篇二十章の大半は、墾草令を支える論理や、それの依り立つ思想哲学によって埋め尽されていた。

ちなみに「商君書」は、中国の伝統的な政治――儒学者たちの描き上げた仁政徳治の絵空事ではない政治――の実態を窺い知るのに、極めて重要な文献の一つである。別けても、墾草令とそれを解説した第二章「墾令」は、またとない貴重な資料というべきだ。

――無宿治。則邪官不及為私利於民、而百官之情不相稽――

という書き出しで「墾令」は始まる。無宿治とは――民の請願や申請などの書類（治）を、役所で宵越し（宿）させるべからず（無）ということだが、これがすなわち墾草令の第一条であった。

では、なぜそれらの書類を、その日のうちに処理しなければならないのか。

――則ち邪官がそれに乗じて、私利（賄賂）を要求する暇を与えず、あるいは、百官が書類をタライ廻しにして遅延させ、その間に、互いが知恵を出し合って（相稽）不正を企むことを避けるためである――

というわけだ。

しかしこれは誰しも――中国人以外の他所者には、いささか合点の行かないことである。あの商君が大上段に構えて振り下ろした「変法」を具体化した「墾草令」が、なぜ、かくも些細なことをその第一条に掲げたのか、と首を傾げるはずだ。

だが、それは紛れもない認識不足である。つまり、その第一条が禁じたのは「些細な」ことではなく、極めて「重要な」ことであった。

現実に政治は、政策の形成と執行で成り立つ。その執行を担うのが官吏である。そして、どれほど立派な政策が形成されようと、それが正しく効率的に執行されなければ、政策は用をなさない。

ところが伝統的な中国の「官場」では、「汚職」は官吏の原罪であり、宿痾《しゅくあ》であった。それゆえに、あらゆる時代を通じて、現在に至るまで官吏の汚職が絶えたことはなかったのである。

いや奇跡的に、それが途絶えたごく短い時期があった。毛沢東が十億の「心の太陽」として、中国大陸に輝いていた時代である。その奇跡が起こったのは、史上初めての人民革命によって、いわゆる「官場」が崩壊したからでもあった。

しかし政治の世界から汚職が姿を消すという奇跡が長く続けば、それは奇跡ではなくなるし、逆に言えば、汚職は原罪でもなければ宿痾でもなかった、ということになる。

しかしやはり、それは免れることの出来ない原罪であり、治りようのない宿痾であった。「心の太陽」が西に没すると、間もなく原罪が復権して、宿痾は再び猖獗《しょうけつ》し始める。役人の汚職が連日のように、新聞を賑わせるようになった。しかも悪質で、大がかりなものばかりである。

そして「官倒《クワンタオ》」という言葉が流行った。官倒とは、官にあるまじき行為をする役人のことである。面白い言葉だ。洒落た表現である。しかし言葉としては、洒落ていて面白いが、どうやら彼らは意味を取り違えたかのようだ。

言葉の意味を取り違えたのは、もしかすると、彼らがかなりの期間にわたって「心の太陽」の光を浴びたせいで、天真爛漫になっていたからかも知れない。

伝統的な常識に従えば、不正（汚職）をなすことこそ「官」の本性である。不正を働かない奇特な役人など、かつて、いかなる時代にも存在したことはなかった。官倒の字義はもともと転んだ（改宗した）役人のことである。ならば官倒とは、逆に不正を働かない役人でなければならない。

しかし、元来が言葉選びにはうるさい中国人のことである。間もなく、その言葉の使い違いに気付いて、官倒は死語となるに違いない。

それにしても、官倒を「ブローカー」と訳した日本の新聞記者は、味な訳し方をしたものである。いや、ブローカーという訳は本来、間違いではないまでも、決して正しいとは言えない。だが、官倒の「官」は間違いなく「利権の仲買人」つまりブローカーであった。

なにも敢えて、歴史上の誇り高き士大夫たちや、人民服を西装《セビロ》に着替えた誉れ高い「公務人員」を蔑如《べつじょ》したわけではない。彼ら自身、そう自認している事は、紛れもないからだ。その証拠に彼らは平然と賄賂を要求するし、それを当然の報酬と心得ていたからである。

しかし、いまから二千三百五十余年前に、変法を決意した商君は、それを――原罪はともかく——宿痾と見た。それで変法の第一歩は、その宿痾を治すことだ、と考えたのである。墾草令の第一条を、宿治すべからず——と定めたのは、そうした並々ならぬ決意の表明であった。

そして墾草令第一条は、さらに続く。

——則農有余日、邪官不及為私利於民、則農不敝、農不敝而有余日、則草必墾矣——

然ればば農民は手間暇金品を取られず、農耕を妨げられることもなし。農民に余日あらば、則《すなわ》ち草《そう》は必ずや墾《ひら》かれる矣《なり》——というわけである。

なお、末尾の「則ち草は必ずや墾かれる矣」は、以下第二十章までの全篇を貫く結びの句として繰り返されるが、それは、法令そのものが「墾草令」と命名された事実と合わせて、変法の眼目が「重農」にあったことを示す。

そして重農はすなわち「富国強兵」の要であった。農業は経済の根幹である。農民は、ほとんど唯一無二の兵源であった。

その関連を商君は「兵農」と題した「商君書」の第三章で解明している。変法の中心課題は「富国強兵」であった。そして「兵農」は富国強兵の論理を支える基本概念である。しかし商君は、それを理論としてではなく、君主の心得として説いた。

——凡人主之所以勧民者、官爵也、国之所以興者、農戦也——

と「兵農」の章で商君は説き起こす。凡《およ》そ人（君）主の人民を勧《はげ》（励）ます所以《ゆえん》のものは官爵で、国の興る所以のものは農戦である——というわけだ。

そして——善く国を治める君主は、官爵を給《あた》える途を一つにして、農耕と戦闘に従事する者にあらざれば、決して官爵を授けないことにする——と続く。

事実、それに基づいて商君は「一首一級」の法——すなわち戦場で敵の首を一つ（または二つ）挙げた者には、爵一級（または二級）を授けるか、あるいは五十石（または百石）の官に任ずることを定め、利禄官爵を悉く戦功に結び着けて、貴族はもとより宗室といえども軍功なき者は、特権や爵位の相続を許さず、あるいはそれを剝奪した。

ちなみに「首」を「首級」と称するのは、この「一首一級」からの造語である。

その一首一級の法によって秦国の兵士たちは、戦場で——敵に臨むこと餓えた狼の生肉を狙うが如くに、首級を求めて殺到した。ましてや兵士たちは出征の門出に「首を取れ！　取れなかったら帰って来るな」と家族に発破をかけられていたから、なおさら勇猛果敢である。

それは戦場の兵士と銃後の親兄弟が一蓮托生を強いられているからであった。首級を持ち帰れば家門が高くなるからであり、もし逃亡あるいは投降すれば連帯責任を負わされたからである。

その一首一級の法によって秦国の軍隊は、向う処敵がなかった。その墾草令による農民の手厚い保護で生産は向上している。つまり商君の変法はまず第一段階の成功を収めた。そして続く第二段階の政治改革と法体系の整備に乗り出す。

「商君が農民の面倒を見たのはよく分かったし、なぜか、ということも分かったが、なぜ商人の面倒を見なかったばかりか、敵のように扱ったのか？」

と第一段階の講義を了えた時に、嬴政が質問した。

「それは商人が農民よりは利に聡くて、ずる賢いからです。面倒を見ずとも、いや、押さえ付けたところで、彼らは隙間を縫って、儲かることならなんでもするから、手助けをしてやる必要はない。つまり放っておいても、立派に生きていけるからです。それに一部だが、邪官と組んで悪いことをする者がいるから、甘い顔をするわけにはいかない。敵のような扱い方をするのは、彼らが邪官と結託するからで、本当に悪いのはむしろ邪官です」

と蔡沢は噛んで銜《ふく》めるようにして教える。いくら天才児でも、まだ子供で、ようやく八歳になったばかりだ。しかし嬴政は、蔡沢が見縊《みくび》っていたよりも遥かに大人である。

「商人たちは戦場に行かないから官爵はもらえない。しかし実際には、官爵のある者より豊かな生活をしている。それは彼らの食卓を見れば分かることだ。それでも官爵は有難いものなのか？」

と蔡沢に説明を求めた。蔡沢は一瞬、目を瞠ったが、にっこり微笑む。単に知識を詰め込む時期は過ぎて、本格的な帝王学を教え込む時が到来したのだ、と微笑みを浮かべながら心に頷いた。

その質問に対して、もはや理屈を教える必要はない。

「少殿下、官爵が有難いものかどうか、ということより、どうやってそれを有難がらせるかが大事であり、それが君主の役目です」

「そうか、分かった。しかし、どうやって？」

「商君の場合は、尊卑爵秩によって家の門構えを規定し、軍功のない者は、たとえ身分の高い貴族でも、あるいはどれほど富裕な商人であろうと、芬華《ふんか》する、つまり恰好のよい身形《みなり》や振る舞いをすることを禁じて、宴席などで上座に着いてはならない法度を作り、家に置く使用人の数を制限しました。そのようにして、爵位を尊ぶ社会的な雰囲気を盛り上げるための、貴貴《きき》、すなわち貴《き》（爵位）を貴《たっと》ぶ気風を造成したのです」

「なるほど。しかし、そういう気風を造ってみたところで、もともとの貴族や商人が知らぬ顔をしたら、なんとする？　例えば、あの呂不韋という男は商人だから、爵位などないはずだ。しかし父上を訪ねてくると、爵位を持った役人たちがぺこぺこしていたのを、オレは幾度も見たぞ」

「そういう間違った現象があるのは、商君の定めた掟が弛んでしまったからです。それより、朝廷の定めた掟に従わない人たちはいつの時代にもいたから、それらの者を取り締まるために、商君は法令を作り、それを厳しく執行しました。例えば、孝公の十二年に、古い都をいまの咸陽に移す時に、時の太子（後の恵王）は東宮を咸陽に移すのを拒み、遷都令に違反した廉《かど》で謹慎十日間の罰を受けております。幸いに太子には体罰を加えてはいけない法律があったから軽くてすんだが、その輔佐役の公子虔《けん》は十日間の禁固、教育係の公孫賈《こ》は黥《げい》刑（黥《いれずみ》の刑）に処せられました。そのように太子すらも法に触れたら処罰したから、朝廷の掟に背く者などいなかったのです」

「法律より、その執行が大事だ、ということだね」

「その通りです。そろそろ法と執行に関する講義を始めますので、いままでのように頑張ってください」

と蔡沢が言った。

「それより、取り決めとは何かを教えると言ったが、まだ教えていないぞ」

「はい。ものには順序があります。そう言えば実は、法というのが、その取り決めの集大成に他ならない。そして誰を国王にするか、ということこそ万人に関わる最も重要な取り決めで、それは少殿下が誰よりも、確と心得ていなければならない大事なことです」

「それはオレが王位継承者、と決まっているからか？」

「その通りです。そして取り決めとは、とどのつまり約束事で、それ以上の拘束力を持たない。したがって、あの約束を反古《ほご》にすると開き直られたら、それまでです」

「ふむ、オレの後足を誰かが狙っている、ということだね」

「もちろん誰か、特定の者が狙っているわけではない。最高の地位にいる者や、それを約束された者は、常に、すべての者から狙われているのです。だから、誰が狙っているかを気にする必要もなければ、いちいち特定の相手の出方に気を取られる必要もなく、その対応で思い煩う必要など、さらさらない。誰に狙われても大丈夫なように、足場を固めることこそ肝心です」

「それを心配して教えてくれているんだな」

「まあ、そういうことですが、しかし、それはいわば隠し芸で、本当に教えたいのはどう国を保ち、さらにどう発展させて歴史に順応するかです」

「先生のこれまでの口振りで、それは心得ている。しかし表芸にも裏芸にも通じているというのは、先生、頭がいいんだね」

と嬴政がまた煽《おだ》てた。

「いっぱい本を読んだだけのことです」

と蔡沢は再びテレて笑う。

「それだけではあるまい。父上も褒《ほ》めておられたぞ」

「また盗み聴きされたのですか」

「いや違う。先日、父上に聞かれたんだ。先生の講義はむずかしかろうが、分かるか、とね。それで、みんな分かるよと答えたら、じゃお前は頭が良いんだと褒められたんだ。その時、先生のほうがもっと頭が良いよと教えたら、当り前じゃ、蔡沢より頭の良い男は、国中を捜してもどこにもいない。先生が教えることは、なんでも覚えるんだぞ、と念を押されたんだ」

「へえ⁉　しかし、本当に、みんな分かりましたか？」

「うん、分かったばかりではない。全部、覚えているぞ。暗誦すら出来る」

「それは偉いが、しかし、すべて暗記せずとも、重要なことだけ覚えておけば結構です」

「いや、全部隅から隅まで覚えた」

「それはいけないわけではないが、それより大事なことを身辺に引き付けて、色々と考えた方がよろしい」

「前からそう教わっていたから、考えてはいるよ。しかし、なんとなく片っ端から覚えちゃうんだ」

「へえ、少殿下こそ頭が良いんですね。なにか先生にも分からないコツでもあるのかな?」

「いや別にないよ。いつか薬屋をのぞいたことがあったんだ。いろんな薬を入れた小さな箱が、蜂の巣のようにいっぱい列《なら》んでいる。見ると薬屋の主人が、よく見もせず迷わずに必要な薬の入った箱を抽《ひ》き出すんで、感心して褒めたんだ。そしたら彼のいわく——そうじゃない。柴胡《さいこ》とかいう薬を中央の箱に入れて、上下左右にそれぞれ関係のある薬を入れておくからだ、と教えてくれた。それで、なるほどと思い、オレも頭の中にいろいろな箱を用意して、教わったことを同じ方法で詰め込むことにしたんだよ。そうすると不思議に忘れないんだ」

「そうですか。それは素晴しい」

「なに、先生が教えてくれたことを、ちょっと応用してみたまでだよ」

「そんなこと教えましたか?」

「先生、そうやって時々惚《とぼ》けるからなあ」

「惚けたんじゃない」

「それがお惚けだよ。ちゃんと知っているんだ。目の前だけを見ていてはいけない。前後左右を視野に入れるんだ——と耳にたこが出来るほど聞かされたからなあ」

と嬴政は言った。後生《こうせい》まさに畏るべし！——と蔡沢は目を細める。師弟の仲は上々、うまも合っていた。

嬴政の恐るべき記憶力と抜群の理解力に、改めて舌を巻いた蔡沢は、最早、章を追って「商君書」を読ませる必要はない、と考えて適宜に、重点を抜き出し、文章を組み換えて講釈する。

——国之所以治者三。一曰法、二曰信、三曰権——

国の治まる所以のものは三つある。その一は「法」で、その二は「信」、その三は「権」である。

——法者、君臣之所共操也。信者、君臣之所共立也。権者、君之所独制也——

法は君臣が共に操るもので、信も君臣が一緒に立てるものだ。しかし権は君主が独りで制すべきもので、臣に貸し与えてはならないものである。

——昔者、昊英之世、以伐木殺獣、人民少而木獣多——

その昔、昊英《こうえい》（祝融氏）の世では、人々は木を伐り木槍を作って獣を狩り、それを食べた。人民が少なく獣が多かったから出来たことである。

——黄帝之世、不麛不卵、官無供備之民、死不得用槨——

黄帝の世では、幼獣を狩り鳥卵を取ることは禁じられたが、官署が人民に労役を課することはなく、死者は棺に入れることはなく、そのまま埋葬された。

——事不同、皆王者、時異也——

昊英と黄帝がしたことは同じではなかったが、いずれも王たり得たのは、時代が異なったからである。

——神農之世、男耕而食、婦織而衣、刑政不用而治、甲兵不起而王——

神農の世では、男は畑を耕して女は布を織り、政治に刑罰を用いずして世は治まり、軍隊を使わずに王となることが出来た。

——神農既没、以彊勝弱、以衆暴寡、故黄帝作為君臣上下之義、父子兄弟之礼、夫婦妃匹之合。内行刀鋸、外用甲兵、故時変也——

神農が没すると、強い者が弱い者を押さえ付け、多数が少数に暴力を使い出す。そこで黄帝は君臣上下の義を分け、父子兄弟の礼を定め、婚姻の制を作り、内に刑具を用いて刑罰を行ない、外に軍隊を用いて征討を行なった。時代が変わったのである。

——由此観之、神農非高於黄帝也。然其名尊者、以適於時也——

そのように観じ来たれば、神農は黄帝よりも高明で偉いわけではない。にも拘らず神農の名が尊いのは、暴力を使う必要のない時代に適《かな》ったたまでのことである。

——故以戦去戦、雖戦可也。以殺去殺、雖殺可也。以刑去刑、雖重刑可也——

ゆえに、戦争をなくすために戦うならば、戦うことは悪いことではない。殺戮をなくすために殺すのは差し支えないことだ。犯罪をなくすための刑罰であれば重刑は正当である。毒をもって毒を制するようなものだ。

——民愚、則知可以王。世知、則力可以王——

古《いにしえ》の人民が愚昧な時代には、知能に優れた者が王となり、世が開けて人々が知巧を身に着けた時代には、力量の優れた者が王となる。

——故神農教耕、而王天下。湯武致強、而征諸侯。世事変、而行道異也——

ゆえに神農は農耕を教えて王となり、殷の湯《とう》王と周の武王は力によって、天下の諸侯を征服した。世事が移り時代が変われば、行なわれる道は自ら異なるものである。

——周不法商（殷）、夏不法虞、三代異勢——

事実、周の王朝は先立つ殷王朝の治世の道を法《のり》とせず、夏の王朝も先立つ虞の王朝には法《のっと》らなかった。

——聖人不法古、不修今。法古則後於時、修今則塞於勢——

つまり聖賢なる君主は古に法らず、現状維持を図らないものである。古に法れば時代に後れ、現状維持を図れば、時の流れを塞ぐことになるからだ。

——此道之塞久矣。而世主莫之能開也。故三代不四——

ところで、治世の道が塞がれ時の流れが塞き止められてから、すでに久しい。夏、殷、周の三代に続く第四代が、現われるべくして現われないのは、世《せ》の君主たちに現状を打開し得る者がいないからである。

——夫利天下之民者、莫大於治、而治莫康於立君——

夫《それ》、天下の民を利することにおいて、治（平和）を成し遂げることより大切なことはなく、平和を実現させるのに、君（天下一統の君主）を立てることより大事なことはない。

——立君之道、莫広於勝法。勝法之務、莫急於去姦、去姦之本、莫深於厳刑——

立君の道は、法の執行に勝ることとなく、法の執行は姦邪を除くことこそ緊要で、姦を除くには刑を厳しくすることが肝心である。

——昔之能制天下者、必先制其民者也——

なぜなら、かつて（いわゆる「三代」）に、天下を能《よ》く制した者は、先ずその領内の人民を制したからであった。

——能勝彊敵者、必先勝其民者也——

能く強敵に勝ちを制することが出来た者は、必ずや、先にその人民を制御したからである。

——則民如飛鳥走獣、其孰能制之。制民之本、法也、故善治者、塞民以法——

ところが、その人民たるや飛鳥や走獣のように気儘で、しかもすばしこいから、どうすれば制することが出来るのか？　言うまでもなく人民を制する基本は法である。ゆえに善く治める者は、法をもって民を囲い込む。

——連之以五、挙郷治之、遷徙無所入、辯之以章、束之以令、罷無所生。行伍如是——

その上で彼らを「五で連ねて」つまり什伍《じゅうご》の連坐制を布き、部落ごとに共同責任を負わせて、遷移しようにも移り住む所なからしめ、章程にて徧《あまね》く行き渡らせ、条令にて束ねれば、つまり生業を罷《や》めようにも生きる所なからしめれば、制することは容易に出来ることだ。戦場における隊伍の場合も同様である。

——総而言之、錯法而民無邪、挙言而材自練、行賞而兵強、此三者之本也——

そういうわけで、法を措定すれば人民は邪を為さず、人材を起用して事に任ずれば自ら練悉《れんしつ》して、論功行賞すれば兵は強くなるものだ。この三つが治世の基本である。

——任法去私、不以私害法。賞厚而信、刑重而必、用必出於其労、賞必加於其功、刑必断於其姦、法必明、令必行、則已矣——

法に任せて私情を去り、私議をもって法を害せず、賞を厚くして確実に行ない、刑を重くして絶対に赦さず、登用は必ず其の働きぶりに適《かな》い、賞は必ずや其の功に応じ、刑は必ずや其の姦を断じて逃がさず、法は必ずや公明無私、令は必ずや行なわれる、ということであれば十分だ。王業について言い足すことは最早なにもない——

そこまで講義したところで、蔡沢が「商君書」を閉じて、その表紙を軽くポンと叩く。拾い読みをしながらの講義を始めてから、半年が経った。爽やかな春が過ぎて、すでに前庭の池で蛙が鳴いている。

「もはや言うことなし——と商君が曰《のたま》われたところで、お浚《さら》いを残して、『商君書』をテキストにした講義を終りにします」

と蔡沢が言い渡した。

「先生——」

と嬴政が何かを言いかける。

「まず庭に出て深呼吸でもしよう」

と蔡沢が嬴政を伴って池の畔に立った。蝌蚪《おたまじやくし》が泳いでいる。

「少殿下。蝌蚪は蛙だと思いますか。それとも違うと思いますか?」

いきなり聞かれて嬴政は急に言葉が出ず、一瞬、考え込む。

「急いで答える必要はない。ゆっくり考えてから答えてください」

と蔡沢は時間を与えたが、嬴政はそれに反発したかのように、すぐに答える。

「先生がオレに何を答えさせようとしているのか、分かったぞ。蝌蚪は蛙ではない、とね。しかし時間を繋げば、蝌蚪は蛙だ。子供は大人ではないが、大人と同じ人間である。そうだろ」

「その通りだが、先生が教えたかったのは、それではない。蝌蚪は、いつまでも蝌蚪でいつづけることは出来ない。必ず蛙になる、ということです。現状維持をそのまま、いつまでもつづけることは出来ません」

「そうか。しかし、わけがありそうだなあ」

「その通りです。夏、殷、周の三代に続く第四代が現われるべくして現われない、と『商君書』にありましたね」

「うん、よく覚えているぞ」

「結構なことです。第三代の統一権力が崩壊してから産み落とされた蛙の卵は、やがて蝌蚪になり、四百年が過ぎて尻っ尾が抜けて、第四代の蛙が生まれたのを、商君は確と見届けた。しかし、その姿のない姿に気付いた者は、他には誰もいない。いや、薄ぼんやりと姿を見た者が、少なくも一人はいる。少殿下のご先祖さまの孝公が、その人でした」

「それで分かったぞ。前に先生が商君も偉いが孝公も偉かったと教えてくれたのは、そういう意味だったのだな」

「その通りです。それで商君は孝公を輔けて全国を統一しようと、つまりすでに池の中で蛙に育っていた、その蛙を陸へ引き揚げようと策を練り力を尽した。しかし事半ばにして孝公は世を去る。商君は孝公を継いだ恵王に殺されて、折角の歴史的な偉業はご破算となった」

「それは残念だなあ。太子の時に処罰されたのを怨んだのであろうか」

「それもあったに違いない。しかし基本的には、やはり蛙の姿が見えずに蝌蚪を見ていたからです。現状維持を打開する覇気に欠けていた、と言うべきかも知れない」

「オレみたいに偉い先生から、帝王学を教えてもらえなかったからだろうね」

「いや、駄目な男は教わっても駄目だ、ということもある。それはともかく、孝公が没し商君が無惨な死を遂げてからでも、さらに百年が経った。世の中には優れた学者や歴史家たちもいることだから、それらの幾人かは、歴史の流れる音や、第四代の忍び寄る跫《あしおと》を耳にしているであろうが、不幸にして蛙の姿を見た者はいない」

「そうかなあ。オレでも話して聞いている間に、なんとなく見えるような気がするのに、なぜだろうか?」

「それは先生にもよく分からない。しかし、その理由の一つは、洛陽にあった第三代の廃墟が視界を妨げているからであろうと考えて、先年、それを取り除きました」

「そうか、あの時オレはまだ小さかったから、なんのことだかよく分からなかったが、すごいことだったんだね。で、結果は?」

「あった! 間違いなくありました。あの時、洛陽から運び帰った九鼎《きゆうてい》をつくづく眺めながら、曾祖父さまの昭襄王に悟るところがあったのです」

「おお、よかった。よかったね、先生」

「いや、ありがとう。しかし、よかったのは先生よりも、少殿下!――あなたさまです」

「へええ、どうして?」

「少殿下! 肝に銘じてお聞きください」

「そんな凄いことなのか?」

「その通りです。昭襄王さまは、少殿下に、天下を統一して、第四代の王朝を築く夢を託されて、それにふさわしい帝王にお育てするようにと、教育係を先生に仰せ付けました」

「なんだ、そんなことか」

「なんだ、じゃありません。大変なことです。簡単に考えてはいけません」

「なに、先生が教えてくれるから大丈夫だよ」

「いいえ、政治というのは知れば知るほど分からなくなるものです。ましてや、これまでに帝王学をマスターした男は一人もいません。実は先生とて、完全には分かっていないのです」

「それはウソだ。先生の知らないことなどあるはずがない」

「まあ、師を信じなければ学は始まらないから、そう信ずるのは結構ですが、とにかく生易しいことではありませんぞ」

「分かった。よろしくお願いする」

「そうだ！　講義を始めた時にお教えすると約束したことを、お教えします」

「いや、それを催促しようと思ってたんだが、先生が妙に厳《いかめ》しい顔をするから、ためらっていたんだ」

「へええ、少殿下でもためらうことが、あったのですか」

「あるよ。本当はこの城の中で一番、先生が恐いんだ」

「取り決めとは要するに約束事だとお教えしましたね」

「それもよく覚えているぞ。教わった通りに言ってみようか」

「いや、その必要はありません。それより、蝌蚪と蛙の話をもう一度思い起こしてください。蝌蚪は蛙であるか、蛙でないか、という取り決め、すなわち万人の納得する定義はありません。ただし蛙は絶対に蝌蚪ではないのです」

「それが取り決めか？」

「いや、大事なことを言うのに、比喩を借りようと言ったまでです」

「その大事なこととは？　言われる前に、肝に銘じておくことを誓うよ」

「是非、そうしてください。蛙が、蛙になる前は尻っ尾を着けていても、絶対に蝌蚪ではない——ということです。もし、その反対を主張する者がいたら、それはナンセンスだ、と一言の下に撥ね付けて下さい」

「先生の言葉で意味が分からなかったのは初めてだが、どういうことだ？」

「大事なことだから、いつまでも印象に残るようにと思って、ことさら廻りくどく言ったのです」

「もういいだろう、絶対に忘れないよ」

「登極せし者は則ち王——ということです。正当な手続きを踏んで王座に着いたものは正統な王である、と最初に言ったのは斉国の宰相だった晏子《あんし》（嬰《えい》）だが、まことに至言です。取り決めによって、権威を備え権力を手にするのは王座に着いた男であって、その男がどこで生まれたか、どういう男であるかは、まったく関係がありません」

「それで、いったん蛙になったら、もう蝌蚪ではないと言ったのだな」

「先生が教えたことで、他の事はたとえ間違いがあったとしても、これだけは絶対に、間違いではない」

「そうか、誓って肝に銘じておくよ。いま聞いても教えないだろうが、なにか深い意味があるに違いあるまい。なるほど――登極せし者は即ち王――か」

と嬴政は珍しく神妙な顔をした。蔡沢の胸には教育係の責任において、教えるべき事を教えたという安堵の念が過《よ》ぎる。

「一段落ついたし、それに暑い盛りだから、勉強は暫くお休みだ。近いうちに、先生と二人だけで狩場に泊まり込みで――」

「賛成！　行こう、行こう」

と蔡沢が最後まで言うのも待てずに、燥《はしや》ぎ出した。頭脳は発達しているが、やはりまだ子供である。


年が明けて嬴政は九歳になった。昭襄王五十六年（前二五一）である。昭襄王は十五歳で即位したから、すでに七十一の高齢で、頭はまだはっきりしていたが、身体はすでに老衰が目立っていた。

その新年の挨拶で蔡沢は、特別の計らいによって嬴政を伴い、参内して久方ぶりに昭襄王と長時間、話し込む。話題は当然に昔話であるが、いずれからともなく嬴政の事に話が移った。

さすがの嬴政も曾祖父の前では、いい子を気取ったが、それでも時々口を滑らせて生意気な事を言う。しかしそれが逆に、昭襄王を嬉しがらせた。夢を託するに値すると見たのであろうか、嬴政が生意気な口を利くと、やにわに目尻を下げる。

辞去する時には、その幼い肩に手をかけて中庭まで送り出した。しかし蔡沢は昭襄王の後姿に死の影を見て暗然とする。

果たしてその夏、昭襄王は臨終の床についた。しかし息を引き取る前に、蔡沢と嬴政を病床に呼ぶ。そして太子（安国君）と太孫（子楚）の面前で、蔡沢に師礼を取れと嬴政に遺言した。変則的な「託孤《トクミ》」——道義的な拘束力のある国王の遺言である。

昭襄王の跡を継いで安国君が即位し、孝文王と称したが、わずか半歳ほどで身罷《みまか》り、子楚が践祚《せんそ》して荘襄王と称された。

荘襄王は邯鄲での約束を履行して、呂不韋を宰相に任用する。文信侯に封じて、河南は洛陽に十万戸の食邑を与えた。

呂不韋は文字通りに位人臣を極めて、名利を兼収したわけである。奇貨、居くべし！と呟いて居いた奇貨が、予期通りに価値が出て、一生一期の大投機に、まんまと成功したのだ。しかもその奇貨が、いわゆる掘り出し物ではなくて、彼自身が付加価値を与えたものであったから悦びは一入《ひとしお》である。

さらに呂不韋には、別の感慨があった。若い時に、あわよくば宰相をと夢見て、遊説の士を志したことがある。それが廻り路をしながら、しかも結果的には近路を通って、夢に見た宰相の座を射止めたのだ。それに、彼が尊崇してやまなかった陶朱公范蠡《はんれい》と、逆な方向を辿りながら、しかも同じ地点へ辿り着いたのである。

しかし投機で勝ち取った宰相の座ではあったが、呂不韋は強大な秦国の宰相にふさわしい有能な宰相であった。

孝文王元年に、疾《と》うに滅亡していた東周王朝の蘖《ひこばえ》で、やはり「東周」を称していた一族を、列国が秦国に抵抗する「合従」の旗幟《きし》に利用する気配を見せると、さっそく自ら兵を率いてそれを滅ぼし、その直後に大将蒙驁《もうごう》に韓国を討たせて成皋《せいこう》(河南省滎陽)を陥し、三川郡を置いて秦国の版図に編入している。

そして翌年には、やはり蒙驁に趙を討たせて、楡次《ゆじ》と狼孟《ろうもう》(ともに山西)など三十七城を陥した。

さらに翌荘襄王三年には、大将王齕《おうこつ》に趙を討たせて上党地方の城を悉く陥し、そこに太原郡を置く。同時にまたもや蒙驁に魏を討たせて高都(山西)と汲県(河南)を陥したが、突然、荘襄王危篤の報に接して、急遽、軍を撤退して咸陽に引き揚げた。その後を、魏国の信陵君(いわゆる四君子の一人)の率いる五ヶ国連合軍が追ったが、秦軍は首尾よく黄河を渡り、無事に帰国を果たす。五ヶ国連合軍は函谷関まで追ったが、函谷関は攻めずに、そのまま退散した。

蒙驁の率いる遠征軍が、四月に魏国から引き揚げると、五月には荘襄王が世を去る。

そして太子の嬴政が即位した。

歴史に秦王政が出現したのである。荘襄王三年（前二四七）のことで、その時、秦王政は十三歳であった。

いわば既定のコースではある。それにしても時間の訪れるのが、すこしばかり早すぎたが、しかし秦王政には慌てた様子はなかった。しかし蔡沢はいささか戸惑う。

実は荘襄王が即位して嬴政が太子に立てられた時から、蔡沢の身辺では、ちょっとした細波《さざなみ》が立っていた。嬴政の教育係を務めた蔡沢は、初めから師傅と呼ばれていたが、それは文学的な表現での俗称である。しかし秦国の官制では、太子の教育係は「師傅」という官でなければならず、それゆえに荘襄王と宰相の呂不韋は、その「師傅」への就任を蔡沢に要請した。

太子の師傅は、宰相に匹敵する位階の高い官職で、朝議に列席することを義務付けられている。とっくに宰相の座から降りた蔡沢は、そんなものに興味はなく、いや、鬱陶しいことであった。

官制の定めがあるなら、然るべき人物を任用すればよい。自分はその輔佐でもよければ、私設の教育係でもよいと、蔡沢は主張した。それで、ああでもない、こうでもない、と揉めた末に、では正規の師傅は欠員にする、ということで漸く問題が片付いた。

それが今度は、その太子が王位に即いたのである。新しい王は未成年だから、教育係が必要であることは言《げん》を俟《ま》たない。問題は蔡沢の身分と立場である。いや、蔡沢は客卿《かっけい》であるから、それはそれでよかったのだが、引き続いて宰相の職に就いた呂不韋が、それではなにかと不便があり、不都合も生じようからと、蔡沢に「太傅」への就任を要請した。

しかし、それで蔡沢が困惑していたところへ、折よく秦王政から相談を持ちかけられる。自分が相談する前に、呂不韋が蔡沢に太傅への就任を要請したと知って、秦王政は憤然とした。

「寡人《オレ》の意見も聞かずに、勝手な真似をしおったか」

と秦王政は怒る。

「それで殿下は、どのようになさろうと考えておられましたか」

と蔡沢が聞く。

「それを相談しようと思っていたところだ」

「ならば申し上げます」

「その、申し上げます、という言い方はやめよう。先生は先生だ。言葉遣いを変えることはないぞ。この先も、いままで通りに学問ばかりではなく、なんでも教えてもらいたいんだ。ほんとうに信頼して相談出来るのは、先生だけだからなあ」

「ならば、さっそくお教えします」

「頼む！」

「先ほどのようなことで怒ってはいけません」

「そうか。しかし、あの宰相の呂不韋というのは、なんとなく気に食わないし、信用ならない男だ、という気がする」

「好き嫌いはしようがないが、しかし、あれは有能な宰相です。それに将来はともかく、当分は信用して差支えあるまい。殿下に対して、悪気がないことだけは、間違いないかと思います」

と蔡沢は断言でもするかのように言い切った。それにはわけがある。それまで蔡沢は呂不韋の顔立ちや体つきに気を付けたことはなかった。噂は前々から耳にはしていたが、先日、会った時によくよく見ると、なるほど秦王政とよく似ている。それで最小限度、秦王政に悪意を抱くことはあるまい——と考えた。

「しかし、出過ぎた事をする。放っておけば増長して、手が付けられなくなるのではないか、と思うが、どうだろう？」

「かも知れません。しかし、差し当りは、勿怪《もっけ》の幸いです」

「というのは——？」

「殿下はまだお若い。彼は有能な宰相だ。それに悪気がない。三拍子が揃っております。いかがすべきか、お分かりでしょう」

「委《まか》せろ、ということか」

「その通りです。しかもただ委せるのではありません。一切、口を出さず、結果に対しては好悪、決定に対しては賛否の意思表示をせず、それでいて内心は分かっているのだぞ、といった素振りも見せず、殊更に何も知らないのだという顔をすることもなければ、なにを言われても――うむ、よかろう、と答えるのです」

「すべて委せるから好きなようにしろ。そのかわり責任を取れ――ということだね。それは面白い。そうすれば寡人は勉学の時間も出来るし、先生と好きなように猟をすることも出来る」

「いいえ、勉学はよいが、それ以外のことはいけません。いまや殿下は国王です。政治の現実をよくよく観察せねばならないし、宰相や大臣、武将の能力や働きぶり、手口などを黙って確と見届けなければなりません」

「それは分かっている。ならば余った時間はそんなにないということだ。それでも先生と居る時間を長く取るように工夫するよ」

「いいえ、なるべく短く、そして必要な時だけに限ってください」

「そうか、先生の立場があるんだ。しかし大丈夫だよ。先生の人柄を皆はよく知っているから、妙な誤解をする者はいまい」

「いいえ、他人が悟ったような顔をするのを見るのが嫌いな人もいます。無欲恬淡《てんたん》を強欲貪婪《どんらん》に対する当て付けだ、と取る小人もいないとは限りません」

「そうであろうが、しかし、それは考え過ぎだよ」

「いいえ、人間に、考え過ぎということはない。ただ、考え過ぎても、それにはこだわらないことが大事です。他人を疑うことを知らないのは間抜けだが、疑ってかかるのは愚者だ、と前に教えたことがありましたね。それと同じ範疇《はんちゅう》に属することです」

「先生は、やはり哲学者だ」

「いいえ、聖人です」

「聖人？」

「そうです。ある占い師にそう言われた。聖人は面相が悪い。お前さんはそれと似た面相をしている。だから聖人だ、とね」

「へぇえ、面白い占い師だ。寡人も一度見てもらおうかな」

「お止めなさい。あの占い師は吉凶の判断はよく出来たが、運命とは何かを知らなかったから、ロクでもない占い師です。同様に、政務を捌《さば》くのは達者だが、そもそも政治とは何かを知らないような大臣はロクなものではありません」

「やっぱり先生とお喋りしているのが一番勉強になるし、それに楽しい」

「しかし今日はこれでお暇《いとま》します」

と蔡沢は国王の控えの間を出て、その足で宰相府を訪ね、呂不韋に太傅就任を断わった。その直前に蔡沢が国王に会ったことを知っていた呂不韋は、快く蔡沢の辞退を承知する。いや、承知せざるを得なかった。幼君といえども最終的な決定権は国王にある。

それより秦王政が即位したのを、呂不韋は誰よりも悦んだが、ある種の戸惑いを感じた。父君の荘襄王よりも、なんとなく言いくるめ難かったからである。理屈を言うわけではない。言っている事よりも、その奥を覗き込まれているような気がする。いや、威圧のようなものを感ずることすらあった。それが戸惑いを生んだようである。

血は怨愛《おんあい》の潢潦《にわたずみ》

秦王政元年（年代記では始皇帝元年）に、国王の践祚を祝福するかのように、咸陽のある関中平野を南北に流れる灌漑水路が完成した。甘粛省に源を発して渭水に注ぐ涇水《けいすい》から水を引き入れた、三百里（百二十キロ）に及ぶ世紀の大水路である。

秦王政二年は、何事もなく、平穏無事に過ぎた。

しかし翌三年には、関中平野が未曾有の大旱魃に見舞われたが、その灌漑水路のお陰で潰滅的な被害を免れる。ところが、それに追い討ちをかけるかのように、その翌年、こんどは蝗害《こうがい》に襲われて、あまつさえ疫病が発生した。

宰相呂不韋は、すかさず応急の手を打つ。不敗の勇将蒙驁に韓国を討たせ、さらに魏国へ転戦させた。出兵したことで被災の深刻さを掩蔽《えんぺい》し、同時に、食粮の略奪を行なう一石二鳥の策である。

しかし二年続きの災害は言語を絶するほどに甚大であった。だが、呂不韋は慌てず、次の手を打つ。商君の「一首一級」の知恵を拝借して「一鍾《しょう》一級」の策を編み出した。

食粮を貯蔵していた農民が、粟一鍾（二五六升）を供出すれば爵一級を給《あた》える、という応急措置である。ちなみにこの措置は後に制度化されて「売官制度」の嚆矢《こうし》となった。もちろん一級を得るための粟の量は、粮食を必要とする緊急の度合によって異なる。最悪の事態は一鍾だったのが、時に四鍾となり、平時には千石と跳ね上がった。

商人だった呂不韋には商売の知恵がある。

「一鍾一級」は応急対策であると同時に、粟価の急騰を抑えるのに役立った。

それで漸くにして急場を切り抜けた呂不韋は、翌秦王政五年、再び魏国に兵を出す。苦境に陥った時に攻勢をかけるのは、いわば常套の策であるが、この度も大将に任じられた蒙驁は期待を背負って、一気に酸棗《さんそう》（河南省延津県）と山陽（同修武県）の三十城を陥れた。

しかし天は呂不韋の宰相としての器量を試すかのように、翌秦王政六年、関中平野はまたもや旱魃に見舞われる。

こんどは呂不韋が動くより早く、楚、趙、魏、韓の連合軍が、天災に悩む秦国の苦境をついて、河西に侵入し、関中平野の入口函谷関に迫った。

関門を閉めてしまえば、連合軍が函谷関を破れないことは、敵も味方も共に承知している。だから函谷関まで兵を進めた連合軍は初めから戦う意図はなく、合従の力を誇示するのが目的であった。合従を組織したのは楚国の春申君（四君子の一人）である。

ところが、秦国は必ず函谷関を閉ざすという思惑が外れて、秦国軍は大挙して函谷関を出て来た。虚をつかれた連合軍は隊伍を乱して退却する。

合従の誇示は藪蛇となり、この一戦が事実上、天下分け目の戦いとなった。この後、列国が連合軍を組んで秦国と戦うことは、絶えてなかったからである。つまり勝負は、すでについたようなものであった。

列国の抗秦連合の時代は終ったのである。同時に、「三千」と称された無数の食客を集めて私兵化し、それを背景にして声望を高め、その声望を力に還元して、政治的なハッタリをかける時代も終りを告げた。

この時の春申君は、いわゆる四君子のただ一人の生き残りである。そして彼も、その二年後には、女性問題でヘマをやらかして殺された。時代が過ぎたからでもあるが、もはや列国には食客を養うだけの力と器量をもった男はいない。勢い、食客癖《へき》のついた「名士」たちは行き場を失った。

いや、一ヶ所だけある。呂不韋の邸だ。呂不韋は宰相に就任すると同時に、食客集めを始めている。そこへ行き場を失った列国の食客たちが蝟集したから、その数もたちまちにして「三千」を超えた。

もちろん「食客」だから「虎豹豺象《フーパオチャイシャン》」と多士済々である。しかし呂不韋は、とりわけ学者を優遇して、「百科事典」の編集に当らせた。四君子を超える発想である。

それが秦王政七年に完成して「呂氏春秋」と名付けられた。八覧、六論、十二紀からなる二十余万言の大著である。いや、それに目を通した呂不韋は、それを「世紀の大傑作」と称した。その自信のほどは、その傑作を世に問うに当って、それを市場の門に掲げたことからも明らかである。

つまり——天下の遊士賓客にして、本書に一字を増し、あるいは一字を損（減）ずる事の出来る者には、賞として千金を出す——と懸賞をかけた。

その「呂氏春秋」は「呂覧」とも称されて後世に伝えられたが、たしかに、なかなかの傑作である。

当然に、その「呂氏春秋」は秦王政に上呈されて上覧に供された。それを上呈された時に秦王政は——蔡沢に教えられていた通りに——ただ「うむ！」と頂突いただけで、黙って受け取る。しかし、一日、蔡沢と猟場に泊まった折に、それを話題にした。

「寡人が一つ、宰相から千金をせしめようと思うが、どうだろう？」

「そういうおいたずらは、よくありません。あれは良い書物だが、殿下にとっては不急不要な代物、お読みになられることはないと思います」

「それはそうだ。しかし一字を増損し得る者とは、傲岸至極。宰相の権勢を笠に着て、見付けても申し出る者はいまいと高をくっているのが、気に食わないのじゃ」

「そんなことより、お気に召さないことは、色々とおありでしょうに」

「うん、そうなんだ。よからぬ噂を耳にしたし、それに、あの食客は目障りでならん」

「よからぬ噂とは？」

「どうも、こっそり後宮に忍びこんだりしていたようだ。それと最近、母上が不意に雍城に移り住みたい、と言い出したことにも、一枚噛んでいるらしい」

「いずれも重大なことです。じっくりと対策をお考えになり、どう処理するか、ご決断なさるまでは、くれぐれも態度に表わしたり、口になされたりすることのないように、お気を付けください」

「心得ている。それについて先生と——」

「いや、殿下はついにご成人なされました。どうかご自身でご決断ください。間もなく戴冠式が行なわれます。それを機に、殿下との師弟関係を、ひとまず打ち切らせてください」

「そう言うな。寡人にはまだまだ先生が必要だ。どうせ変則的な関係なんだから、戴冠式にこだわることはあるまい」

「いいえ、物事にはすべて区切りが必要です。もちろん将来とても、ご下問があれば、必ず、知る限りをお答えいたしますゆえ、先生としての最後の願いをお聞き届けくださ い」

「ならば同じことではないか。なぜにこだわるのだ」

「すべて権威は、国王の権威といえども、絶対的な存在を目指さなければ、長く保ち続けることは出来ず、たとえ形式的にしろ、それを掣肘《せいちゅう》する〝先生〟がいるのは、よろしくありません。きっと、間もなく始まるご親政の邪魔になります」

　と蔡沢は言った。正論ではあり、心を偽ったわけではもとよりなかったが、さりとて、まったくの本意だったわけではない。しかし秦王政はそれと知ってか、知らでか、あっさり承知する。

「まあ、適当にやろう」

と言った。分かった――という意味である。蔡沢は肩の荷を下ろしたようにホッとしながら、やはり、そこはかとない寂しさに襲われる。さすがに秦王政は敏感で目聡い。

「どうしたのだ、急に。気分でも悪いのか」

と労るように言った。蔡沢はハッとする。

「いいえ。青は藍より之を取りて藍より青し――という言葉を思い出して、思わず感慨に耽っておりました」

「へえ、いい言葉だ。しかし聞いたことのない言葉だなあ」

「それはそのはずです。学生は教師より偉くなるという意味ですが、最近、楚国で名を上げている荀卿《じゅんけい》という男の言葉だから、まだ、そう広くは伝わっておりません」

「それにしては早耳だのう」

「実は、李斯《りし》というのが彼の弟子で、自分は先生よりも偉くなったと言いたくて、その言葉を引いたのを耳にしたのです」

「あの呂不韋の舎人（食客）で、いま宰相の長史《ちょうし》（輔佐役、官房長）をしている男だな」

「その通りです。しかし、よくご存じで」

「うむ、あの男には目を着けているんだ」

「そうでしたか。実は前に、政務捌きが達者で政治を知らない男はロクでもない、とお教えいたしましたが、あれはその男を念頭に置いた上での言葉です」

「そうか。しかし、それはそれで役に立つ」

「その通りですが、大事を任せると、とんだ失敗を仕出かします」

「なるほど」

と秦王政は言ったきり、言葉を継がなかった。やっぱり！　と蔡沢は秦王政の顔を、なにげなく眺める。秦王政は一切の政務には関わらなかったが、もっともらしい雑用を作っては、時たま李斯を接見していた。理由は蔡沢にも言わなかったから知る由はないが、呂不韋との離間を策していたか、情報を取っていたかのいずれ、あるいはその双方であることは間違いない。さすが――と蔡沢は感に打たれた。

李斯は楚国の生まれで器用な男である。若い時には楚国の郡府で小吏を務めていた。一日、彼が用あって郡府の米倉に入り、そこで鼠がわがもの顔で米を食べている光景を目撃する。そして普段、厠《かわや》で見る鼠が、穢い処に隠れて人の影に怯え、犬の姿に戦《おのの》く姿を想い起こした。

同じ鼠である。一方は快適な屋根裏に住みついて悠々と餌を食べ、他方は吹き曝しの住家で戦々兢々と餌を漁っているのはなぜか。米倉の鼠が、厠の鼠よりも利口だからではあるまい。

――占めた場の違いが、その生活と一生を決めているのだ――

と李期は翻然と悟り、郡吏の職を捨てた。そして、よい「場」を占めるために、まずは学問を修めようと志す。たまたま天下の碩学《せきがく》と名の高い荀子《じゅんし》（卿《けい》）が蘭陵《らんりょう》（山東省棗荘市）の県令をしていると聞いて弟子入りした。

目的がはっきりしていたから李斯は、猛烈に学業に励む。そして学業半ばにして――彼自身は最早学ぶことはないと信じて――老師の荀子に言った。

――いま天下は騒然としているが、間もなく秦国が諸国を併呑することは疑いない。天下の帰趨が定まってからは、遊説の士の出る幕はなく、今こそ才能をかけて運命を決する秋《とき》である。卑賤に処して困窮しながら、それを不運に帰して自ら慰め、孤高清貧の美名に隠れて為すところがないのは、志ある者の取る道ではない。よって私は西に赴き、秦王に説いて所を得る所存でございます――

と荀子の門を去り、蘭陵を離れて秦国に赴き、呂不韋に投じて、その舎人となった。秦王政の即位した年、すなわち荘襄王三年のことである。

果たして李斯は数ある食客の中で「嚢中《のうちゅう》の錐《きり》」のように頭角を現わして、間もなく長史に抜擢された。大機（治世の根柢）には目が届かないが、官僚としては極め付きの能吏で、目から鼻へ抜けるような「才子」である。

秦王政が蔡沢に言ったように、間違いなく役に立つ男であった。しかし蔡沢の眼はさすがに鋭く、その判断や予測も確かである。

「呂氏春秋」を刊行した呂不韋は得意の絶頂にいた。しかし偉大な文化事業をなし遂げた宰相で、洛陽に食邑十万を有する文信侯だが、実は口外のならない大きな悩みを抱えて困惑していたのである。

やはり福は禍に倚り、禍は福に伏す。大いに役立つ者は、やがて耐え難い負担となる。趙妃は荘襄王の即位で王妃となり、秦王政の践祚で太后となった。呂不韋の政治的な投機が成功した裏に、趙妃がいたことは紛れもない事実だ。そして荘襄王すなわち子楚の死により、呂不韋と趙妃の間で、焼け棒杭に火が着いた。

それはそれで、前後の経緯からすれば、特に取り立てて咎められることでもなく、当事者同士では楽しいことである。ただ、なにがしかの忌憚があったのは、彼女が「太后」であるということだ。そして、いまや国王となった「息子」の眼は、やはり気にかかる。だが秦王政は、まだ十三歳の子供だから、ということが救いであった。

とかく男女の秘め事は楽しいものである。なにがしかの忌憚と気がかりは、ブレーキになるどころか、むしろ精神的な「高揚」を助長した。

それに頭そのものが、まったく哲学的ではない男でも、ある場面では眼だけが俄かに「哲学的」になることがある。風呂場で裸になった貴婦人は、どう見てもただの、でっぷりした女か、あるいは痩せこけて胸の薄い女でしかないのに、人々は勝手に彼女が身にまとう豪華な衣裳や身に着ける高価な宝石、住んでいる大邸宅、外出する時に乗る高級車、財布にぎっしり詰まった札束などを、目の前に思い浮かべては、それをどう眺めても高貴には見えない彼女の裸に結びつけて、おお！　やはり貴婦人だと感動するものだ。

趙妃はたしかに美人である。しかし彼女が人の眼を引くのは、大柄で化粧映えするからでもあった。大柄な女が常に大器であるとは限らない。しかし彼女は大器であった。

呂不韋は大物である。それで小器の本妻がその大物に耐えかねて、大器の趙妃を身代わりに選定した。つまり呂不韋と趙妃は、まことに似合いの、というより釣り合いのとれた夫婦であった。

そういうわけで相談もなく子楚に嫁がされた趙妃はお気の毒である。邯鄲で暮していた間はともかく、咸陽に戻ってからの子楚は太孫となったから、ましてや即位して国王となってからは後宮で大勢の美女に囲まれたのと、彼女の大器に辟易したのとで、趙妃から足が遠のいた。つまり彼女は長く孤閨を守っていたのである。当然に思い出すのは呂不韋であった。

ところが呂不韋は咸陽で、ことに宰相就任以来、後宮に類する後院に美女を集めていたから、それに回顧趣味があったわけでもなかったことで、趙妃を想い出したことは、ほとんどない。しかし子楚の死後に趙妃から誘いをかけられて、俄かに「哲学的」になった。自分が大物だから大器はさして気にもならない。いや彼女は「王妃」であったし、いまは太后である。彼の顔の前で荒い息を立てているのは、趙妃という女ではなくて、太后であると思えば力が入った。

そういうわけで、火のついた焼け棒杭は燃え盛る。そして知らず歳月が過ぎた。歳月の経過とともに嬴政、いや秦王政は確実に成長して子供ではなくなる。あるとき、うっかり朝帰りの時間が遅れて、宮殿で秦王政と顔を合わせてしまった。

後宮でなかったのが、せめてもの救いである。しかし無表情に見据えられて、呂不韋は背筋が凍った。これはいかんと思う。しかし趙妃は承知しなかった。承知させる手は一つしかない。代打者を送り込むことである。

もちろん誰でも代打者が務まるわけではない。しかし幸いなことに、すでに三十の坂を越えていた趙妃は愛情抜きで、人を愛することが出来るようになっていた。もちろん、呂不韋と同等か、出来ればそれ以上の大きなバットを振り回せるのが、代打者の不可欠な条件である。幸いにも、呂不韋の食客の中には、その道の通がいた。さっそく代打者のスカウトが始まる。

捜せば、この世にはさまざまな人材がいるものだ。どこの色街にでも、女郎たちが大切な商売道具を壊されてはかなわないと、敬遠して金一封を包み、よろしくお引き取り願う大物が一人や二人はいる。

それを目当てに捜したら「車輪廻し」の出来る剛の者が見付かった。車輪といっても、軽い桐製車輪である。その車輪の輻《や》が集まる轂《こしき》の中央の車軸を受ける孔に、自慢の長大なバットを挿し入れて車輪を固定し、その上で横に歩きながら車輪を廻す超人的な特技を持つ男を捜し当てたのだ。嫪毒《ろうあい》という名の大根人である。ちなみに太史公司馬遷はそれを「以其陰（根）関桐輪而行」と描写した。

呂不韋は嫪毐に因果を含めて「後宮侵入罪」を犯させる。そして「腐罪《ふざい》」——陽根切断の刑に処したように見せかけて、驢馬《ろば》の一物を城門に晒し、巧みに嫪毐を宦官に仕立て上げた。

宦官嫪毐は太后の後宮に送り込まれる。さすがの趙妃も初手合わせでは、悲鳴を上げた。しかしどうせ登るなら、やはり山は高い方が貴い。すぐに慣れて嫪毐を片時も側から放さなくなった。消息を耳にして呂不韋は肩の荷を下ろす。間もなく太后は雍城に残っていた宮殿に移り住んだ。

首尾よく一件は落着する。しかし、同様に、いやさらに頭の痛む一件が解決を待っていた。

秦王政には、このとき十七歳になった弟がいる。名を成嶠《せいきょう》といって、すでに長安君に封じられていた。脛に傷ある者は、とかく神経過敏である。呂不韋はその長安君が、いつかは兄の出生の秘密に気付いて王位を脅《おびや》かす——と怯えていた。

しかも、その長安君の周囲には胡散臭《うさんくさ》い連中が集まっており、なかでも樊於期《はんおき》という思慮の浅い猛将が勝手に私設輔佐役を任じて、なにごとかを画策している。その樊於期は呂不韋に敵意を抱いていた。

放置するわけにはいかない。そこで呂不韋は一計を案じた。

「長安君がやがて成人なさる。その時のために新しい宮殿を新築しておきたいが、国王の弟君だから、それなりの規模でなければ恰好がつかない。それに対して意見があったら、聞かせてもらおう」

と、ある日の朝廷で呂不韋は発議した。秦王政は臨席していない。

「規模が大きいのは望ましいが、そのためには厖大な経費が必要である。そうなると公室費を削らなければならないが、諸公室から苦情が出るかも知れない」

と発言した者がいる。

「その通りだが、長安君に戦功を立ててもらえば、問題はないのではないか」

「いや、まだ十七歳の長安君に軍権を委ねるのは無理であろう」

「なに、勇猛な副将を付ければ心配はない」

「その通りだ。あるいはさらに老練な武将蒙驁を戦列に加えれば、恐れることはなにもなく、万に一つの間違いもあるまい」

と発言が続く。

「うむ、ごもっともな意見だ。さっそくそれを実行に移すことにいたそう」

と呂不韋は議を決した。なんのことはない。発言者はすべて呂不韋の腹心である。

直ちに、長安君を大将に、蒙驁と樊於期を副将とする十万の討趙遠征軍が編成された。

そして函谷関を出た遠征軍はふた手に分かれる。蒙驁麾下の第一軍は趙地に侵入し、長安君は樊於期の指揮する第二軍と共に、屯留《とんりゅう》（山西省屯留県）に進んだ。屯留に駐屯して、第一軍の戦況を観望しながら、呼応して出撃する態勢を構えたのである。

一見は、長安君の安全を考慮するかのような作戦司令であった。だが実は呂不韋のかけた巧妙な謀略である。

屯留には蒲鴻《ほこう》と称する豪商がいる。幾度も呂不韋と相場を張り合って大損をし、一度は破産寸前にまで追い込まれた。それゆえに呂不韋とは不俱戴天の商売仇で、いまだに呂不韋を憎み続けている。

その蒲鴻が、こんどもまた自分の後塵を拝して「奇貨居くべし」と、長安君を奇貨に見立てて「居く」はずだ——と呂不韋は読んだ。その読みの上に呂不韋は謀略をかけたのである。

果たして呂不韋の読みは的中した。蒲鴻は秦王政の出生の秘密を知っている。まず樊於期を籠絡《ろうらく》して長安君に接近し、秦王政を廃して正嫡の長安君を王位に即けるために、家産を傾け民兵を組織して協力する——と申し出た。長安君は逡巡したが、頭の単純な樊於期は、思わず万歳を叫ぶ。

——これは正当な権利の回復である。決して謀反ではない。大義は我らにある。朝臣も軍隊も我らに味方する事は疑いない——

と両人は口を揃えて、長安君に謀反を嗾《そそのか》した。

「しかし、思惑が外れて、失敗したらなんとする」

と長安君は二の足を踏む。

「その気遣いはございません。それに万が一そうなっても、ひとまず遠い燕国に逃れて、中原諸国を糾合し、咸陽に攻め帰る手がございます」

と樊於期は胸を叩き、蒲鶮は大きく頷く。長安君はついに謀反を決意した。

それを咸陽で待ち構えていた呂不韋は、蒲鶮の説得力の強さと長安君の素早い反応に、思わず北叟笑む。そして直ちに王翦《おうせん》に十万の兵を授けて屯留に向わせた。

屯留に到着した将軍王翦に、長安君は使者を遣わして大義名分を説く。しかし王翦は取り合わずに、容赦なく城を攻めた。城内には、いざとなれば、夜陰に紛れて内から城門を開ける呂不韋の食客を忍び込ませてある。

ところで長安君の謀反に、誰よりも泡を食ったのは、趙地に兵を進めた蒙驁であった。へたすれば総大将の謀反に連坐させられる。それを避ける絶対の手は、第一軍を率いて、第二軍を攻撃することであった。

しかし目の前に趙軍がいる。へたに撤退すれば追撃されて大きな損害を出す。それで不意に大攻勢をかけて敵を退かせ、意表をついて撤退する戦略を取った。しかし、それで時間を取って、潞《ろ》水《すい》の東岸に到着した時には、屯留城はすでに陥落している。

だが図らずも、屯留城陥落の直前に脱出して、燕国に逃れようと潞水を渡って来た長安君の一行に遭遇した。天の配剤とはこのことであろうか。長安君、樊於期、蒲鶮は蒙驁に逮捕され、屯留城に連れ戻されて拘留された。

蒙驁軍は屯留城で王翦軍と合流して咸陽の指示を仰ぐ。遠征軍の叛乱はそれだけでも、国家の一大事である。ましてやそれに王室の一員、しかも国王の実弟が絡んでいた。

呂不韋は秦王政の裁可を仰ぐ。

「謀反を教唆したのは明らかに樊於期ですから、本来なら、まだお若い長安君は赦されるべきですが、しかし、こたびの叛乱の過程で、あらぬ蜚語《ひご》が撒き散らされました。よって関係者は誰彼問わず、処刑すべきです」

ここで呂不韋は、例の通りに秦王政が「うむ」ということを、当然のように期待した。しかし、意外にも秦王政は、突然に、口を開く。

「あらぬ蜚語とは何か？」

当然に秦王政はそれを承知のはずである。しかし敢えて、故意に聞いた。

「殿下のご出生に関してです」

「それがどうした。捨ておけ！」

「しかし、人の口には毒があると言います」

「戯《たわ》けた事を！　構うことはないぞ」

「しかし——」

「くどい！　登極せし者は則ち王だ。寡人は秦の国王である」

「その通りですが——」

「もう言うな！　この際はっきり言っておく。寡人の顔が誰に似ていようと、それはまったく問題ではない。それと国王とはなんの関係もないことだ。今後、誰がどう言おうと捨ておけ。卿も二度とそれを口にするな」

と秦王政は言った。呂不韋は思わず、しげしげと秦王政を見詰める。その顔には、まったく興奮の色はない。涼しい顔をして、しゃあしゃあと言っているのだ。思わず呂不韋が嘆息を漏らす。

「分かりました」

と一礼して退出しかける。

「待て、まだ裁可を下していないぞ」

「はあ――」

「長安君があらぬ蜚語を撒き散らしたことは赦す。ただし謀反を起こしたことは、たとえ煽動されて迷った末のことであっても、断じて赦さない」

「やはり、斬首の刑に処します」

「斬首ではない。梟首《きょうしゅ》（晒し首）だ」

王弟の梟首は前代未聞である。呂不韋は再び秦王政の顔を見た。

「念を押す。王の権威に挑戦し、朝廷の権力に逆らった者は、実弟であろうと誰であろうと決して赦さない」

と「誰であろうと」にアクセントを付けて冷やかに言った。呂不韋が、こんどは退出してから大きな溜息を吐《つ》く。目頭が熱くなった。

宰相府の執務室に戻って、呂不韋は「面会謝絶」を言い渡す。

あの「ガキ」の前で取り乱したのを恥じた。待て、まだ裁可を下していないぞ――と背後から声をかけられた時には、顔から火が出た。

これまでに、顧みて恥しい思いをしたことはないわけではない。だが顔から火の出る思いをしたことは一度もなかった。

この世に五十余年も生を受けている。家産を傾けて張り合い、命を張って争う修羅場を幾度も潜り抜けたが、かつて取り乱したことは一度もなかった。

登極せし者は則ち王だ——というのは、まさにその通りである。いずれ蔡沢が教えたのであろうが、それを極めて自然に、いささかの衒《てら》いもなく言えるのは、なかなかの器量があればのことだ。

それにしても、オレは国王である。権威への挑戦と権力への反抗は絶対に赦さないと、もし顔を真っ赤にして喚《わめ》いたのなら話は分かるし、それはそれで正しい。しかし、あのガキはそれを淡々としながら、しかも、きっぱり言い放った。生意気である。

それに対して、権威と権力は国王自身が思い込んでいるほどには「絶対」でござらぬぞ——と、もし相手が子楚なら言ったであろうし、言えたはずだのに、なぜか、あのガキには言えなかった。

あのガキには、えも言われぬ威厳がある。なぜかあの時は、その威厳にたじろいで、出るはずの言葉が出なくなった。面目ない話だが、威圧されたのである。位負けを感じたのだ。まことに見っともない話で、この呂不韋ともあろう男が、まるでサマにならなかった。

これまでに、他人を威圧しても、威圧を感じた事はなかった。ましてや位負けを覚えた事は一度もない。やはり、上には上があったのか。しかもそれが、あのガキだったというのは、どういうことだ——？

そう言えば、あのガキには幼い頃から、街の不良少年が拳を振り上げながら、しかし遂には振り下ろせなかったという「厳しさ」があった。それに、強力な宰相のいる朝廷では——例えば昭襄王の若い頃がそうであったように——幼君は朝臣たちから蔑《ないがし》ろにされるものである。だがあのガキは、現実には政務も執らず何もしないのに、なぜか朝臣たちは恐れているふうであった。

なるほど——あのガキには生まれつき威風がある。帝王学を身に着けて威厳をも具えた。その威厳が威風を凜冽たらしめているのか。

国王が威風凜冽であるのは頼もしい。いや結構なことである。だが、先程見せた面構えと態度は、あれはなんだ！

あれが、一国の宰相に対する礼節か。不遜である。しかも血を分けてもらった父親に対して不埒《ふらち》だ。表向きに父子の関係を認めないのは正当である。

しかし「誰であろうと赦さない」というのに、なぜ、わざわざ「誰であろうと」にアクセントを付けなければならなかったのだ！

あのガキは聡明である。道理を知らぬわけはない。その証拠に、生意気な口を利きながらも蔡沢には師礼を尽している。その母親に対しても結構やさしい。

そうするとオレに辛く当るのは、怨んでいるからか。なるほど、血は怨愛の潢潦《にわたずみ》という。その通りだ。単に、血は水より濃いというのであれば、つまり血が愛を保証するのなら、血を分けた者の威風凜冽は手放しで悦ぶべきであった。どのような態度で、なにを言われても、相手の立場を考えてやれば無条件に赦せるはずである。

しかし、オレは情なさで心から怒った。いや怒りながら怨んでいる。やはり血は怨愛の潢潦であったか——と呂不韋は悟って、心を落ち着けた。そして執務室の面会謝絶を解く。

しかし呂不韋はこの時、悟ったようで実はまだ悟っていなかった。間もなく彼はそれを、思い知ることになるのだが、それはわずか三年後のことである。

つまり秦王政に、血を分けた父に対する愛情が、まったくなかったわけではなかった。呂不韋が宰相として「三千」の私兵を養い、太后の後宮に贋宦官を送り込んだことが、国王として、どうしても赦せなかったのである。秦王政は六歳から——人間としてではなく——国王として育てられたのだ。

人間的ではなかったという意味ではない。人間である前に国王だったのである。

気魄冲天

きはくちゅうてん

米倉の鼠

秦王政九年、秦王政は二十二歳になった。しかし、まだ政務を親覧していない。したがって成年した年に催される「戴冠帯刀」の儀式を延ばしてきた。戴冠式を行なえば、嫌でも政務を親しく観なければならなくなる。成年したから戴冠した。戴冠したから親政を始めるではパッとせず面白くない。幼少にして即位したからであるが、彼はずっと鳴かず飛（蜚）ばずできた。

――蜚将冲天、鳴将驚人――

飛べば将《まさ》に天に冲《ちゅう》して、鳴けば将は人を驚《かつ》かす――のでなければ、それまで鳴かず飛ばず、じっと構えていた甲斐がない。

簡単に言えば、いわゆる「下馬威《シャマウィ》」である。直訳すれば、出会い頭にハッタリや脅しをかけることだが、この場合は、政治的な衝撃を与えることであった。それによって朝廷の綱紀を引き締め、人心を一新しようというわけである。わが輩が登場した。皆の者、顔を洗って出直せというわけである。

つまり秦王政は、親政を始める、劇的で、効果的な時節を窺っていた。それにつれて、戴冠式を一日延ばしにしてきたのである。

そこへ、暑い夏が過ぎて秋風が吹き始めたある日、突然、その戴冠式をやるようにと母の趙太后から催促を受けた。

——そなたが立派になられた姿を、この母は確と、この目で見届けたい。一日も早う雍城に来られて、戴冠式を挙げてもらえまいか——

と雍城から、わざわざ使者を遣わしてきたのである。

催促を受けて秦王政は、苦虫を嚙み潰した。戴冠式がどうということではない。趙太后の魂胆を知っているからであった。しかし渋い顔をしながらも、秦王政は、他方で、これは天与の機会であるかも知れない、と考え直す。辛いことだが、いつかは処理しなければならず、避けて通ることの出来ない問題である。ならば、よし！　と秦王政は、受けて立つことを決意した。

趙太后が咸陽から雍城の昔の宮殿に移り住んで、足掛け三年が経つ。雍城は、渭水の上流にあって、咸陽から西へ、おおよそ百キロほど離れている。

その雍城で趙太后は、あの「宦官」の嫪毒と、人目も憚らず、夫婦同然に暮していた。もともと彼女が雍城に移り住みたいと言い出したのは、咸陽で孕んだ嫪毒の子を産むためである。しかし、無事にそれを果たすと、さらに翌年には、またもや、嫪毒の子を出産した。いずれも男の子である。

嫪毒は雍城で、城主気取りをしていた。いや君主のように振る舞っている。しかも、それを当然だと考えていた。その論理は明快である。一国で最も偉いのは国王で、国王は太后に従い、太后はわが輩の言う事を聞く。だからわが輩は事実上の君主だ――というわけである。

まことに小人は志を得て忌憚を失う。天と地の見境もつかなくなる。彼は太后の口利きで長信侯に封じられていた。采邑《さいゆう》の山陽（河南省修武県）からは莫大な税賦が、坐して懐に転がり込む。食客を養う身分に成り上がっていた。

「虁《き》は一にして足る」という言葉は知らなかったが、昂然と、男は一物にて足ると豪語し、呂不韋なにする者ぞ、と宰相をすら侮っている。事実、彼は趙太后の口を藉《か》りて、呂不韋に質の悪い脅迫をかけていた。そして、呂不韋が趙太后に遠慮していたのを、自分を懼《おそ》れたものと勘違いして、呂不韋取って代わるべし――とさえ嘯《うそぶ》いている。

そこまでは、まあ、それでもよかった。しかし、小人は豪語している間に自分の言葉に酔い、幻想と現実とを混同する。しかし嫪毒の場合には、それを現実化させる根拠があった。趙太后に生ませた二人の男子である。たしかに、その二人のいずれかが王位に即けば、彼には期せずして「太上王」になるチャンスがあった。

そしてこの場合、極めて幸いだったことは、彼の「魔物中毒」に罹った趙太后が、すべての意味で、彼とはまったくの「似合いの夫婦」だったことである。

かくて、まったくの狂気の沙汰だが、趙太后と長信侯嫪毒は、秦王政の暗殺計画を練り上げた。そこで、戴冠帯刀式に託《かこつ》けて、秦王政を雍城に誘《おび》き寄せようと、使者を遣わしたのである。

そのとき雍城には、すでに千を数える食客がいた。しかもその大半は、腕の立つ壮士俠客の輩である。それに城の警護隊は言うに及ばず、執事から門番に至るまで、すべての使用人を手懐《てなず》けていた。城門を閉ざせば、秦王政の一人や二人を暗殺するのは造作もない——と高をくくっていたのである。

しかし秦王政は、間者の報せを受けて、雍城での動きの一部始終を、詳《つまび》らかに承知していた。雍城からの使者の口上を聞いて秦王政が苦虫を嚙み潰したのは、趙太后が自分の暗殺計画の首謀者の一人だと知っていたからである。そして雍城に出掛けることを決意したのは、それを機に朝廷を粛清して、親政に乗り出そうと決心したからであった。

しかし秦王政は素知らぬ顔をして、戴冠式の支度を命ずる。そして雍城に出立する前日に、未曾有の大観兵式を行なった。親政の玉座に着く前にそれを行なったのは、朝廷よりは軍部を重視していることを示すのと、万が一に備えて、三軍を城内に集めておいたのである。

そして、留守を呂不韋に託し、城の防衛を将軍王翦に命じて、蔡沢を伴い、将軍桓齮《かんき》の指揮する精鋭三万を随《したが》えて、城の西門を出た。その前に、出立を雍城に知らせる早馬が城門を出ている。

雍城に至る道は、渭水の川沿いに西へ、ほぼ一直線に伸びて、紅葉の始まった沿路の景観は美しかった。しかし秦王政の暗い心は、その景観にも晴れず、蔡沢と雑談しながらも、ついつい口は重くなる。

輜重車《しちようしや》を随えての行軍だから、一舎三十里の計算で、二百余里（八十キロ）離れた雍城へは、出発してから七日目の昼過ぎに到着するはずであった。特に急ぐ旅ではなく、当然に雍城でも、そういう計算で秦王政一行の到着を待っていたはずである。

しかし秦王政は行軍の速度を早めて、五日目の夕刻、雍城に入り、蘄年宮《きねんきゆう》に旅装を解いた。桓齮麾下《きか》の精鋭部隊は城に入らず、城を包囲した形で散開して野営を張っている。秦王政に随って宮殿に入ったのは、選りすぐった百名ほどの衛士と侍従と、それに数名の料理人だけであった。暗殺計画を予定どおりに敢行させるための、陽動作戦である。

趙太后は大鄭宮《たいていい》に住まっていた。大鄭宮と蘄年宮はかなり隔たっている。

——本日は遅いから、明朝、ご挨拶に参上する——

と秦王政は太后に使者を立てた。と同時に、蘄年宮の門を閉ざして、一斉に、すべての使用人を捕縛して監禁する。嫪毒がその食客や手先を、蘄年宮の衛士や使用人に仕立てている、と見抜いたからであった。

まもなく二更《にこう》（午後十時）を告げる太鼓の音が響く。にわかに大鄭宮の動きが慌しくなった。いや、ある種の恐慌を起こしている。蘄年宮に入った秦王政の動静は、時々刻々、逐次に大鄭宮へ伝えられる手筈になっていた。ところが、その任を負った蘄年宮の「使用人」たちが、一人も顔を見せなかったからである。

なにかは分からないが、異変が起きたことは間違いない。そう悟って趙太后と嫪毐は慌てた。相手の動静が分からないでは打つ手がない。計画を中止しよう、と嫪毐が言い出した。しかし、いざとなれば女は男よりも強い。尻込みすることはない——と趙太后は嫪毐を励ました。

しかし、ではどうするかで、こんどは逆に趙太后が迷い出す。そうと決まれば、計画はそのままにして、決行の時間を繰り上げ、夜半に蘄年宮を襲撃しよう、と嫪毐が迷う趙太后を納得させた。

計画に従って嫪毐は、城の警護隊に足を運ぶ。

——蘄年宮に賊が侵入した。それを捕えるために、全員出動して宮殿を包囲せよ——

と嫪毐は隊長に命じた。しかし警護隊長は意外なことを口にする。

——国王が城に居られる以上、王の出動命令がなければ、兵を動かすことは出来ない——

と口実を設けて出動を拒否した。嫪毐がまったく予想していなかった事である。通常なら、ここでバカ者！　と怒鳴りつけるところだが、この場合、そうもいかない。嫪毐はやむなく大鄭宮に取って返し、太后の印を捺《お》した出動命令書を手に、再び警護隊へ現われて、出動を命じた。

直ちに出動します――と隊長は承知して、隊員に非常召集をかける。嫪毒が立ち去ると、すぐ、その出動命令書を、特務将校に手渡した。実はこの時、警護隊の指揮権は、桓齮が密かに派遣した特務将校に握られている。隊長が出動命令書を要求したのは、その特務将校の差し金で、謀反の証拠を取るためであった。

暗殺計画では、警護隊には真意を告げずに、ただ蘄年宮を包囲させることになっている。使用人に化けた食客たちが宮殿の門を開け、武装した食客たちが雪崩れ込んで、秦王政を殺す――ことになっていた。

さて、警護隊は頃合いを計って出動する。すでに数百人の食客が武器を手に、宮殿を包囲していた。しかし定められた暗号を発しても門は開かない。そこへ警護隊の兵士たちが包囲の輪を縮める。右往左往する食客たちの虚をついて、いきなり一網打尽にした。すでに特務将校から、趙太后謀反の証拠を握った、との連絡を受けていた桓齮は、麾下の軍勢の一部を入城させている。その一隊が大鄭宮を包囲した。

そして難なく、嫪毒とその手下を捕縛する。しかし、捜せども、趙太后が産み落とした二人の「鬼っ子」の姿はなかった。

やむなく太后の侍女たちを捕えて、子供の隠し場所を言わねば、全員斬首すると脅す。それでも彼女らは知らぬ存ぜぬを通したが、笞打ちを受けて、その中の一人がついに口を割った。

捜し出された子供は、別々に大きな袋へ入れられる。太后の面前で、床に幾度も叩きつけられて殺された。太后は目も背けず、ただ唇を噛み締めていた――という。

翌朝、叛乱の現場で逮捕された食客たちは、全員、斬首の刑に処せられる。直接関与しなかった食客たちは、即日追放を言い渡された。嫪毐は自白書を書かされて、軍法会議にかけられる。そして謀反の罪で車裂の刑に処せられた。もちろん謀反は、その罪三族に及ぶ。だが現実には、その三族は「所在不明」で誅殺を免れた――という。

それについては、世の好事家たちが、まことしやかな尾鰭を着けた。後代の巷の講釈師たちは――目の前で自分の産んだ子が叩き殺されるのを見ても、ただ唇を噛み締めていただけの趙太后が、嫪毐の刑死に涙を流し、その涙を見た侍女たちが、あまりにも凄まじい「女の劫火《ごうか》」に焼かれた趙太后の「業《ごう》」の深さと、その「女冥利」に尽きた「果報」の儚《はかな》さに、感ずるところがあって一緒に泣いた――と見て来たように、語り伝えたものである。

咸陽に帰還した秦王政は、その翌日、さっそくに戴冠式を行なった。

そして、いよいよ国王親政が始まる。親しく玉座についた朝廷（会議）で発した第一号の詔令は、宰相呂不韋の罷免であった。嫪毐の自白によって、不法に宦官を後宮に送り込んだ罪は明白だったからである。

しかし呂不韋は宰相を免じられても采邑の河南には帰らず、「三千」の食客もその邸から去らなかった。

翌秦王政十年、秦王政は突如として「逐客令」を出す。外国人追放令である。対象は当然に嫪毐の残党と呂不韋の食客である。そこで、秦王政の真意を知らなかった李斯は泡を食い、急遽、逐客令に反対する奏文を上呈した。彼は長史から客卿に昇進したばかりである。逐客令が施行されたら、せっかく築いた地位と出世の階段を一朝にして失うからだ。生涯の立身出世を賭けた真剣な上奏文だったから、なかなか説得力のある名文である。

その上奏文を読んで、秦王政は苦笑した。それで蔡沢の李斯評を思い出す。

——なるほど、能吏だが政治の大機を知らないようだ。本気で逐客令など出せるわけはなかろう。そんなことをしたら、朝廷に人がいなくなるし、蔡沢まで追い出さねばならなくなる。本気にするバカがいるか——

と改めて蔡沢の眼力に敬服した。しかし李斯が過敏に反応したのは笑ってすませられる。だが、呂不韋が鈍感にも反応を示さないことに、秦王政は舌打ちした。実は、呂不韋が逐客令と聞くや、慌てて食客を退散させるであろう。そう、秦王政は期待していた。

それが呂不韋に対する精一杯の思いやりである。つまり呂不韋が食客を退散させれば、彼の犯した罪は改めて追及しまい——と秦王政は考えていた。

しかし、相手にその気がなければ已むを得ない。秦王政は李斯の上奏を聞き入れたことにして、逐客令を撤回し、呂不韋を咸陽から追放した。

呂不韋は河南に、十万戸の采邑がある。そこで蟄居《ちっきょ》すれば、王侯貴族のように暮しながら生涯を終えることが出来るはずであった。個人的な感情を抜きにしても、彼が先代から十有余年にわたって宰相として挙げた大きな功績を考えれば、それは当然である。蔡沢が取って代わった応侯范雎《はんしょ》も、范雎と交替した穣侯魏冉《ぎぜん》もそうであった。だから文信侯呂不韋が同様に遇されて悪かろうはずはない。

だが、なにをどう勘違いしたのか、あるいは血迷うたか、呂不韋は河南で相変わらず食客を養い、派手に外国の使臣を招いたりして、謹慎の意はまったくなかった。

呂不韋は自ら墓穴を掘っていたのである。その翌々年、ついに秦王政は意を決し、情を断ち切って、呂不韋の采邑を没収し、家族もろとも辺境の蜀地（四川省）へ移した。一種の流刑のようなものである。だが、家族の随行が許され、爵位も剝奪されたわけではなかったから、流刑とはわけが違う。しかし、事ここに至って呂不韋は、ついに観念する。蜀地に赴く途中で、酖酒《ちんしゅ》（酖の羽を浸けた猛毒の酒）を呷《あお》って自殺を遂げた。

一代の英傑である。目聡く「奇貨を居き」乾坤一擲の大芝居を打って、まんまと政治的な投機を成功させ、十余年の間立派に宰相を務め上げげて、しかも文化事業に手を染め、「呂氏春秋」という価値ある典籍を世に残した。

だが、それほどの男にして、晩年、迷いを起こして破滅したのはなぜか？

あるいは、黄河の濁流に揉まれながら、ついにそれを泳ぎ切った海千山千の練達の士にしてからが、怨愛交々《こもごも》な血の潰潦《にわたずみ》に溺れた、と言えるかも知れない。

しかしそのような一般化や、図式化をされては、呂不韋は浮かばれないだろう。いや、歴史的な事実には、一般化や図式化の出来ないことも稀にあるからこそ面白いのである。

呂不韋は、政治や商売とは関係のない分野でも、一匹（一人ではなく文字通りの一匹）の男として、天を衝くような自信を抱いていた。そして実は、彼が咸陽から追放されるのと入れ違いに、趙太后は罪を「赦されて」咸陽の宮殿に戻っている。

趙太后は彼を必要としているはずだ。ならば必ず、救いの手を差し出すはずである。趙太后が泣いて頼めば、秦王政の心も――実父に対してだけ――鬼であり続けることは出来まい。趙太后の犯した「大罪」が赦されたのだから、自分の犯した「小罪」は当然に赦されていいはずだ。いや、赦されるはずである。

そう信じたことが、迷いを起こす因《もと》となったに相違ない。

さらに――こんどは一匹でなく――一人の男として呂不韋は、自分の才気に溢れるような自信を持っていたがゆえに、あの「青は藍より之を取りて、藍より青し」が、師弟関係のみならず父子の関係にも当て嵌《はま》ることを、忘れていたようである。

彼が認めていたように秦王政はその「威風凜冽」で彼を超えていたばかりか、才気でも遥かに彼を超えていた。だから物事の処理の仕方は彼よりもスマートで奥深い。つまり秦王政は呂不韋に情をかけながら、決してそれを顔に出さず、しかも、情をかけるのは大局に影響がない限りにおいてのことであった。

それを見損ない、あるいはそれに気付かなかったことが、迷いを生み、身の破滅を招いたようである。

呂不韋が酖酒の盃を手にして――血が水より濃いというのはウソだ――と言ったかど

うかの記録はないが、もし、そう言ったとすれば、それはとんだ誤解というものだ。

血は一般に信じられているほどに、濃くもなければ薄くもない。子が偉くなり過ぎたことに、親が気付かなかったまでのことだ。

もし今際《いまわ》の際《きわ》に嘆くことがあったとすれば、それは——子を知ることにおいて親に如くはなし、というのはウソだ——ということであろうか。

文信侯呂不韋が宰相を免じられて、逐客令で朝野が騒然としていた咸陽の城へ——著名な曾祖父を持った由緒正しい出身ながら、人を食ったような惚《とぼ》けた事を口にする——兵法家の尉繚子《うつりょうし》が、飄々と現われた。

いわゆる「兵法七書」の中に、六韜《りくとう》、三略、孫子、呉子、司馬法、李衛公問対と並んで、「尉繚子」というのがある。

著者は尉繚子だが——「二人の孫子」がいるように——「二人の尉繚子」がいた。先代の尉繚は孫臏《そんぴん》とほぼ同時代の人だから、このとき咸陽へ現われたのは、当然にその曾孫の尉繚である。

しかし曾祖父の尉繚子は誰知らぬ者もない有名人だが、曾孫の尉繚子を知る者は少ない。だから「尉繚子」と聞いても、大抵の人たちは、うっかり世代の相違を忘れて、その曾祖父と混同するのが常である。

その尉繚子が咸陽を訪れた日の夕刻、蔡沢の門を叩いた。

「尉繚という者だが、一宿一飯の世話になりたいと、ご主人に伝えてもらえまいか」

と惚けたことを言って案内を請う。

尉繚の来訪――と聞いて蔡沢は一瞬、首を傾げた。あの「尉繚子」の著者がまだ健全なら、すでに百歳を超えたご老体のはずである。それがなぜ咸陽に、と急ぎ身支度を整えて、門に迎え出た。

ところが門の前に立っていたのは、蔡沢とほぼ同年輩、つまり壮年の男である。蔡沢は戸惑いの色を顔に表わす。

「まことに有難いことだ。曾祖父がよく名を知られているお陰で、どこでも安心して邸に通してもらえる。意はすでに伝えたが、一宿一飯の恵みに与《あずか》りたい。実は友人の紹介で、先ほど〝米倉の鼠〟を訪ねた。快く迎えてはくれたが、あの鼠とは酒を飲みとうない。それで突然、お訪ねした。厄介をかけるが、よろしいかな」

と尉繚子は初対面の挨拶もせずに言った。

「ご覧のようなむさ苦しい処ですが、もしよろしかったら、いつまでも、どうぞ」

と蔡沢は悦んで招じ入れる。面白い男だ、と腹に呟いて、さっそく酒肴を用意させた。

「なるほど、あまり立派な邸ではないのう。しかし立派な国は民を富ませ――『王国富民』――まああの国は士を富ませて――『伯国富士』――亡びなんとする国は王室の倉を満たす――『亡国富倉府』というから、客卿があまり立派ではない邸に住まっているのは、秦国が立派な国であることの証しだ。まことに結構なことです」

と尉繚子は客庁（応接室）を見回しながら言う。

「お褒めに与り恐縮です。いまの言葉は、たしか尉繚子の〝戦威篇〟にありましたね」

「ほお！　お読みくださっておられたのか。まことに忝《かたじ》けない」

「尉繚子の愛読者ですよ。そう言えば――管仲は十万の兵を提《ひっさ》げて、敵対する者天下になく――『管仲有提十万之衆天下莫敢当』――呉起は七万の兵を提げて、向う処敵なし――『呉起有提七万之衆天下莫敢当』――而して、孫武三万の兵を提げて、天下敢えて当る者なし――『孫武有提三万之衆天下莫敢当』と言いますが、さて、われらが尉繚先生なら、兵をどれほど提げれば、天下に敵なし――でしょうかな？」

と蔡沢も「尉繚子」の「制談篇」を引き、それに掛けて聞く。

「いやあ、恐れ入った。諳《そら》んじることすら出来るとは、脱帽します。まいりました。ところで、それが実はのう、実は、人間を相手には戦わず、もっぱら岩山で虎を逐うているんですわ。それなら自慢じゃないが、狙った獲物は、これまで、逃がした事は一度もない」

「それはお見事！　その秘法でもご伝授いただけると有難い」

「なに、秘法と称するほどのものは別にない。敵の習性を弁《わきま》え、兵隊をよく訓練することです」

「いつか、ご一緒させていただけると有難い」

「それはいいが、いい兵隊がいないことには戦さは始まらない」

「いや、ちょっとした兵隊を借りることは出来ますよ」

「しかし特殊部隊の兵と同じで、そのための訓練をしていなければ役に立たない。実は韓国の友人が、すばらしい韓盧《かんろ》（犬種）を持っている。その犬がいなければ、百戦百勝というわけにはいかない」

「なるほど、韓盧には名犬が多いと聞いた。そのご友人の犬はさぞかし名犬でしょうね」

「いや、どれほどの名犬でも、犬は虎の臭いを取れば脚が竦《すく》む。いや大抵は姿を見る前に逃げ出す。それをその友人は、知恵を搾って勇気付ける訓練をした」

「そうですか、猟犬を扱う名人ですね」

「いや、犬よりは人間を扱う名人だ」

「やはり兵法家ですね」

「いや、最高の智略計謀の士だよ」

「ああ、遊説の士でしたか」

「それが違うんだ。遊説などして歩く軽い男ではない」

「そんなに傑出した男ですか」

「その通りだ。余人はいざ知らず、某《それがし》なんかよりも確実に二倍や三倍も優れている。ああ、そうだ。実はお願いがある。その友人の著作を秦王に読ませようと、二篇だけ持参した。それを秦王に手渡し願えまいか」

「もちろん結構です。しかし、それほど偉い人の文章なら、直接お渡しになられた方がよろしいのでは——」

「そうも考えたが、見ての通りの男だ。服装も言葉遣いもよろしくない。それに、ただ渡すだけのことだ。わざわざ会うこともあるまい」

「いや、逆にお願いする。得がたい機会だ。貴殿のような方にこそ、王に会ってあげていただきたい。お会いになれば分かるが、話の分かるお方だ。着物や言葉遣いなど問題にする俗物ではない」

「ほお！　それは気に入った。布衣《ほい》（平服）でよければ是非お会いしたい」

と尉繚はまじめに言った。話がうまく行って二人とも上機嫌である。

「うむ、酒がうまい。やはり酒は相手を選んで飲むべきだ」

「そういえば、客卿の李斯が、なにか無礼なことでもしましたか」

「ああ、あの米倉の鼠か。いや、そういうわけではないが、紹介してくれた友人の安否も聞かないんだ。あの男に対する予備知識はあったが、やっぱり二流、いや三流の男だね。しかし、秦王がえらいお気に入りだとか——」

「まあ、そうであって、そうではない。なにしろ能吏だ。それで重宝がられている。しかし、大機を知らない男だと、つい先日、秦王が呆れて苦笑を漏らしておられた」

「予備知識があった上に、先ほど一刻ばかり喋り込んだ、いやご高説を拝聴したが、根性が卑しい。いくら自分を売り込みたいからとて、恩師（荀子）や親分（呂不韋）の悪口を言ったりしていた。それによく出来る友人に嫉妬してか、安否も聞かない。それでいて目から鼻へ抜けるような器用さや小賢しい輩は、天下太平な時代ならたしかに重宝だ。しかし、こういう歴史の曲り角の時代に重用するのは――余計な差し出口だが――事を成すに足らず、事を敗《やぶ》るに余りある（成事不足、敗事有余）ということになりかねない。歴史の転換期に、三流の人物が重要な役割を担って立ち会うのは、その歴史の中を生きる人たちに取っては、きわめて不幸なことだ。苦笑を漏らしてすませる問題ではない」

「同感です。どうも、あの男は腰が定まらず、肚がすわっていない」

「要するに人間としての魂の位が低いんだ。やはり本人がそれを見て発憤したという米倉の鼠だよ」

と尉繚子が言った。

「ところで、国王との会見の段取りは？」

「いや、それは王のご都合で――」

「いつでも結構ですよ。ものを教えてもらえる相手には、万障を繰り合わせてお会いになります」

「ならば、ひと月ほど、方々を見物させてもらってからにしてください」

「けっこうです。王にも『尉繚子』を読んでいただく時間が欲しいので――」

と蔡沢が言った。夜は更ける。しかし酒は尽きず、話は絶えなかった。

万金一銖《ばんきんいっしゅ》

尉繚子は、ほぼひと月をかけて、咸陽とその周辺の囹圄《れいぎょ》を、隈無く見て歩いた。それによって、秦国の政治ととりわけ法の執行の実態を推し測ろうとしたのである。尉繚子が虚無的で、惚けているのは、彼が四六時中、哲学的な思索に耽っているからではなくて、逆に鋭く現実を直視していたからであった。

その結果、彼は政治の世界に多くの「大まじめなナンセンス」を目睹《もくと》して、呆れ返っている。だから彼の「虚無的な惚け」は、彼の出来る精一杯の痛烈な「政治風刺」とでも言うべきものであった。

例えば、四君子の「食客三千」や、蘇秦と張儀の「合従連衡」、それに誰の発案かは知らないが「相互置相」などがそれである。

「三千」の食客を養うのに投下した莫大な資本から、現実に挙げた政治的な利得は余りにも少なく、割に合わない「虚業」であった。名声を力量に還元するのは結構だが、あまりにも歩止まりが悪くて、効率的ではない。

合従連衡は、それ自体が政治に不可欠で、どれほど愚鈍な政治家でも思い付く、日常的な策略である。ましてや、突出した強国が出現すれば、嫌でもそうなる必然的な政治の趨勢というものだ。だからそれを大袈裟に売り歩いた男は、いかさま商品を売り付けるペテン師である。現実にも、そのペテン師に男をなさしめただけのことで、それに飛び付いた者が得たものは、徒労以外のなにものでもなかった。

「置相」は文字通りに相（大臣）を「置」くことで、大国が小国の内政干渉をするために置くこともあれば、逆に、弱国が強国に敵意がない証しを立てるため大国に、相を置いてもらうこともある。ある国の優秀な人材を引き抜く手段として、優れた人物を名指して、置相を強制することもあった。相手国の隣国を侵略する準備の一環として置くこともある。いずれも使臣を派遣するか、交換すればすむことだ。もちろん大臣と大使は異なる。基本的には紛れもなく敵対している国々が、現実に戦争を繰り返しながら、相互に置相するのは戯けたことだ。使臣の派遣や交換では、なぜいけないのか？

ちなみに、そのナンセンスな相互置相に、痛烈な皮肉を浴びせかけて、歴史に名を残した痛快な「子供」がいた。呂不韋が宰相の座にいた、つい先年のことである。

――秦武王の功臣甘茂《かんも》は、武王の死後、楚国の相となった。つまり楚国の相として「置」かれたのである。さらにその後に魏国の相に置かれ、魏国で没した。

その孫の甘羅《かんら》は咸陽で生まれ育ったが、早く父親を失くしている。それで張唐という父の友人が、父親同様に甘羅を可愛がり面倒を見た。

その張唐が、ある日突然に燕国の相に置かれることになって、早々に出立せよと命じられる。燕国へ赴任するためには、嫌でも趙国を通らねばならず、張唐にはどうしても趙国に足を踏み入れることの出来ない事情があった。それで赴任を一日延ばしにして、宰相呂不韋の不興を買った。当然に張唐の立場が危くなる。

その苦境を救おうと、甘羅は呂不韋に願い出て、趙国への使者に立った。そのとき甘羅は十二歳である。馬車五乗を随えて趙都の邯鄲に乗り込むと、甘羅は趙国の悼襄公に掛け合った。

「秦国が張唐を相として燕国におく理由は、秦国と燕国で趙国を挟撃して、河間（黄河東岸の趙地）に領土を広げるためである。意図と目的や、勝敗の帰趨もいずれ明らかであるのだから、趙国が先廻りして、河間の城を五つほど秦国に進呈して、その埋め合せに燕国から、城を奪ったらいかがなものか。秦国は城さえ頂戴すれば、趙国の燕国侵略には関与せず、燕国は弱国だから、城を奪うのは造作もないことだ。いかがいたす」

なるほど、ということで悼襄王は、河間の城を割譲することに同意した。甘羅は意気揚々と咸陽に引き揚げて、嘉賞を受ける。張唐は燕国へ赴任せずにすんだ――

大人たちは、なぜ、単純なことを殊更にややこしくするのだろう――と子供の眼には映ったようである。それが期せずして、置相への痛烈な皮肉となった。

なお、その功によって甘羅は上卿に封じられたが、それは史上最年少の上卿の記録である。

それはともかく尉繚子の現実的な視角は、そのまま彼の兵法書「尉繚子」にも反映されていた。つまり孫呉の兵法書が時代を超えた「普遍性」を意識して書かれたのに対して、「尉繚子」はあくまで戦国時代に眼を据えた兵法指南の書である。それだけに蔡沢はそれを重視したし、尉繚が秦王政に親しく兵法を伝授することを望んだ。そして尉繚に会う前に「尉繚子」を読ませている。

そしていよいよ予定された会見の日が訪れた。世に対し、人に対して求めるところのなかった尉繚子は、その天衣無縫な言動によって、甚《いた》く珍重され厚く礼遇されることもあれば、洟《はな》も引っ掛けられなかった経験もある。しかし、その尉繚子も秦王政との会見を予定された部屋に案内されて、いささか度肝を抜かれた。

待たされると覚悟していたのに、逆に秦王政が待っていたのである。しかも座が南北に（君主は「南面」するから）ではなく、主客が東西に対坐するように仕付けられていた。それにあろうことか、秦王政は尉繚に合わせて、布衣を着用している。

毒気を抜かれた尉繚は、味な事をする秦王政の顔を、遠慮なくしげしげと眺めた。眼光炯々《けいけい》として微笑みを湛えているが、しかし、当方を尊崇している敬虔《けいけん》な色はまったくない。

名優とまではいかないが、状況と相手次第では、適宜なアドリブの出来る、ちょっとした役者だ——と尉繚子は見立てた。そして、いつもの通り軽く会釈をしただけで、黙って席に着く。つまり挨拶を抜きにしたが、秦王政も然《さ》る者、それを気に掛ける様子はさらさらなかった。

いずれ蔡沢が教え込んだのであろうが、それにしても、よほど気位が高く気魄に富んでいなければ出来ることではない。なるほど、末恐ろしい男だ——と尉繚は腹に呟く。

「軍師には時代の足音が聞こえると聞くが、いまの世は、どの位の速さで、いずこへ向っているのだろうか」

と秦王政は開口一番に聞いた。

「軍師を自任したことはないので、市井の一人の男として申し上げる。天下を渡り歩くのに、あちこちに国境があって関所があるのは、まことに面倒なことだ。諸国の貨幣が異なり、度量衡が違うのも厄介なことで、税関で入国税などの税金をかけられるのは迷惑千万である。それに各国の物産が自由に流通出来ないのもよろしくない。天下は本来一つである。いや一つでなければならない。そして時代の流れは確実にその方向を目指している」

「一つになるとお思いか？」

「実は、なるかならないか、その形勢やいかにと、貴国に足を運んだ。天下を一つに出来るかどうかは、この国の動きにかかっている。つまり天下統一の鍵を握っているのは、間違いなく秦国だ、と思ったからです」

「それで、その感触は？」

「いずれ出来るであろう。だが、いまだ前途遼遠といった感じです」

「方々を歩き廻られたと聞くが——」

「その通りです。実は囹圄を見て歩いたが、小圄では数十、中圄では数百の既決の囚人や未決の容疑者が犇《ひしめ》いている。大国では、その数ざっと数千と見た。見ただけを大まかに累計してもその数は十万を下らない。全国だと、おそらく数十万に達するはずだ。大先輩の孫子の兵法書によると、十万の師を出せば日に千金を費す——とある。数十万の人民を閉じ込めてタダ飯を食わせ、兵役にも就かせず農作業にも従事させないのは、まったくのムダだ。そういうムダなことをしている限り、天下統一の日はまだまだ遠いであろう」

「法治を確立するために、連坐の法を厳しく執行した結果で、已むを得ない」

「法の執行を厳しくするのは、まことに結構なことだ。しかし角を矯《た》めて牛を殺すようなことがあってはならない。一事が万事、それで天下の統一が成るのは、かなり先のことになろう、と申し上げた」

「やはり、天下はどうしても、統一せねばならないものか？」

「それは理想や願望ではなくて、歴史の流れである。一治一乱。人々は五百年の戦乱に、善し悪しではなく、それを超えて、とにかく厭きた。統一せねば、収まらなくなる」

「なぜ、かくも一治一乱が長く続いたのだろうか？」

「理由は明白——春秋の諸侯は政治ゴッコに打ち興じ、いまの国王たちは戦争ゴッコを楽しんでいるからです」

「ということは？」

「兵は本来——弔民伐罪、図存救亡のために興すものです。つまり、暴虐を伐《う》って、民を弔《いた》（慼）み、生存を図って、滅亡を救わんがためである。しかし、いまの時代では『立威《りつい》』――こけおどしや、『抗戦』――張り合いや、『相図』――相奪のためにのみ戦い続けてきた。まさしく児戯に類することで、つまりは子供が玩具を奪い合うようなものである。だから、せっかく大軍を動かして切り取った領土を、がっちり護ろうとはせず、相手が機を見て奪回するのに任せてきた（尉繚子・兵令篇）。

あるいは高貴な財宝を差し出したり、あるいは愛する子を人質に、あるいは領土を割譲して、和を乞い援を求めるが、まるで信を顧みず、打算の知恵すらない。例えば、そのようにして得た援軍十万が、その実は半数にも満たず、しかも本気で戦おうとはせずに、わいわい気勢を上げるのみで、さながらに戦争ゴッコの風情である（同制談篇）。

それでは戦乱の已む時はなく、絶える日は来ない」

「ならば、それに終止符を打つ手は？」

「それの出来るのが秦国を措いて他にないとすれば、先ほど触れたように、まずは囹圄の囚人の数を減らすことです」

「しかし秦国は厳しい法治によって強大化した。連坐の刑を弛《ゆる》めては法が守られず、法を疎《おろそ》かにしては政治は成り立たず、国は立ち行かない」

「その通りですが、実はその奥に問題がある。つまり秦国に限らず、いま天下に蔓延している厭戦気分こそが問題だ。いまでは、兵を率いて戦場に臨む将軍たちは、誰彼問わず――兵士の逃帰と敵前逃亡を防止することこそ、勝利の関鍵《かんけん》だと心得ている（兵令篇)。

厭戦思想が問題の根源であるのは明らかだ。秦国の囹圄に満ちている囚人たちも、おそらく大半はそうした逃亡兵に連坐した人たちに相違ない。その数の減少とともに、戦乱の収まる日と、統一の成る日が近づくはずだ」

「そのために、なにをなすべきか?」

「問題が起きてから、法の執行をしても始まらない。よろしく——禁舎開塞《きんしやかいそく》を心掛けることだ。つまり——大悪を禁じて、小悪を舎《ゆる》(赦)し、生きる路を開いて、死に至る路を閉(塞)ざすことである」

「なるほど、それが尉繚子の兵法のサワリ(兵談篇)であったな。むずかしくなったところでひと休みだ。食事にしよう」

と秦王政が言った。すでに正午を回っている。しかし秦王政は席を立たず、食事を部屋へ運ばせて、尉繚と二人で、それを一緒に突つきながら食べる。質素な食事だ。しかし秦王政は、うまそうに箸を動かしている。滅多に恐れ入ったことのない尉繚子が、やはり、いささか恐縮した。

「さあ、腹拵えをすませたところで、こんどは、じっくり兵法を講釈して貰おうか」

と秦王政は背筋を伸ばして言った。

「では、謹んでご進講仕ります」

と尉繚もおどけて坐り直す。わずかな時間で、一緒に食事をしたからでもあろうが、二人の距離が急に縮まった。対人関係で、急速に相手との距離を縮めるのは、尉繚子の特技の一つである。しかし秦王政は、その特技に乗せられたというより、意識的にそう振る舞っているかに見えた。うむ、やはり大根役者ではない、と思いながら、尉繚は、軽く咳払いして調子を付ける。

「最高の兵法とは、それを知り尽しながら、しかも、それを使わないこと——である」

と言った。

「ほお！　いい教えだ。よく覚えておこう。しかし待てよ——尉繚子はよく読んだ積りだが、そういう意味の言葉はなかったぞ」

と秦王政は、頭の中で「尉繚子」の頁を捲《めく》りながら、自信を込めて指摘する。いい加減に出任せを言うなよ、ということを牽制するためでもあり、書物に収め切れなかった著者の見解を引き出すための誘いでもあった。

「ちゃんとお読みになられたようですね。いいお心掛けだ。どうせ読むなら、なんの本であれ、ちゃんと読むべきである。うむ、たしかに、そういう文字もなく、それを意味する言葉もない。実は——友人の言葉を借用した。いや正確にいえば、捩《もじ》ったのです」

「どういうことだ？」

「最高の権謀術数とは、権謀術数を使わないことである、とその友人は教えてくれた」

「その友人とは？」

「そうそう、危く失念するところであった。実は、彼の著作の中の二篇を持参している。読めば、きっと役に立つ。彼を知るよすがにもなる。じっくりお読みください」

と尉繚は懐からそれを徐《おもむ》ろに取り出して、秦王政に手渡す。それぞれに「孤憤《こふん》」「五蠹《ごと》」と編題が付けられていた。

「著者の名は？」

と書物を手に、秦王政が改めて聞く。

「まずはお読みください。別に勿体《もったい》をつけるわけではないが、興味がなければ所詮は縁なき衆生。縁があれば、悦んでお教えいたします」

「それはそうだ。後で、じっくり読むとしよう」

と書物を机の上に置く。そして話を元に戻した。

「ところで、最高の兵法が兵法を使わないことだ――というのは、具体的に、どういうことか？」

「諸国は、先ほど言ったように、戦争ゴッコをしている。それをしているのは、人々に国家意識がなく、愛国心がないからだ。いや、才能を売り歩く遊説の士に至っては、まるっきり国家という観念すらない。

それに、諸国が相互に相を交換するという珍妙な〝置相〟は、いつしか制度化されたかの観があるが、そうなったのは紛れもなく、国家の概念が混迷しているからだ。

現に、秦国の朝廷にも、楚国の王室の一人昌平君を相国（宰相）として置いておる。

彼は例の嫪毐の残党狩りで、大いに活躍した。その昌平君に、国家とは何か、と試みにお聞きになってご覧なさい。彼は何と答えるか？　考えてみたこともない――と答えるに相違ない。

国家の概念が混迷している〝国〟を本気で護ろうとする気にならないのは当然のことだ。本気でそう思っているのは、おそらく王室だけである。いや、もしかすると国王ただ一人であるかも知れない」

「そうだ。その通りである」

「ましてや、気儘に移動することの出来る農民に至っては、国など、あってもなくても差し支えないし、誰が国王であろうと、それは彼らの問うところではない。かつて秦相だった穰侯魏冉がその典型であったように、戦争ゴッコで肥え太ったのは一部の朝臣で、儲かったのは世の豪商たちだけである」

「その通りだ」

「さらに、いまでは卿大夫《けいたいふ》たちが、身分的な特権を維持することが覚束なくなっている。他方では流通機構や貨幣制度が出現して、金が市場に溢れ出した。世は黄金万能の時代になりつつある。卿大夫の身分を護るものは最早、官爵でもなければ食邑でもない。つまり金である。かくて――千金は死なず、百金は刑を免れることが、公然と罷り通る世となった」

「うむ、たしか〝将理篇〟にいまの――千金不死、百金不刑、という言葉があったが、それを含めてそれに続く——雖有万金、不能用一鉄、というのは、よく意味が分からなかった。あれは具体的にどういうことか？」

「ほお、やっぱり、ね。聞きしにまさる聡明な秦の国王でも、雲の上の人だったんですなあ。千金あれば死罪を、百金で刑罰を買い取ることは出来るが、しかし国王としては、たとえ万金を用意して悪い事をしようとする者がいても、一鉄《いっしゅ》をさえ用いることが出来ないように、当方の足元を固める。つまり買収することの出来ない態勢を築け——という意味です」

「うむ、後句の万金一鉄は当然の心掛けで、よく分かるが、金で刑罰を買い取るなどという、そんなバカな事は、ありえまいぞ」

「いいえ、法治国家を自認する秦国といえども、決して例外ではありますまい。お気の毒にも、それを知らないのは国王お一人、ということでしょうか」

「あるいは、そうかも知れない。よく肝に銘じておく」

「ぜひ、そうしてください。万金を用意しても、一鉄を用いる余地すらない管理体制を布くことは、なににも増して重要なことです」

「分かった。話を戻そう」

「つまり卿大夫は愛国心がなくて金が欲しい。ならば、戦争を仕掛けて国を取るよりは、朝臣たちを買収して国を売らせる。その方が手っ取り早くて安上がりだ。兵を動かすより、金を動かすことが、間違いなく、はるかに効果的である。それで——最高の兵法は、兵法を使わないことだ、と申し上げた」

「その金だが、どれほどあれば間に合うと思うか？」

「まあ、三十万金もあれば、なんとか間に合いましょう」

「ならば事は簡単だ。金は必要なだけ用意しよう。よろしく頼む」

「いや、それは某の任ではない。買収には買収の技術がある。信が置けそうで人あたりがよく、口が達者で、平然とウソのつける者でなければ務まらない」

「もちろん、その積りだ。走り使いをさせる者を選んでおく。先生には指図だけして貰えばよい」

「それは困る。他所者が国家機密に関わるべきではない」

「ならば、客卿に任じよう」

「それはご免蒙りたい。某は官につけるほど上品に生まれついていないし、官職につけば、先生とは呼んで貰えなくなる。規律を守り、言葉遣いを改めるのは、死ぬことと同等に辛い。きっぱりお断わりいたす」

「そうか。ならば特別顧問ではどうだ？」

「暫く――という条件なら考えてもよい」

「よし決まった。どうせ、兵法を講釈して貰うから、免許皆伝までは、いやでも居て貰わねばならない。それは、いやとは言わせないぞ」

「兵法は伝授するもの。悦んでいたします」

「よかった。今日は時間を取ってある。さっそく始めるとしよう」

と秦王政は坐り直す。教えを請われて、嬉しくならないほど、尉繚子はひねくれてはいない。いや、それどころか、秦王政に全国統一の願望を託していたから、講義にも熱がこもろうというものである。

それにしても、秦王政の飢えたような知識欲には辟易した。そして請われるままに「原官篇」から説き始める。官の心得と、官と王との関わり方に関する、わずかに四百字足らずの短い論説であった。

もともとは、先代の尉繚子が時の梁（魏）国の恵王（在位前三七〇―三一九）に説いた話をまとめた小論で、結びが「無為虚静」を説く老子の思想色を帯びた、味な論説である。

官無事治　官は治《な》（為）すこともなく、暇で、
上無慶賞　王は慶賞の行事とてなく、
民無訴訟　民は法を犯さず訴訟もなくて、
国無商賈　国に商人の姿はなく、人々は農工に励みおれば
何王之至　これぞ最高の治世たるべし。

「そのような治世は、もとより望むべくして、現実にはそう容易に出現せず、あくまで、一つの目標あるいは、理想として説いたものです」

と尉繚子が蛇足を加えた。

「なるほど、兵法もまた老子の教説を、その思想的な根柢に据えていたのか」

「それは兵法が、究極的には治世の一手段だから、当然のことです。しかし繰り返しになるが、それはあくまで理想であり、基本的に心得ていなければならない事ではあるが、殿下の場合は――」

「ほお、寡人の場合はなにか――？」

「治世の原理より、治めるべき世の組み換えに意を致すべきです」

「もちろん、その積りでいる。もとより容易ならざることだ。そのために、かくは師を求めて、教えを請うている。よろしく頼む」

「悦んで――と申し上げたいところだが、なにせ、意あれども力足らず――」

「いや、借りたいのは知恵であって力ではない。知恵さえあれば、力はどうにでもなる。寡人は、かつて商君とともに歴史的な〝三代〟に次ぐ〝第四代〟を夢みた孝公の遺業を継ぐために、秦国の王位に即《つ》いた。単なる偶然ではない。時の、いや歴史的な巡り合わせだ。その巡り合わせに乗れないようでは、王でもなければ男でもない」

「たしかに、それを果たすのは、歴史的な壮挙です。頑張ってください」

「そうだ！　歴史的な壮挙が、寡人の出番を待っている。きっとやり遂げて見せようぞ。頑張ってください――ではなかろう。そのために必要な知恵を授けて貰いたい」

　と秦王政は熱気を込めて、しかしながら穏やかな口調で言った。言葉の調子を抑えたことで逆に、天にも冲する気魄の鋭さが、聞く人の心に伝わる。

端倪《たんげい》すべからざる男だ、と尉繚子は嗾《け》しかけておきながら、しかも、たじろぐ思いがした。秦の国力と、その器量、それに恐るべき気魄——全国を統一し得る男は彼の他にはいまい。

尉繚子が秦王政に兵法を進講してから、三ヶ月が経って年が改まった。秦王政十一年、趙国は燕国を攻めて漁陽《ぎょよう》（河北省）の城を陥す。

その隙に乗じて、秦国は趙国に兵を出し、軍を二つに分けて、大将王翦は閼与《あつよ》（山西省和順県）を陥し、同じく桓齮は安陽（河南省安陽県）を攻め取った。

閼与は天然の要害で、それまで秦国が二度も兵を出しながら、二度とも攻略出来なかった難攻不落の城である。それより、この度の出兵では王翦麾下の軍と、桓齮の率いた軍のいずれからも逃帰や逃亡をした兵は、一人も出なかった。

出動に先立って秦王政が、王翦に命じて——過去に軍功のなかった兵を隊から除き、什（十人編成の分隊）から二人だけを選び出して、少数精鋭部隊を編成させたからである。

つまり逃帰逃亡の疑いある兵士を抜いて、尉繚子の兵法に従い——囹圄の囚人を増やすまい、と計った結果であった。

教え甲斐のある秦王政に、尉繚子は大いに気を良くする。そして、ますます熱を入れ、力を込めて進講に励んだ。そういうわけで、ほぼ一年で講義を了え、免許皆伝を言い渡す。

尉繚子の進講を受けていた間にも、秦王政はその進言に従って、着々と諸国の朝臣を買収する工作を進めていた。彼は天下を股にかけていたから、諸国の政情に通じている。その情報に基づいて、李斯が買収工作を取り仕切った。

しかし尉繚子は――初対面から印象が悪かったことが尾を引いて、李斯とはうまが合わなかった。いや、顔を見るのも嫌で、共に語る相手だとは思わなかった。そこは心と心で、李斯も尉繚を敬遠している。ただ李斯の場合は、秦王政の手前、表向きには尉繚に礼を怠らなかった。しかし機を見て、李斯は秦王政に讒言《ざんげん》する、と尉繚子は見抜いている。

秦国で、見るべきものは見たし、教えるべきことは教えた。長居は無用であろう――と尉繚子は、黙って立ち去ることを決意する。

その矢先に、あたかもそれを見抜いていたかのように、秦王政から呼び出しがかかった。しぶしぶ出掛けたが、秦王政はことのほかに上機嫌である。

「手が空いたので、あの孤憤と五蠹の二篇を読んだ。まったく素晴しいの一言に尽きる。その著者に会って、語り合うことが出来たら死して悔いはない――嗟乎、寡人得見此人与人遊、死不恨矣――」

と秦王政は、読後の興奮いまだ醒めやらずの体であった。

「ならば、約束に従って著者の名を教えます」

と尉繚も莞爾とする。

「いや、その必要はない。韓非という韓国の庶公子だ、と李斯が教えてくれた」

「その通りです。なるほど、韓非と李斯は時を同じくして荀卿《じゅんけい》に学んだ」

「へえ？　李斯は彼と同門だとは言わなかったぞ」

「それはそうでしょう。出来が悪かったからですよ。二人の器には格段の差がある、と荀子も言っていた。李斯自身も認めている」

「そうであろう。あの著作を読めば自ら明らかだ。そこで頼みがある。その韓非に、すぐ咸陽へ来るようにと連絡をつけて貰いたい」

「それはムダです。呼ばれても御輿《みこし》を上げる男ではない。彼はこれまで一度も、遊説に出たことはなかった」

「なぜだ？」

「仕官の意もなく、通俗的な野心もなければ、欲得もないからです」

「そうか、先生もそうだが、欲得のない男は始末が悪い」

「いや、彼と某《それがし》を同日に論じては、彼に礼を失する。彼には高邁な理想があり、歴史的な使命感を持っている偉い男だ」

「その理想や使命感とは？」

「東周（春秋戦国）以来、すでに五百余年。その間に、政治の在り方を求めて、人々はさまざまな試行錯誤を繰り返し、権力とは何かを模索し続けて来た。その成果を無にしてはならない。それを整理し、集大成して、来たるべき新しい時代の新しい政治に役立たせなければならない――と口癖のように言い続けて来た」

「なるほど、その孤憤篇で彼は開口一番に、遠見明察という言葉を使っている。そういう意味だったのか」

「いや、それは某にもよく分からない。しかし彼は――富国強兵の時代は過ぎた。天下は統一せざるを得ず、されざるを得ない。問題はその統一のされ方と、それにもまして統一された天下をどう治めるかだ、と常々、口にしていた。彼の関心は、その一点に集中されている。そして彼は、その方略を練り上げた」

「その方略とは？」

「それは某には説明がつかない。ただ大雑把に言えば、封建王国を脱して、中央集権の帝国を築く――ということのようだ」

「それは天才的な発想だ。しかし、あの二篇の論説では、それに触れていなかったぞ」

「それはそうです。あれは、かなり以前に書かれたものだ。しかし、その積りで、もう一度お読みください。きっとそれが、その序説だとお気付きになられるはずです」

と尉繚子は言った。

「なんべんでも読み返すぞ」

と秦王政は幾度も自らに頷く。

その著者の首に縄を掛けてでも、場合によっては、戦争に訴えてでも、連れて来る

——と心に呟いた。

免許は皆伝すべからず

秦王政は、尉繚子に勧められて、まずは「孤憤」を読み返した。

実践的な法治主義者を、韓非子は「法術の士」と呼んでいる。単に法治を主張するのではなく、それを実践するためには、それなりの方法や技術が必要であった。だから法術の士とは、法治の理論のみならず、その方法や技術を心得た者のことである。

ただし、この場合の方法とは、いわゆる方法論のことではなく「技倆」のことであり、技術もまた一般的な政治技術のことではなしに、もっぱら官僚の統御と人事管理の技術のことであった。

そして「孤憤」は、そうした法術の士が容易には政治舞台に登場出来ない政界の不条理を憤り、諸国の王にそれら法術の士を登用せよ——と説いた論説である。

——法治は歴史の必然で、いまは法治主義の時代だ。諸国の政治的な混迷と沈滞は、卿大夫が歴史の方向を知らず、官場が堕落腐敗しているからである。その元凶は「重《ちよう》人《じん》」と呼ばれる官場のボスで、彼らは徒党を組んで、相互に悪事を庇《かば》い合っては、口裏を合わせて（朋党比周、相与一口）、上は君主を欺き、下は民を侵して、私利を漁《あさ》って来た。

法術の士は「遠見明察」である。遠見とは、歴史を直視して時代の流れを読み取ることで、明察とは、官場の腐敗構造を見抜くことだ。遠見は官場の歪みを照らし出し、明察はその姦行を矯《た》める。

ゆえに法術の士は重人とは並び立たず、重人は法術の士を排斥してきた。だから、君主が法術の士を登用しようとして重人に相談をかけるのは愚の骨頂である。利の相反する者に意見を求め、したがって結果的に、愚者(重人を始めとする官僚)をして、賢者(遠見明察な法術の士)を論評せしめるのは、まことに愚かしいことだ。

それでは何時になっても、法術の士が政治舞台に登場する機会は巡って来ない。それは国のため君主のために、はたまた人民にとっても惜しいことだ。遠見明察な法術の士には、自ら果たすべき重大な政治的役割がある。

法治国に、一般政務とは別な、行政監査と官場査察の機能は欠かせない。利権の絡んだ実務を処理する卿大夫とは別に、もっぱら君主を輔弼《ほひつ》しながら、その監査と査察の機能を果たすのが、法術の士の役割だ。

しかもそれら法術の士は、期せずして同時に、知囊団または軍師の役割を果たす。そうした「機関」を創設せよ——というのが「孤憤」篇の主旨である。

その「孤憤」を読み返した秦王政は、続けて「五蠹」篇を読み返した。

「五蠹篇」はかなりの長文で、「韓非子五十五篇」の中の白眉である。

「五蠹」において著者は、建国伝説から説き起こす。そして「古今は俗を異にする」がゆえに、「新古は備えを異にすべき」で、また、「世が異なれば事も異なり」、したがって、「事が異なれば備えを変えるべき」である——ことを力説した。

——古き良き時代は、人の数が少なくて食べる物が多く、生活の糧を得ることが容易であったから、世の中はよく治まったが、それは別に人間の性が善であったからではない。

果たして人口が増え、相対的に食粮や財貨が少なくなると世は乱れた。もちろん人間の性が悪に変わったからではない。食粮財貨の入手が難しくなったからだ。生活が薄《まず》(貧)しくなったからである。

生存競争が烈しくなれば、人心が荒《すさ》んで、世が乱れるのは已むを得ないことだ。だから、「賞を倍にして罰を累《かさ》(重)ねても」世の乱れを正すことは出来ない。

ゆえに、生活資源の多少と、生活の豊かさや貧しさ(薄厚)が社会の様相を変える事実を睨み合わせながら、政治のやり方を変える(議多少、論薄厚、為之政)べきである。

太古の王(堯舜)が惜し気もなく王位を禅譲したのに、現在では、県令すらがその地位にしがみついて放さないのは、両者の徳性に高低があるからではない。昔の王は、労多くして享《う》けるところが少なく、いまの県令よりも、生活が「薄」かったからだ。

凶作の年には、自分の弟にすら食料を与え惜しむのは、食粮が「少」ないからである。豊年だと、路行く見知らぬ者にも、気前よく分け与えるのは、「多」いからだ。

そして車屋が、人々の発財《はつざい》（金持ちになる）を悦び、棺桶屋が人の死を悦ぶのも、前者が後者よりも善人だからではない。

山頂に住む人は金を出して水を買い、水を土産に貰えば悦ぶ。低湿地に住む人は、金を払って排水を頼む。

楚人の直躬《ちょっきゅう》という男は、父親が羊を窃《ぬす》んだのを官に訴えて、親不孝の罪で処罰された。それによって楚国の人々は法を守らなくなる。孔子は、老母の面倒を見るために三たび脱走した兵士を褒めたが、それによって魯《ろ》国では脱走する兵が絶えず、魯軍は戦うたびに負けた。

倫理的な価値（孝行、慈悲）は、政治的な価値（忠誠、秩序）と背反する。政治は倫理と自ら異なる別の世界だ。

糟糠《そうこう》（くず米や米ぬか）すら腹いっぱい食えない者は、粱肉《りょうにく》（枝肉）を望まず、短褐《たんかつ》（粗衣）も得がたい者は、文繡《ぶんしゅう》（あやぎぬ）を求めない。

目前の「急を得ざる」者は、後々の「緩《かん》に務《つと》めない」ものだ。人間の欲求にも緩急があるように、政治の世界にも緩（理想の追求）と急（現実の処理）がある——といった調子で、韓非子は他にもさまざまな例を挙げて、価値体系を異にする「倫理道徳」を「政治」から切り離し、さらに、政治を「理想の追求」と「現実の処理」の二つに分けて、まずは政治を独立させ、現実の処理を優先させよ——と説いた。

なお、篇名となった「五蠹」とは、樹木を蝕む「五匹の木食い虫」のことで、言わずと知れた、政治を乱す「五種の悪党」のことである。
その筆頭は——古代の「先王の道」を説き、キザな服装で着飾っては、弁説を飾り立てて（盛容服、而飾辯説）、世人に法の尊厳を疑わせては、人主の心を惑乱する学者、すなわち儒徒である。
その二は——諸国を股にかけて遊説を行ない、それを政治資本に（借於外力）、出鱈目な言説を弄《もてあそ》んで（為設詐称）、己れの立身出世を図る一群の遊説家で、軽佻浮薄な口舌の徒がそれだ。
その三は——剣を帯び、徒属《とぞく》を聚《あつ》めて仁侠の名を挙げ、もって禁制を破る渡世人、すなわち侠客である。
その四は——権門に賄賂を贈って、兵役や労役を免れ、重人に取り入っては特権を手に収めて、公民の義務を果たさない私民、すなわち「近御の徒」のことだ。
その五は——実用の役にも立たない華美な道器具を作る工芸職人と、ひたすら蓄財して投機を働き、もって農民の利を侔《むさぼ》（貪）る商人、すなわち商芸の徒である。
然るに——儒者は文を以て制を乱し、舌徒は説を以て禁を犯しながら、ともに師と崇められ、侠客は武を以て秩序を乱しながら、勇を尚《とうと》ばれて来た。そして近御の徒と商芸の輩は、正義と良俗を損ね、農民を傷つけながら、爵号を買っては顕貴を称《たた》えられている。
かように「法」の非とするところが「世」に是とされ、あろうことか国君までが、その「趣《しゅ》」、すなわち世評に惑わされて、「下」で役人が断罪すべき五蠹に、「上」で君主が礼を尽すという「法趣上下、四相反」――すなわち法の正義と世評が、上と下で四つながら（法、趣、上、下）にして相反する戯《たわ》けた事態を出現させた。

しかもその傍で、汗馬の労を厭わず耕戦に励み、国を富ませて敵を距てる農民たちが、牛馬のように軽んぜられて、朝廷はその困窮を顧みず（上弗論）、あまつさえ卑しめている。

つまり「役に立つ者は顧みられず」、逆に、「利する所のない者が大事にされて」来た。かくあれば、世が乱れ、国が亡び去るのは当然ではないか。怪しむに足りないことである――と「五蠹篇」は結ばれている。

それをじっくり読み返した秦王政は、尉繚子が言ったように、やはり、それが統一国家の治世論の序章をなしていることに気付いた。

それによって、さらに、一日も早く著者に会いたいとの想いが募る。そして尉繚子を呼びに使いを出した。

だが、客舎には尉繚子の姿はない。舎監の話では――ちょっと国内旅行をすると言って、早朝に出掛けたとのことであった。

逃げたな！――と秦王政は直感する。

――尉繚子を見かけたら、有無を言わさず、ただし丁重に、咸陽の宮殿に護送せよ――

と緊急司令を発した。指名手配である。

果たして尉繚子は、函谷関で網にかかり、その三日後に咸陽へ連れ戻された。再び客舎に入った彼は、翌朝、自ら申し出て秦王政に謁見する。

秦王政は、いつものように親愛の情を込めて尉繚を迎えた。顔には微笑みを湛《たた》えている。

「韓非子を連れて来ようと思って、ふらっと出掛けた」

と尉繚は照れ隠しに、見え透いたウソをつく。ウソというより「礼儀」である。

「いや、ご足労を煩わすに及ばない。李斯が、出張から戻って来たら、使いに出す」

と秦王政は呆けて、まともに応じた。

「おそらく、李斯を遣わしても韓非は腰を上げまい」

「礼を尽しても、か？」

「礼も尽しようだが、李斯は適任ではない」

「なぜだ？」

「彼も李斯に招聘《しょうへい》された形は取りたくなかろうし、李斯も本気では礼を尽すまい」

「うむ、そうであろう。だが、心配は無用だ。首に縄をかけて、という手もある」

「なるほど、いまの秦国ならそれは朝飯前のことだ。いや、その方が彼も気が楽になるかも知れない」

「それなら結構だ。すぐ手配する。静かに彼が来るのを待つとしよう。いやその間に、国内を見て歩き、われらが秦国の欠陥を指摘し、あるいは診断してくれると有難い」と秦王政は「われらが」秦国、と言った。尉繚子を国から出さない——という意味であろうか。

ひと月ほどして、李斯が魏国から帰朝した。秦王政は——尉繚子の言にも拘らず——李斯を韓国に遣わす。だが尉繚子の推測に違《たが》わず、韓非子は来なかった。

年が明けるのを待って、秦王政は韓国に兵を出す。韓国はすでに秦国と戦う力はなく、実質的には秦の属国同然であった。秦王政は韓都の新鄭《しんてい》城を包囲した秦軍の大将に、韓非を使者に立てたら和議に応じようと、韓王安《あん》に告げさせる。

ついに秦王政は、やはり首に縄をかけた形で、韓非子を咸陽に連れて来た。

それを待ち構えていた尉繚は、韓非を城門に迎えて、そのまま一緒に、外交使節の客舎に入り、客舎で待っていた蔡沢を韓非に紹介する。

「士は士を惜しむ。役には立っても決して害にはならない御仁だ。内緒話を聞かれても、困ることにはならない」

と尉繚は韓非に蔡沢の見識と人柄を保証した。蔡沢を客舎に呼んだのは尉繚である。しかし蔡沢は、秦王政から韓非の話し相手になれと頼まれている——と告白した。

旅装を解いた韓非に、休む暇《いとま》も与えず、尉繚が在秦一年余の経過と見聞を話す。最初にとび出したのは秦王政評であった。

──まだ若造だが、あの男には全国を統一する器量がある。気魄が凄い。それだけに、ひと筋縄ではいかない男だ。

稀に見る勉強家で、抽象的な言葉に合うと、必ず──例えば、と具体例を示せと要求する。だから、天性の聡明さもあるが、物覚えが早い。しかも、その場その場で、がっちりと覚え込んでいるかのようだ。とにかく理解力もさることながら、記憶力が素晴しい。

しかし実は、それが曲者だ、と見た。まだガキのくせに、なんでも知りたがり、すべてを知り尽そうとする。食い付かれたが最後、頭からある限りの知恵を搾り取らなければ、決して離れない。感性の源泉である骨髄まで抜き取ろうとする。やたらと知識の吸収に貪婪《どんらん》で、どうやら、全知全能を目指しているかのようだ。

曲者だ、と言ったのはそれである。そういう男はやがて、一切を自分で取り仕切らねば気がすまなくなり、他人の言うことに耳を藉《か》さなくなるからだ。

いずれ天下は彼の手で統一される。問題はその後のことだ。なんでも独りで取り仕切ろうとして、それが命取りになる。彼が命を取られてもこっちの知ったことではない。だが、彼が失敗《しくじ》れば世は再び乱れようから、それは困る。

いや、開き直って言えば、そうなったからとて、別に困るわけではない。ただ、せっかく築いた夢の殿堂が蜃気楼であった、というのでは寂しい気がする──

「おい、ちょっと待ちな」

と黙って聞いていた韓非が、不意に口を出して待ったをかける。

「貴公にしては珍しく、話が飛んで筋が外れたぞ。どうやら、口ではあのガキと言いながら、実はかなり惚れ込んでるようだな」

と言った。

「うん、そうであって、そうではない。時代が生み落とした男としては、この上なく高く評価している。たしかに、あれは天下を統一するために生まれてきたような男だ。あれだけ威風凛冽で気魄冲天、才幹が横溢して、しかも真面目な男はこれまでに見たこともなければ、想像することも出来ない。たぐい稀な政治人間だ。それは認める。だが個人的には好きになれない」

「どうして?」

「だいたいがあの男は、鼻が高くて、どっしりしており（蜂準《ほうせつ》）、目は大きくて、切れが長く（長目）、胸は猛禽のように突っ張って（鷙鳥膺《しちようのむね》）、豺《やまいぬ》のような声（豺声）を出す。天下を統一する男にはふさわしい人相だが、そういう相の男は付き合いにくい。感情に乏しく（少思）、理知的だが、執念深くて容赦のない性格（虎狼心）の猛々しい男だ。必要があれば無造作に腰を折って、平然と風下に立つが、目的を果たしたら傲然として、妥協の余地を与えない。とにかく長く付き合うことの出来ない男だ」

と尉繚は人相学の蘊蓄《うんちく》を傾ける。蔡沢が、横から口を出した。

「なるほど、それで三十六計の上計（逃げる）を決め込んだのですね」

尉繚が苦笑する。韓非が話に乗った。

「その性格なら逆に、逆に面白そうではないか」

と「逆に」を重ねて言った。

韓非子は口が重い。話が嫌いでも、下手でもないが、慎重に言葉を選ぶ。一旦、口から出た言葉は戻らない——と銘記しているからであった。

それに、なにかを強調する時には、その言葉を重ねる。だから知らない人は、彼を「言語障害者」と勘違いすることがあった。その上、理屈の分からない者とは、ほとんど口を利かない。

「妥協するかしないかは、性格というより、為そうとする事の重大さに対する認識と、それを成し遂げようとする意志や信念の強弱による——のではないかな」

と韓非は続けた。

「まあ、その通りで、その点の問題はない。とにかく気魄が充実している。それに大変な野心家だ」

「それを〝野心〟と呼ばずに〝使命〟と言おうではないか。ならば、むしろ問題は、彼が真に、真に聡明であるか否か、ということだ。権力は万能である。それを握る男が、全知全能である必要はないし、あってはならない。それを悟らせることが、最初の課題ということになろうなあ。しかし、さして難しい理屈ではないから、容易に納得出来るのではないか。困難なのは、おそらく、権力とは何か——王はなぜ法に服さなければならないかを教え込むことだ。それを根柢から、根柢から理解すれば、一切の問題は、自ら片付く」

「それは骨が折れるぞ。正直な話、オレもせっかく講釈を受けながら、実はよく理解出来なかった」

「なに、それは説明の仕方が、まずかったからだよ。その後、それを説明するための言葉を造ったんだ。その新しい概念をもって説明すれば、誰にでも、簡単に分かるさ」

「なんだ、その新しい概念というのは？」

「矛盾——というんだ」

「ホコとタテの矛盾か？」

「そうだ。楚人が大道で矛を売っていた。この矛は、どんな堅い盾をも突き通す、と吹聴する。しかし売れなかった。こんどは盾を出す。この盾は、どれほど鋭い矛でも突き通せない、と売り込む。それを見ていた老人が、では、先ほどの矛で、その盾を突いたら、どういうことになるか、と聞く。うむ、それはその、と楚人は言葉に詰まって立ち去った——という説話から〝矛盾〟という概念を思いついたのだよ」

「うむ、面白い造語だ。要するに——並び立たない、ということだな？」

「うむ、その通りだが、並び立たない〝事実〟ではなくて、並び立つことの出来ない〝条件〟や〝状況〟のことだ」

「なるほど——どんな盾をも突き貫く矛と、どういう矛でも突き通せない盾がある、というのは、うむ、たしかに〝矛盾〟だね」

「そうだ」

と韓非子は説明を始めた。

——法はなにものをも服従させ、王（権力）はなにものにも服さない。それが「矛盾」というものだ。だから、その矛盾を片付けなくては、法治を行なうことは出来ない。疾《と》うに、慎子《しんし》（名は到）が言った。龍は、雲に乗っているから、「飛龍」であって、雲から落ちたら、螾螘《むしけら》にすぎない。王は王位にいるからこそ王であって、王座から滑り落ちたら、ただの男である。つまり、王は生まれながらにして権力を具《そな》えているわけではなく、王権は天与のものでもない。

それをこれまで、その権力は「天命」に由来し、それを保証するのは「天意」だ——と説明されて来た。だがそれは違う。

王権は紛れもなく、政治社会の秩序を維持する必要から生まれたものであり、その存在を保証するのは、疑う余地もなく「法」である。法なくして王は存在しない。法は秩序である。王はその「標識」にすぎない。

次元を下げて言えば、法の条文は雑踏の秩序を規制する標識で、王の権力は、雑踏の交通の流れを整える信号である。

信号は、人や車の流れを整えることは出来るが、人や車がどの方向に向うかを左右することは出来ず、ましてや、人々の意図する方向に関与することは出来ない。

信号の機能には限りがある。そして、標識の機能を集中的に表現する一形式に過ぎない。つまり王権は法体系の集中的な執行の一形式である。王権は無制限でもなければ、絶対的なものでもない。

法の拘束力と王の権力が頡頏《きっこう》すると考えるのは、法治と人治の区別が明らかではなく、法治が人治の尻っ尾を引き摺っているからである。法の拘束力と王の権力が「矛盾」であると考えるのは間違いだ。王の権力は「矛」ではなく、法の拘束力は「盾」ではない。矛盾だと考えたから、いずれがいずれに服するかの「矛盾」が起こった。しかし人治の尻っ尾を断ち切れば、王が法に服すべきは自明である――

「問題は、だから、その人治の尻っ尾を断ち切ることを、どう納得させるか、ということでしょうね」

と蔡沢がポツリと言う。

「それに、法は秩序だということを、どう理解させるか、ということだ。もちろん法を、秩序ではなく規範だと考えれば、それは〝礼〟と変わらず、つまりはそれが人治の尻っ尾だから、同じことになりますがねえ」

と尉繚が言った。蔡沢と尉繚は、韓非よりも、秦王政をよく知っている。

「知っていても、あるいは、それをそれとして納得はするが、しかし、それは一般論だ。オレの場合は違う。一般論として出来ないことでも、オレには出来る――と自分を例外的な存在と考える男だ」

と尉繚が言う。

「具体的に例えば――？」

と韓非が聞く。

「去年のことになるが、李斯を使いに立てても貴公を連れてくることは出来ない――と教えたら、なるほどそうであろう、と理屈の上では間違いなく納得した。それにも拘らず、やはり李斯を使っている」

と尉繚が言った。蔡沢が項突いて、言い足す。

「李斯にこだわるわけではないが、実は、あの男を重用しすぎてはいけないと、折につけては進言して来た。それで殊更に、李斯を使いこなして見せる――と力んでいるような節がある」

「なるほどね。しかし、間違いなくそうであると分かれば、逆手に取る手もあろう」

と韓非は、さして気にもかけなかった。しかしそれは、彼が秦王政とは顔もまだ合わせておらず、それゆえに高をくくっていたからである。

「うむ、そうだ。貴公とならいい勝負になる。じっくり見学させてもらおう」

「なにが、見学だ？」

「とにかく、会ってみれば分かる。オレたちの手にはおえない男だ」

「手におえても、おえなくても、天下を統一する男が、他に誰もいないのだから、夢を託する相手は彼しかいない。とにかく努力してみることだ」

「だめだったら？」

「それこそ夢も理想も、抱負も経験も水の泡だよ」

「そうなったら、どうする？」

「生きているのが辛くなるね」

「そうでもないぞ。実を言うとオレは、貴公と秦王政ががっちり手を組んで、行政効率のよい規則ずくめの支配体制を作り上げたら、安心して暮せるのはよいが、息苦しくて厭だろうな——と思っているんだ。世間の人たちも、現実に戦乱を疎《うと》ましがりながら、しかしそうなったらなったで、乱世のほうがやはり良かったと、思うんじゃないのかな」

「貴公のような男を称して、化外《けがい》の民と言うのじゃよ」

と韓非は苦笑する。

「けっこうじゃないか。貴公のようなバカ真面目な男と友人になったのが、おれの百年の不作だった——ということにならねばよいがのう」

と尉繚は笑って、不意にしんみりした。

蔡沢が、徐《おもむ》ろに席を立つ。

「久方ぶりに魂の震える話を聞かせていただいた。そのお返しにひと言申し上げる。免許は皆伝すべからず。その一歩手前で、進講を打ち切られたがよろしいかと存じます」

と言って客舎を出た。その足で宮殿に入り秦王政に「謁見」する。この頃では蔡沢も、謁見の手続きを踏まねば秦王政には簡単に会えない。

「韓非はやはり、聞きしに勝る当代随一の傑物です。全国統一の夢と、法治の理想を殿下に託しておりますので、心を開いて信頼なされても結構かと存じます」

と報告した。

必然の道を歩ましめよ

咸陽の空は曇っている。まだまだ寒いが、すでに春の気配は漂っていた。講和使節として咸陽の城に現われた韓非子を、秦王政は賓客として丁重に迎える。しかし韓非子は、けじめをつけて、和議に言及した。

「いや、もともとは先生に来ていただくために兵を出したのだから、先生の顔に免じて、無条件に兵を退《ひ》く。実は昨日、先生の到着と同時に撤兵を指令した。ことさら和議を結ぶまでもない」

と秦王政は——この著者に会って話が出来たら死んでも悔いはない、と言った当の本人を迎えて上機嫌である。

「ありがたき幸せに存じます」

と韓非は、やはり講和使節として丁寧に礼を述べた。

「そう、あらたまることはない。よくぞ、おいでくだされた。先生は今日から寡人の客、いや師である。腹蔵なくご教示を頂きたい」

と秦王政は、このような場合の常として、へりくだる。

「知らずして言うは不智——不知而言不智——知りて言わざるは不忠——知而不言不忠——と云います。誠意（忠）を尽して、知る限りをお伝えいたしましょう」

と韓非は坦懐《たんかい》に答えた。

かくて秦王政は、尊崇おくところを知らず、夢にまで見た憧れの師を得て、いよいよ、その生涯における最後の学習を始める。全国の統一と統一国家を経営する知恵を蓄積するための仕上げの学習であった。

韓非はまず、天下統一の急務——から説き起こす。

——長い戦乱の末に、現下の「七国支配」体制が出現した。しかし歴史は流れて止まる時はなく、諸国は現状の維持や固定に狂奔しているが、すでに、天下には統一の機運が漲《みなぎ》っている。

時の機運は、百万の大軍にも優る力をもって天下を動かす。秦の国力をもってすれば、全国統一は容易《たやす》いことである。見たところ秦国には過去に、天下を統一する機会が、少なくとも三度はあった。

その最初は昭襄王二十九年、楚国を討って楚都の郢《えい》を陥した時である。その時、陳国に逃げた楚王と楚軍を追撃して、一気に楚国を滅ぼせば、その勢いを駆って中原諸国を平定するのは、造作もないことであった。

二度目は昭襄王三十四年、秦軍が華陽の城下で魏軍を破って、斬首十三万の勝利を収めた時である。その時も華陽から兵を魏都の大梁に進めて、大梁を落とし魏国を滅ぼせば、自ら天下を統一する道は開けたはずであった。

三度目は昭襄王四十八年、あの長平の戦役に大勝して趙軍四十五万を潰滅させた時である。長平から無傷の大軍を東へ進めて、趙都の邯鄲を攻略し趙国を滅ぼせば、間違いなく天下統一の端緒を摑むことが出来た。

しかし、三度も機会を逸したのは、私心のある謀臣が無能で、君主が気魄に欠けていたからである。

上古《じょうこ》の君主は道と徳を競い、中世の君主は知謀を逐《お》い求めた。当今の君主は「気力」で勝負しなければならない。

気力とは、気魄と力量のことである。天下を統一する気魄と力量のことだ。秦国は紛れもなく十分な力量を備えている。惜しむらくは、国君が気魄に欠けていた。それで、みすみす三度の機会を逸したのである。

しかし力量は、とりわけ軍事力は、言うまでもなく相対的なものだ。相対的だというのは、常に逆転の危機に晒《さら》されている、という事に他ならない。

この世に政治的な天才はおらず、いたにしても俄かに乾坤一擲の芝居は打てないが、軍事的には、天才が突如として彗星のように現われて、しかも、一挙に国運を決することがある。あの燕国を再興させた名将楽毅《がくき》が、それであった。東方の雄邦斉国が、その楽毅の前で、一朝にして亡国同然の憂き目に遭わされたのは、まだ記憶に新しいところである。

そういうわけで、現在、秦国の軍事力が天下無敵であるのは疑いないが、しかし、常に無敵である保証はどこにもない。したがって、諸国が疲弊している今こそ、速やかに統一を果たすべき時である。

そして、そのための力量に問題がないとすれば、望まれるのは、ただ一つ——国王の全身に張って、天にも冲《ちゅう》する気魄だ！

その気魄は、歴史的な使命感から生まれる。歴史的な使命とは、この場合、単に天下を戦乱から救い出すことではない。歴史は絶えず変化している。

変化が、常に進歩を伴うわけではない。だが、いま目の前に起きている変化は、明らかに進歩を目指している。

見渡せば一目瞭然だが——そして尉繚から同様な講釈を受けられたはずだが——農業生産は、鉄製農具の出現で、急速に増加し、それに伴って、商業活動が目を見張るほどに盛んになった。各国の政策的な商業抑圧にも拘らず、商人は横行闊歩《かっぽ》している。

そして商業の発達が貨幣を生み、それを天下に流通させた。そうなれば、国が幾つかに分かれて、それぞれに異なった貨幣を発行しているのは、為替レートや交換などの煩わしさもあって、不便である。

さらに商業の活発化は、飛躍的に物資の流通規模を拡大させた。そうなれば、各国で度量衡が違うのは面倒である。

また流通規模の拡大で、急速に交通量が増加した。したがって各国の車輛が軌《き》を異にするのは、いかにも不都合である。

とりわけ各国で使用される文字が異なることは面倒で、不便でもあり、きわめて具合の悪いことだ。

それらはいずれも統一されるべきであり、その前に国家的な統一を果たさなければならない。つまり天下の統一は歴史の変化と、社会の進歩に即応することで、それこそは天下を治める者の使命である。

もとより天下の統一は、必然的に政治の変革を伴う。いや、天下の統一が武力で行なわれる他ないとすれば、それは単なる変革というより革命と称されるべきだ。

革命では、制度を含めた支配体制の思い切った変革が可能である。しかし歴史は連続するもので、それゆえ、目の前に存在する歴史遺産を取捨選択して継承しなければならない。

東周以来、人々が蓄積した正面《プラス》の政治的資産の最たるものは、法治に対する知識と経験である。

漸くにして人々は、国が「車」であるならば、権勢は「馬」であり――以国為車、以勢為馬――法令は「轡《くつわ》」で、刑罰はすなわち「鞭」――以号令為轡、以刑罰為鞭――であると知るようになった。

そして負面《マイナス》の遺産は、官場で長い期間をかけて磨き上げられた権謀術数と、その巧妙な貪官《たんかん》汚職の技法と手口である。

官僚は、朋党比周《ほうとうひしゅう》――グルになって庇《かば》い合うなど――しては、矰繳《そうしゃく》の説――どっち付かずのどっちに転んでも間違いのない説――を立て、賕納枉法《きゅうのうおうほう》――収賄して法を枉《ま》げるなど――しては私門を広げ、以公権私――公に大義名分を立てて私事をなすこと――を行なっては、倚外利内《いがいりだい》――外部勢力を借りて内部を制するなど――して政綱《せいこう》を紊乱《びんらん》させて来た。しかも、それが行なわれてすでに久しい。

つまり官場の腐敗は根が深く、汚職は構造化されて、貪官汚吏《たんかんおり》の跳梁は日常化されている。いや風俗化された。考えるだに慄然とする恐ろしい遺産である。

しかも、それに比すれば正面の遺産は、いまだに、がっちりとは社会に根を下ろしていない。例えば耕田墾草《こうでんこんそう》を強いるのは、民の産を厚くするためであるが、農民はそれを「酷」だと怨み、修刑重罰《しゅうけいじゅうばつ》は邪悪を除くためと知りながら、それでもなお人々は、それを「厳」に過ぎると嘆く。

徴賦課税《ちょうふかぜい》は、民生救飢であるのに、人々はそれを「貪」と罵り、軍事操練は国土防衛と知りながら、しかもそれを「暴」と誹《そし》る。つまり法治は未だ根付いてはいないのだ。

しかし、だからとて途方に暮れることはない。負面の遺産を減じて、正面の遺産を増やす途は、おのずから存在する。そもそも政治の世界で、為政者が人々に「適然の善」を期待したのが誤りであった。太古の古き良き時代ならともかく、いまや政治の世界では、いやでも人々に「必然の道」を歩ませることの他に途はない。

必然の道とは、人々が否応なしに歩まざるを得ない軌道、あるいは路筋のことだ。組織、機構、制度、のことである。

その組織、機構、制度を称して、あの慎子（慎到）は「勢」と称した。しかし勢は一字だがさまざまな意味を持った――夫勢者名一、而変無数者也――複合概念である。つまり、組織、制度、機構を包み込む「支配体制」もまた「勢」に他ならない。

これまでは政治学者の間で、管仲、商鞅、の「法」と、申不害《しんふがい》の「術」と、慎到の「勢」が治世の三本柱である――と考えられて来た。しかし「勢」を「支配体制」と解すれば、それは当然に「法」と「術」をも包み込む。

ならば「勢」を定めることこそ、治世の道を立てることである。そして、先ほどの「必然の道」とは、取りも直さず「勢」のことに他ならない。

つまり適切で有効な「勢」すなわち「支配体制」が確立されれば、黙っていても人々は「必然の道」を歩まざるを得なくなり、しかも現実に歩むようになる。

政治の世界で、常に名君や賢臣の出現を期待することは出来ない。したがって「支配体制」を確立せねばならず、支配体制とはそのためにこそ存在するし、存在価値がある。

つまり「支配体制」は、凡庸な君主や、無能な朝臣でも政治を行ない得るためのものであり、極言すれば、君主や朝臣は何をせずとも、支配体制さえ確立されていたら、政治は自ら然る――

「うむ、そうか、分かったぞ！」

と耳を澄まして聞いていた秦王政が、不意に言った。

「――？」

「実はこれまで、政治の根柢は老子の思想に淵源すると、幾度も聞かされたが、いま一つ合点が行かなかった。なるほど支配体制に倚恃《いじ》すれば――為す無くして為さざる無し。何は為さずとも、なにもかも為したことになるわけか。素晴しい講義だ。ありがとう。よく分かったぞ」

「それは結構でございました」

「それにしても、その『支配体制』は天才的な発想だね」

「いいえ、先賢の諸説を集大成して組み立てたまでの事でございます」

「いや誰にも出来ることではない。このまま夜が更けるまで聞き続けたいが、貴重な内容なので、覚え切れなくなる。先生もお疲れだろうから、今日の講義を締め括って、ひとまず休むことにしよう」

「支配体制に倚恃せずして、名君や賢臣の出現を待つのは、例えば車を馭するのに、かの伝説的な名馭者王良《おうりよう》を待つようなものです。王良は車を馭して日に千里を往くという。しかし、五十里ごとに良馬固車を備えて置き――夫良馬固車、五十里一置――リレーすれば、普通の馭者を使っても、同様にして、一日に千里を駆け抜く――追速致遠可以及也、而千里可日至――ことは出来ます」

「なるほど、そうであろう」
「つまり『勢』を恃すれば、車を走らせるのに王良に頼る必要はなく、支配体制を作れば、政治を動かすのに、名君賢臣に期待する必要などありません。すなわち支配体制を確立して、それを自ら機能せしめる――ことが政治の要諦であって、しかも、そのすべてです」
「うむ、雲の上で龍の両眼が光るのを見たぞ。もし、その支配体制に、名君賢臣が重なれば、それこそ鬼に金棒じゃのう」
と秦王政がにっこりと、意味ありげに笑った。

なにしろ政治の学を究め尽した天下の碩学と、不世出の政治的天才の出会いである。無尽蔵な蘊蓄を精一杯に傾ける師と、ひと言も聞き落とすまいと渾身の神経を集め、精神を統一して奥義を摑み取ろうとする弟《てい》は、互いに魂を触れ合わせて、知の世界に陶酔しながら教え、そして学んだ。

知らず一年余りが経つ。いよいよ仕上げの段階に差しかかった。韓非子はふと蔡沢が――免許は皆伝すべからず、と言ったのを想い出す。支配体制の理論は、微に入り細にわたって教えた。しかし具体的な構築のノウ・ハウは未だ授けていない。よし、それは取って置こう、と韓非子は腹に決めた。

そして最後の授業に「法と王」を説く。果たして尉繚子の予測通りに秦王政は、王が法に服すべきだという理論に反発した。王がなぜ法に服さなければならないのか。なぜ権力は単なる標識や信号なのだ？――と秦王政は角度を変え、あるいは論点をずらして、執拗に説明を求めた。

秦王政が支配体制論の理論を論理的に理解しかねているのではないことを韓非子は、疾うに見抜いている。したがって執拗な質問や反論が、支配体制論の修正を迫っているのは明らかであった。

それでも韓非子は我慢強く――理論には整合性がなければならない。なぜかを問う問題ではなくて、そうでなければならず、そうなっているのだ――と幾度も繰り返す。

秦王政は秦王政で、韓非子が決して説を曲げないことを見抜いていた。表は一見穏やかな受け答えである。しかしそれは、互いに「魂の位」の高さを賭けた丁々発止の遣り取りであった。

もちろん聡明この上ない秦王政は、この論議の結論と、勝負の決着が、どう落ち着くかを読み取っている。そしてこの場は、呆《とぼ》けてお仕舞にするのが、師に対する礼だと考えた。

「なるほど、一部を差し換えて一貫性を失えば、整合的に構築された理論は崩れ去る。よく分かった」

と納得する。いや納得したことにした。

それをもって、一年余りも続いた「熱い」授業は終る。しかし秦王政は総浚《そうざら》いを要求した。広範な分野にわたる知識を、さすがの秦王政も一度ではまとめ切れず、覚え切れなかったからであろう。間を置いて、新たに総浚いが始まる。

そして授業を打ち上げた日に突然——秦王政が、官職に就けと韓非子に要求した。韓非子にはまさしく晴天の霹靂である。

「丞相に就任してもらえまいか。それが多忙で厭とならば客卿でもよい」

と秦王政は藪から棒のように言った。しかも相談ではなくて、押し付けの口調である。

韓非子は一瞬、顔色を変えたが、それを苦笑で紛らす。互いに顔を見合わせて、暫く沈黙の時間が続く。

「いますぐに返事をせずとも、考えてからで結構だ」

と秦王政が言った。妥協しないはずの秦王政が妥協したのである。しかし韓非子は間を置かずに、きっぱりと言った。

「お断わりいたします」

「いまの言葉は聞かなかった事にする。考えて置くがよい」

と、こんどは命令口調である。

「その必要はありますまい。改めてお断わりいたします」

と韓非子はさらに拒否した。上手に言っても結局は同じだ——と悟ったからである。いや、このような場合には、なまじ希望を持たせない方が、微かながらも逆転のチャンスがある、と考えていたからであった。

その夜、韓非は尉繚と鳩首して協議する。

「はっきり断わらなかった方が、よくはなかったのか？」

と尉繚が、いまさら言っても詮ないことを言った。それだけ事態を深刻に受け止めていたからである。

「いや、当方で妥協する積りはまったくない。どうするかを決めるのは相手側だ。解決を後へ延ばしたところで、どうにもなることではない」

「それはそうだ。それにしても、いきなり賽を投げたのは、ちと乱暴じゃなかったのか？」

「どっちみち同じことだ。あれは単なる〝下馬威《シャマウイ》〟ではない。天下を統一した後ならともかく、いま官職に就かせようとする相手の意図は明らかだ。いますぐ当方を官職に就けなければならない現実的な理由は、まったくない。それにも拘らず――」

と言いかけて韓非は言葉を切った。

「なぜだろう？」

と尉繚が促す。当の韓非よりも尉繚が焦っているようである。

「恐ろしく頭のいい男だ。オレが支配体制を築くノウ・ハウを故意に教えなかった事に気づいている。このまま放って置けば、その必要が起こった時に、再びオレに頭を下げなければならない。しかもその時になれば、切羽詰まって勝手は言い難いし、当方に条件を付けられる危険がある。それでいまのうちに牙を抜き、徐々に飼い馴らして行こう、というわけだ」

「それは読み過ぎじゃないのか？　要するに、蔡沢やオレのように、貴公に対してもやはり軍師としての礼を取りたくなかった。逆に、お前こそ寡人に臣下の礼を取れ――というだけのことではないかな。そもそも、あのガキが教わったことを、ムキになって片っ端から覚え込むのは、一度教えを受けたら、後に再び教えを請わずとも済むようにとの算段、だと思うんだ。そうすれば一旦は師礼を取った相手を切り捨てて、もはや師礼を取る必要はない。そういうことだよ」

「うむ、それはもちろんそうであろう。だがオレの場合には、あの厄介な『法と王』の問題が絡んでいる。いまの間に屈服させておけば、やがて王が法に従わず、いや法の上に立っても、文句を付ける男がいなくなる――という計算があるはずだ。しかも、その計算は彼の立場からすれば正しいのだから、当方とすれば、まったくのお手上げだよ」

「弱ったな。ならば、どうする？」

と尉繚が聞く。

「どうしようもあるまい。相手の出方、願わくは翻意するのを期待するのみだ」

「承知のはずだが、恐らくその見込みはあるまい」

「オレもそう思っている」

「ならば――どうだ、逃げようか。もし逃げるなら今夜中に、だ」

「いや、逃げおおせまい。それより——逃げてなんとする？」

「それは、まあ、究極的には貴公が決めることだ。決めたら、どのようにしても合わせる。それとも——おおらかに宰相でも務めてみるか？」

「冗談を言ってる場合ではない。逃げても、宰相を受けても、どっちみち理想を実現出来ないのは同じことだ」

「ならば、どうする？」

と尉繚は再び聞く。

「なるようになるさ。それより初秋で風は爽やかだ。秋の鹿は笛に誘われる——という。久し振りに、鹿狩りにでも出掛けるか」

「おお、それがいい。蔡沢でも誘って賑やかにしようか」

と尉繚は韓非の心中を慮って、ことさらに噪《はしや》ぎ出す。

「いや、蔡沢より扶蘇《ふそ》を連れて行こう。前に約束したんだ。それに、こういう時は大人より子供相手が楽しい」

と韓非子は言った。扶蘇は数えで八つになる秦王政の長男で、韓非子とは大の「仲良し」である。秦王政が、「ものすごく偉い先生だ」と紹介したせいもあってか、韓非子に懐《なつ》いていた。一つには韓非子が狩りの名人だ、と聞いていたからである。

そういうことで翌朝、韓非と尉繚は、扶蘇を連れて鹿狩りに出掛けた。扶蘇はその父の子とも思えない心根のやさしい子供である。

扶蘇は、実のところ鹿狩りよりも、狩りと犬の話を聞くのが嬉しくて韓非子に付きまとっていた。その日も、道すがらすでに幾度も聞いた虎狩りの話をねだりながら、韓非子が調教したという韓盧の名犬のように、自分の飼っている犬を仕込んで欲しい――と頼む。

「秦国には虎はいないんだ。いや昔はいたんだが、少殿下のお父上が恐ろしいんで、逃げちゃったんだよ。ほんとうだぞ。ウソだと思うなら、お父上に聞いてみな。だから犬を虎狩り用に仕込んでも、役に立たないぞ」

と尉繚子が妙な冗談を言った。

「うむ、父上に聞いてみよう」

と扶蘇は本気にする。

「必ず聞くんだよ」

と尉繚子が念を押した。

尉繚子は兵法家なだけに弓は達者である。狙いを定めると一矢にして、大物を一頭、仕留めた。どうせ遊びである。無益な殺生はすまじと、猟場を歩き回って、間もなく引き揚げた。

無聊《ぶりよう》な日が続いて、ひと月が過ぎる。

客卿の李斯が廷尉に昇進した。廷尉とは検察総長兼法務大臣のようなものである。

「なんの真似だ？」

と報せを耳にして尉繚子は首を傾げた。なんでもないことのようだが、尉繚子は嫌な予感がした。それを口に出したら、韓非子も――そうだね、と頷く。

果たして李斯が廷尉に就任すると、間もなく廷尉府（法務省）から、韓非に召喚状が届けられた。

「放っとけ！　はったりだよ。かまうものか」

と尉繚が言う。

「そうしよう。しかし李斯の一存でしたことではないぞ」

と言いつつも韓非子は、それを無視した。

さらに十日ほどして、こんどは李斯からの私信が届く。

――同門の誼《よしみ》によって、召喚状を無視した罪を見逃す。明後日、そなたを雲陽（陝西省淳化県西北）の甘泉宮へ護送する。支度を整えられたい――

という簡単な文面であった。韓非子よりも尉繚子が慌てる。

どういう積りだ――と尉繚子が秦王政に謁見して真意を質《ただ》した。

「ぜひ仕官してもらいたい、と思っている。その気になるようにと、遠く離れた処で静かに考えて、結論を出して貰うことにしたのだ」

と秦王政は、意外にも本音を吐く。体のいい監禁である。尉繚は抗議しかけたが、逆に韓非を説得するようにと頼まれて、やむなく引き退がった。

「どうしよう」

と客舎に戻った尉繚子は沈重な面持ちである。

「案内してくれる処へは、どこへでも行く他あるまい」

と韓非子には動揺した色はなかった。

「ならばオレも一緒に行く」

「それは許されまい。それより、こんどこそ本気で逃げなさい。今日明日の間なら、まさかと思うだろうから、逃げられる。一緒に雲陽へ行っても詮ないことだ。それよりオレが出発する前に逃げてくれ。頼む！」

「いや、どうせ函谷関の役人には顔を覚えられたから逃げ切れない。南に回って武関から出る手もあるが、北から出た方がよさそうだ。それなら雲陽まで一緒に行ける。雲陽まで貴公を送って行きたいと言えば、まさか許さないとは言えまい」

「じゃ、そうするか」

と韓非子は納得した。果たして尉繚子は見送りを許されたが、甘泉宮に泊まってはならない、と条件を付けられる。

だが、韓非子に同行した尉繚子は、雲陽に到着すると仮病を使って、その夜、甘泉宮に泊まった。

しかし、その翌朝には韓非子に追い立てられる。

「いいじゃないか。そう死に急ぐことはあるまい」

と尉繚子は、いまにも泣き出しそうな顔で言った。

「そういうわけじゃない。逃げられなくなるのを心配しているのだ。恐らく近日中に、あるいは明日にでも李斯がやってくる。貴公には迷惑をかけた。長い間の友情に感謝している」

「いやオレこそお陰で、さまざまな事に目を開くことが出来た。貴公を友人に持ったことを誇りに生きて行く。しかし、さすがだ！　この期に及んで動揺の色がない」

「いや、選択の迷いがないから、動揺するにもしようがないのさ。精一杯生きて来た。悔いはない。しかし秦王政は、オレの死を知って泡を食う。そして後悔する。彼は重い荷物を独りで背負わねばならなくなった。肩替わりの出来る者は、どこにもいない。その時に嫌でもオレを想い出す。貴公と彼と、そして扶蘇と、オレを想い出してくれる者が、三人もいる。けっこうな事ではないか。それをもって瞑とする」

「しかし見損なった。あのガキは、しぶといばかりで、大した代物ではない。いや、ロクでもない野郎だ」

「そう言うなよ。真にロクでもなかったら、逆に、良かったかも知れなかったのだ。難題を吹っかけて来なかっただろうからさ」

「まあ、それもそうだ。しかし、それにしても、一流の軍師と一級の帝王とは、並び立たないものか！　貴公の造った言葉を借用すれば、これこそまさに〝矛盾〟だ。あるいは宿命的な相克——というべきか」

と尉繚子は溜息をつく。

「もしオレが真に、真に一流の軍師だったら、まさしく、その通りだ。しかし成り損ないの軍師では、どうも、その話は締まらない」

「そんなことはないぞ。成り損ないではない。がっちり教え込んだじゃないか。紛れもない一流の軍師だよ」

「どうも、ありがとう。いい餞《はなむけ》の言葉だ。心温まる言葉を餞に贈ってくれたところで——さあ、お引き取り願うか。無事に逃げなよ」

「分かった。じゃ——不再見《プーツアイチエン》!」

と尉繚子は笑顔を作って、甘泉宮を離れた。

その翌々日に、やはり、李斯が現われる。

「キミの言う同門の誼みで、酖酒を一杯ふるまって貰おうか」

と韓非子は李斯の顔を見るなり言った。虚をつかれて李斯が、言う言葉を忘れて立ち尽す。

「心配することはない。酖酒を出したのは尉繚だ——ということにしておけ」

「尉繚は、それと承知しているのか?」

と李斯は間をおいて聞く。

「相変わらずの小心者よのう。承知しているもいないも、彼はすでに秦国を去った。いくら秦王政でも、もはや、彼の責任を問う術はない」

と韓非子が言った。李斯は黙って部屋を出る。しかし意外にも早く、酖酒を手にして再び現われた。頼まれずとも、咸陽から出す積りで用意して来たようである。やはり——そうだったのか、韓非子は李斯をからかう気になった。

「本気で飲む、と思っているのか？」

と渡された盃を手に、韓非子は笑いながら聞く。李斯は返事をせず、息を詰めて続く言葉を待った。韓非子は、ただニヤニヤする。長い沈黙が続いて、韓非子が口を切った。

「小心の割には不用心だね。口に含んで抱き付き、口移しにして道連れにする手があるのだぞ」

と歩み寄る。李斯が反射的に、三歩ほど後ずさった。

「むかしから冗談の分からない男だったよね。キミみたいな薄汚い男には、頼まれても道連れなどにするものか。米倉で見た鼠のように、快適に暮せよ。米倉の火事に用心しながらね」

と韓非子は酖酒を呷《あお》った。

天下一統に帰す

李斯から、韓非が死んだと聞いて、秦王政は思わず声を荒立てた。

「なぜ殺したのじゃ！」

「恐れながら実は、尉繚が――」

と李斯は韓非子に教えられた通り尉繚に責任を負わせる。

「そんなことはどうでもよい。自殺だ。自殺したに決まっている。傲慢な男だ。寡人の鼻を明かそうとしたのじゃ」

「はあ！　あの男は昔から才能を鼻にかけて、人を人と思わないところがありました」

と李斯が調子を合わせる。

「それは当然であろう。たしかに、それだけのことはある男だ。だから世間に対してなら、それはそれで文句の付けようはない。だが、寡人に対して、同様に振る舞うとは、なにごとだ。怪しからん」

と秦王政は憤慨した。これには、さすがの李斯も合わせる言葉がない。

「しかし惜しい男を死なせてしまった。あれだけ役に立つ男は他にはいない。考え直しを迫っただけなのに、早まったことをしてくれた。結論を出し急ぐことはなかったのに、無念じゃ」

「しかしながら、あの男は韓国王室の庶公子でございます。とどのつまり彼が秦国のために役立つとは考えられません」

「なにを言うか。あの商君も、衛国の庶公子だったぞ。出任せを言うんじゃない。生きていれば商君以上に、役に立ったはずだ。もう退がってもよい」

と秦王政は李斯を退がらせた。

韓非子に対する秦王政の思いは複雑である。その死を心から惜しみ、そして悼んだ。しかし、なぜ自分の前に敢えて膝を屈しようとしなかったか——と想えば想うほどに腹が立ち、苛立ちを覚える。

生きていれば確かに役に立つ男だ。しかしあの男が傍にいたら精神的な圧迫を受ける。天下統一の大事業を考えれば残念だが、精神衛生のためには、死んでくれてよかったのかも知れない。

そう考えて秦王政は、韓非を忘れることにした。だが、忘れようにも、忘れられないことが、目の前に横たわっている。

彼は——政治的な天才は生まれないが、軍事的な天才は突如として現われると言った。さらに軍事力のバランスは、天才の出現によって簡単に崩れるし、一朝にして逆転することすらあり得ると言明したが、この時、秦国はまさにその危機に曝されている。

不敗を誇っていた秦軍が、韓非子の死んだ年と、彼が秦国に来る前の年に、二度も続けて趙国で手痛い敗北を喫した。その趙軍を指揮したのは二度とも、まだ若い李牧《りぼく》と呼ばれた将軍である。

その李牧が、韓非の言う——あの楽毅の再来とも思える——天才的武将ではないか、と秦王政の心胆を寒からしめた。

李牧は、趙悼襄王元年（前二四四）に宿将廉頗《れんぱ》が悼襄王と衝突して魏国に逃げた後の趙国軍を、一人で背負い立っている。

最初は趙国の北方領域代郡の太守をして朝廷の不評を買い、その時は罷免されたが、二度目の太守に就任して、代郡と国境を接する北の匈奴軍を一朝にして潰滅させたことで、にわかに脚光を浴びた。

麾下の軍を手足のように自由自在に動かして、集めては散らし、散らしては集める事の出来た名将である。それが出来たことによって彼は、敵将が戦機を掴むのを攪乱し、敵の鋭鋒を逸らせては、一転して急襲をかける特異な戦術を駆使することが出来た。

その戦場における絶妙な駆引に振り回されて、敵は疲労困憊《こんぱい》し、逃げるにも逃げられなくて、ついに潰滅せしめられるのである。どれほど強大な軍団でも、犬の群に取り巻かれた虎のように、ついには力尽きて、敗北させられるわけだ。

例えば、この年に行なわれた「太原の戦役」がその典型である。秦国軍は大挙して趙国に侵入し、南北に兵を分けて、大将の桓齮は北の太原に向い、副将の楊端和《ようたんわ》は南の鄴《ごう》城に進撃した。

南に向った楊端和の軍は難なく鄴城を陥す。しかし桓齮の軍は太原で苦戦を強いられた。いや太原攻めも最初は順調に進んでいたが、不意に李牧が援軍を率いて現われたのである。当然に桓齮も、楊端和に鄴城を放棄して、太原攻めの救援に駆け付けるようにと命じた。しかし楊端和軍が太原の戦場に到着した時には、桓齮軍はすでに兵の大半を失っている。

太原の城下に到着した楊端和は、急遽、その兵を投入しようとした。それを桓齮は制止する。

「狼の群のように動き回って、まともに戦える相手ではない。撤退しようにも、それが出来ずに困り果てていた。このままでは全滅する。救援の軍を戦場に投入しても、それは同じことだ。撤退する他ない。撤退の殿《しんがり》に付いて、敵の追撃を阻みながら、一緒に撤退しよう」

と桓齮が言った。楊端和は李牧と手合わせをした事がなかったから、不満の色を表わす。しかし百戦練磨の勇将桓齮の言うことだからと納得して、秦軍は撤退を開始した。もちろん李牧麾下の趙軍は、付かず離れず執拗に追撃する。ついに秦軍は辛うじて黄河を渡ったが、それまでに楊端和軍も、おおよそ半数を失う大損害を出した。

李牧は、この時の戦功によって武安君に封じられる。そして趙国軍の総帥「大将軍」に昇進した。

他方、惨敗して兵の半数およそ五万を失った桓齮は、通常なら処罰を受けたところである。しかし秦王政は、相手が「天才軍事家」だったことに免じて桓齮を赦し、逆に、その労を犒《ねぎら》った。

秦王政が敢えてそうしたのは、もとより桓齮の前功を慮ったからでもあるが、ただそれだけの事ではない。ありていに言えば、ムキになっていたのである。

――なにが「天才」的な軍事家で、それがどうしたというのだ。韓非の言ったことはすべて正しかったが、間違っていたことが、ただ一つある。軍事的な天才は出現するが政治的な天才は生まれない――というのがそれだ。その軍事的な天才は、この秦国に生まれた政治的な天才の手で潰して見せる。いまに見ておれ！――と秦王政は心に叫んだ。だから桓齮を咎めなかったのである。咎めれば李牧の「天才」を認めたことになる――と考えたからだ。

心にそう叫んだ秦王政は、さっそく李斯を呼びつける。そして、間者に巨万の大金を持たせて、邯鄲に遣わせ、と命じた。

秦王政はかつて尉繚から、趙国の宿将廉頗が魏国に亡命した経緯を聞かされている。それは廉頗が新しく王位に即いた悼襄王と仲違いしたからだ――ということになっているが、その元凶は大夫の郭開《かくかい》であった。つまり郭開が悼襄王を焚き付けたからである。その郭開が、その後しばらくして宰相に昇進した。忠誠心や愛国心はひと欠片《かけら》もなく、もっぱら黄金を愛しているという。それを想い出して、その郭開を買収せよ、と命じたのである。目的はただ一つ――李牧を亡き者にすることだ。

李斯の意を受けた間者は、さっそく邯鄲に飛び、手際よく郭開に渡りを付けて、前金に一万金を渡す。成功報酬は望み通りに幾らでも支払うと約束した。郭開は悦んで、李牧を抹殺する工作を開始する。

買収工作が順調に進んだと聞いて、秦王政はいよいよ全国統一に王手をかけることにした。年が明けた秦王政十七年には韓国に兵を出す。兵を率いて韓国に進撃した王翦は、韓王安を捕えて韓国を滅ぼし、韓の地を秦国の版図に編入して、「潁川郡」を置いた。

かくて韓国は立国一百四年にして滅びる。それで中原五ヶ国の一角が崩れた。

そして翌秦王政十八年、秦王政は趙国の宰相郭開の内通を受けて、趙国に兵を出す。兵を率いたのは、やはり老将軍の王翦で、副将は楊端和である。

李牧は、趙国に侵入した秦軍を、邯鄲の城下で殲滅する戦略を立てて、待ち構えていた。そして秦軍が接近した報せで、城から兵を出して城下に陣を布く。

間もなく秦軍が城下に到着した。王翦は布陣をすませて、さっそく李牧に戦書を出す。李牧は会戦の日時を敢えて指定せず、随意に攻撃すればいつでも受けて立つ——と返事を出した。

折り返し王翦から、こんどは一転して、和議を講じたいとの軍使が派遣されて来た。怯け付いたか、戦わずして降りるというのなら、それに越したことはない——と李牧は話し合いに応ずる旨を伝える。

それを巡って、両陣地の間を軍使が往来した。その往来の事実を捉えて——やはり李牧は敵に内通している。軍使の往来は謀反を起こす談合を始めた証しだ、と郭開は趙幽《ゆう》繆《ぼく》王に讒言《ざんげん》した。

かねてから、李牧は謀反を企んでいると吹きこまれていた愚かな幽繆王は、それを信じこむ。さっそく将軍趙忽《ちょうこつ》に兵符を渡して、李牧を更迭した。

納得の出来なかった李牧は、王の真意を確認しようとして城に入る。それを待ち受けていた郭開は、幽繆王に進言して、いきなり李牧を逮捕すると、即刻、叛乱罪で処刑した。

かくて戦国の末尾に現われた巨大な「将星」は、光り輝く間もなく、尾も曳かずに暗闇へ消えた。軍事的な天才は、政治的な天才には、やはり、叶わなかったようである。

李牧の死を知って、王翦は総攻撃を命じた。李牧の布いた独特な陣形を趙忽は理解し得ず、兵を掌握することが出来ない。戸惑った趙忽は、ひとまず兵を城に入れて、後図を計ろうとした。

だが、呼べども城門は開かない。そして、城下で決戦せよと厳命された。いったん浮き足だった兵は手の付けようがない。あるいは逃亡し、あるいは投降して、あっと言う間もなく趙軍は崩壊した。

そして秦軍の城攻めが始まる。当然、内から開けられるはずの城門が開かないことで、王翦は首を傾げた。しかし、なんのことはない。李牧謀殺の成功報酬をまだ受け取っていなかった郭開が、落城してからでは値切られると思って、城門を開けなかったのだ。それどころか、秦国側から連絡がなかったことで怒った彼は、懸命に城の防衛を督励している。

それでなくても邯鄲は、難攻不落の天下の名城であったから、容易には陥せず、半年をかけて、漸くのことで陥落させた。幽繆王は捕えられて、事実上、趙国は亡びたが、幽繆王の兄の趙嘉《ちょうか》が代郡に逃げ、「代王」を称して、首の皮一枚を残す。

郭開は落城のどさくさで盗賊に襲われて、財宝を奪われたばかりか、殺害された。

郭開がなぜ成功報酬を貰えなかったかは明らかではない。もし貰っておれば彼は城の門を開けたはずである。したがって半年をかけた無駄な城攻めをする必要はなかった。どれほど郭開に吹っかけられても、城攻めにかけた費用よりは、遥かに安かったはずである。

戦争に訴えるよりは、金で解決した方が遥かに安上がりだ——と言った尉繚子の言葉を、秦王政は、ここでも想い出したに相違ない。

そして翌秦王政二十年、燕国の太子丹《たん》が差し向けた刺客荊軻《けいか》による「秦王政暗殺事件」が起きた。

暗殺事件があったのは、恐らく事実であろう。しかし、後代に伝えられた暗殺事件の経緯や内容は——原始資料とされて来た「史記」の記述を含めて——恐ろしくお粗末で、さして面白くもない「漫画」的なシナリオである。

恐らくは——もしあのとき荊軻が「始皇帝」を暗殺していたら、という後代史家や読書人たちの切なる「願望」と、史上最大の「悪党始皇帝」を戯画化せずば気の済まない「執念」によって書かれた「脚本」であろうが、始皇帝の戯画化にすら成功したとは言い難い、子供騙しの「物語」というべき代物だ。

そのようなことは「絶対」にあり得べからざることだ——という意味である。

まず——咸陽へ始皇帝の暗殺に出掛ける荊軻を、太子丹とその食客たちが、揃いの白装束で、易水の渡し場まで送り、そこで壮行会を催して、筑《ちく》を叩き、それに合わせて「風蕭々として易水寒し。壮士ひとたび去りて復《ふた》び還らず」と歌い踊った——という。

燕国の太子丹が秦王政を憎んでいたのは、天下周知の事実である。

いくら易水は咸陽から遠く離れており、それに二千二百余年も前のことだからとて、そして太子丹がどれほどの空《うつ》け者で、荊軻がいかほどの豪傑であろうと、満天下に秦国の間者が出没する状況の下で、銅羅や太鼓を叩きながら「わが輩はこれから遠くへ誰かの暗殺に出掛けるぞ」と宣伝することが、どうしてあり得ようか。

それに——匕首を手にした荊軻に、秦王政は殿上で追い回されて、度を失い、長剣が抜けずに、周章狼狽して「ぶざま」に逃げ惑い、侍医が薬箱を荊軻に投げつけたことによって命拾いをした——と言い、しかもご丁寧に——殿上では朝臣たちは身に武器を帯びるを得ず、階下の兵士たちは命令にあらざれば上殿すべからずの禁令があったがゆえに、秦王政はとんだ失態を演じた——と註釈が付けられている。

殿上の朝臣たちが丸腰であったのは疑いない。兵士が勝手に上殿することを許されていなかったのも、間違いのない事実だ。しかし殿上には、官制によって必ず武装した守殿官がいる。しかも国王の身辺には常に、王を護衛する「保鏢《パオピヤオ》」——用心棒《シークレット・サービス》が、陰に隠れているはずだ。

たとえ、そうでなくても朝臣の中には、当然に武官がいたはずだし、それに刺客は間違いなく、国王ただ一人を狙っている。だから、その背後に回って足払いを掛ける位のことは、誰にでも出来たことであり、三歳の子供でも思い付くことだ。

歴史の中に作り話を挟み込むことは、必ずしも悪徳ではない。殊に中国史の場合には、それが公然と行なわれ、堂々と罷り通ってきた。それにしても、この暗殺物語は余りにも辻褄が合わず、下手くそである。

それはともかく、荊軻は暗殺に失敗して命を落とした。そして秦王政が、刺客を差し向けた太子丹を放置するわけはない。

果たして秦王政は王翦に大軍を授けて、燕国を討たせた。翌秦王政二十一年に、燕国の首都の薊《けい》は落城する。太子丹は燕王喜とともに遼東（遼寧省遼陽市）へ逃れた。当然に王翦は、太子丹の逃げた処なら、たとえ天の涯へでも兵を進める。

それを承知の燕王喜が秦軍の追撃を免れようと、ついに太子丹の首を落として、王翦に差し出した。その太子丹の首級を提げて、王翦はひとまず咸陽に凱旋する。

秦王政は「第二の李牧」が現われるのを恐れて、韓非子に教えられたように、天下統一の日程を繰り上げた。

王翦の燕国遠征中に、秦王政は若き将軍王賁《おうほん》（王翦の子）に楚国を討たせたが、王賁の征楚は、いわば、そのための小手調べである。しかし王賁は、軽く楚城十余座を陥して、兵を引き揚げた。

それを見て秦王政は、それなら大した苦労もなく楚国を滅ぼせる――と楚国への出兵を決意する。そこへ折よく王翦が、太子丹の首級を提げて、燕国から凱旋した。

「楚国を滅ぼすのに、どの位の兵力があれば足りるか?」

と秦王政が王翦に聞く。

「まず六十万は必要です」

と王翦は答えた。多すぎる――と秦王政は首を傾げて、諸将に意見を求める。

「二十万あれば十分でございます」

と若い李信が答えた。

「そうであろう。それで間に合うはずだ。駿馬《しゅんめ》も老いれば駑馬《どば》となる――というわけではないが、王将軍も老いたのかのう」

と秦王政は半ば冗談に言いながら、李信に兵符を授けた。

王翦が憤然とする。

「王賁が簡単に十余城を陥すことが出来たのは、楚国がそれを単なる略奪と見て、その鋭鋒を避けたからです。本気で国を滅ぼしにかかった――と知れば楚国が死力を尽して戦うは必定。甘く見てはいけませぬぞ」

と秦王政に言うともなく、独り言のように言った。

「別に甘く見たわけではない。老将軍たちの目がまだ黒い間に、若い武将を育てる必要もある。気にするな。用心のため李信には、蒙恬《もうてん》(蒙驁の孫。一説に、この時出征したのは、その父の蒙武だったという）を輔佐役に付ける積りだ」と秦王政は珍しく丁寧に弁明する。王翦を心から「股肱」と信じているからだ。間もなく李信と蒙恬は兵二十万を率いて、楚国への征途につく。それを見送って王翦は「告老」――引退を願い出て頻陽（陝西省銅川市）に引き籠った。

楚国に侵入した秦軍は、破竹の勢いで進撃する。西に向った蒙恬は、間もなく寝邱（河南省沈邱県）を陥れた。南下した李信は瞬く間に、楚国の旧都、鄢《えん》と郢《えい》を陥す。

そして作戦計画に従い、李信は兵を西北に転じて、城父（宝豊県）で蒙恬軍と合流するために軍を進めた。

ところが実は、楚軍が鄢と郢の両城を「放棄」したのは楚国の名将項燕《こうえん》（あの項羽の叔父）の計略である。城父に向った李信軍の背後から、項燕は二十万の大軍を率いて、猛然と追撃した。

そのために李信は、三日三晩の間、兵を休ませることも出来ず、ついに大敗して兵の大半を失う。

李信の敗北を知った蒙恬は、ひとまず兵をまとめて趙地に緊急避難し、急を咸陽に告げて救援を求めた。

その報せを受けて秦王政は驚き、そして後悔する。すかさず数人の供揃えで、王翦の隠退した頻陽へ車を走らせて、王翦に事の次第を告げ、再出馬を懇請した。

「おっしゃるように、老臣は老いた駑馬でござる。もはや、物の役には立ちません」

と王翦は、ざま見やがれとばかりに、しっぺ返しをする。

「いや申し訳なかった。あれは冗談じゃったのだよ。勘弁せよ」

と秦王政は素直に謝った。そうなれば王翦も、それ以上ゴネることは出来ない。いや真の武将は、老いても戦場を駆け巡りたがる。しかしムキになって条件をつけた。

「老骨に鞭打ちましょう。ただし兵力は〝絶対に〟六十万が必要です」

「よかろう」

と秦王政は二つ返事で承知する。しかし王翦が、さらに条件をつけた。

「死力を尽して戦い、かならず楚国を蹄鉄にかけてご覧に入れます。ただし、凱旋した暁には、とびっきりの美田と、池のある美邸を賜る——とお約束ください」

「妙なことを言うな。恩賞はその程度のものではなかろうに」

「いいえ、凱旋したら今度こそ本気で告老いたします。他の恩賞はいりません。老後を楽しむのは美田に美邸が一番です」

「分かった。選り取り見取りで与えよう」

と秦王政は約束し、そのまま王翦を車に載せて咸陽へ戻る。そして出陣の準備を整え、兵符を授けられた時に、改めて美田美邸の約束を確認した。

やはり手慣れたもので王翦は、その日のうちに軍を編成すると、翌朝には六十万の大軍を率いて城を出る。秦王政は例を破って親しく郊外の灞上《はじよう》まで送った。壮行の辞を述べる秦王政に、王翦はまたもや美田美邸を口にする。

さらに楚国へ兵を進めた最初の露営地で、こんどは腹心の副官に、城へ戻って王にもう一度「約束」の履行を駄目押しせよ——と命じた。

「将軍、いくらなんでも、それは執拗に過ぎます」

と副官は諫言する。

「バカ者！　老将が六十万の軍勢を率いて出たから、城内の兵舎は空っぽだ。しかも伜（王賁）が十万の軍勢を率いて外にいる。合わせて七十万、全軍勢の七割に当るのだぞ。われら父子が謀反を起こしたら、どうなるか？　王は信頼して下さった。その信頼に応えるには、心の隅に宿っているであろうなにがしかのご不安を解かなければならない。それでご安心いただくために、つまり絶対に二つ心はない証しに条件をつけたのじゃ。さっさと行け！」

と王翦は副官の尻を叩いた。

もとより王翦は老練な「戦国」の武将であるから、身を護る術を心得ていたのは言うまでもない。だがこの場合は明らかに、秦王政の信頼に感動していた。全面的に信頼していなければ、兵を十万でも城に残して置く手はあったはずである。

たしかに王翦が意地にかけて「六十万」にこだわることを秦王政は承知していた。しかしそれはそれで、不足分は外地に駐屯していた軍勢を動員して、数を合わせる事は出来たはずである。

秦王政は疑い深い——とよく言われてきた。しかし尉繚子が言ったように、疑う事を知らない男は間抜けで、初めから疑ってかかる男は愚かである。秦王政は間抜けでもなく、愚かでもなかった。疑うが疑ってかからなかったのである。疑ってかかる男で大きな仕事を成し遂げた男はいない。

王賁はこの時、魏国に遠征中である。そして王翦麾下の大軍が楚地に入ると間もなく、魏都の大梁を陥して、魏王仮を捕え、魏国を滅ぼして、その地を秦国の版図に編入した。かくて魏国は立国一百四十五年にして亡び去る。ちなみに魏王仮は投降を許されずに、処刑された。

楚国に進撃した王翦は、翌秦王政二十三年に、蒙恬と李信の軍を麾下に収めて、楚軍を破り、項燕を捕えて殺す。一説に項燕は自殺したという。

さらに翌年、楚国の新しい都、寿春（安徽省寿県）を陥れて、楚王負芻《ふすう》を捕え、その領土を秦国の版図に編入して、楚国を滅ぼす。かくて楚国もまた、立国五百十九年にして亡びた。

そして翌年――秦王政二十五年、大将王賁が再び兵を率いて、こんどは遼東に進撃し、そこへ逃れていた燕王喜を捕えて、燕国に止《とど》めを刺す。これによって燕国は名実ともに、立国一百一十一年で亡びた。

燕国を滅ぼした王賁は、遼東から西へ転じて旧趙領の代に至り、やはりそこへ逃れて代王を称していた趙嘉を捕える。そして趙嘉を斬り捨てたことで、趙国もまた立国一百五十年にして、その歴史の幕を閉じた。

王賁はさらに大車輪の働きを見せる。再び軍を東へ進めて斉国に至り、電光石火、斉都の臨淄を陥す。斉王建は降伏して、姜氏（始祖は太公望）から政権を簒奪した田氏の斉国は、立国一百三十九年で亡びた。

かくて、秦王政二十六年――西紀前二二一年に、戦国の雄邦は相前後して、悉く、秦国に併呑された。

秦王政は――ついに天下を統一したのである。中国流に言えば、天下は一統に帰した。周幽王が犬戎《けんじゅう》に殺され、西周王朝が崩壊した年から数えて、五百五十年が経過している。長い道程であった。

その長い過程を通じて、政治を実験にかけ、権力とは何かを模索した試行錯誤から、法治主義と郡県制度、権力標識論と支配体制論が生まれた。誠に豊穣な「春秋戦国」の政治的な稔りである。

秦王政は、その豊穣な稔りを刈り上げて、中央集権的な法治国家――「中華帝国」を築いた。

それは、封建制を廃した大変革で、世界史的な「大革命」である。その意味で秦王政は偉大な「革命家」であった。

韓非子が――太古では道徳、中世では知謀を競い、近世では気力で勝負すると言ったのは、その時（近世）天下に張っていた全国統一の機運を踏まえて、近世の王には、政治変革に直面する英気と、それを果たす革命家的気力が不可欠である――と見たからに相違ない。

　たしかに、一国を支配することすら気苦労が多くて骨の折れる仕事である。良心的な支配者なら、夜もおちおち眠れないはずだ。ましてや全国を支配し統治するとならば、それなりの英気と気力を備えていない限り、思うだに足の竦む空恐ろしい事である。

　英気と気力とは、要するに威風と気魄のことだ。ならば威風の凜冽な、気魄の天に冲する秦王政は――彼自身も意識していたように――天下を一統に帰する歴史的な役割を担って、春秋戦国の世に生まれてきたような男である。それは歴史の必然だ、と言ってしまえばそれまでだ。しかし、秦王政の「素質」には、やはり、千鈞の重みがある。

才幹横溢

さいかんおういつ

逆らわば神と雖《いえど》も恕《ゆる》さず

天下を統一した秦王政は、自ら「始皇帝」と称した。「皇帝」という称号は彼自身の創作した言葉、すなわち造語である。

そして彼は――朕《ちん》を始皇帝となし、後世は数をもって二世皇帝、三世皇帝を称して万世に至り、之を無窮に伝えるべし――と制を定めた。世に云う「万世一系」を夢見たのである。

もとよりそれは、彼とすれば当然のことであった。天下は一統に帰したのだから、彼は「秦」の始皇帝でなく「中国」の始皇帝である。しかも彼が築いたのは、皇帝の統治する中央集権の「帝国」だったから、彼は、たしかに「中華帝国」の開祖――つまり始皇帝を名乗る資格があった。同時に、その中華帝国を統治する「秦王朝」の始祖でもあったから、皇統の万世一系を主張する権利がある。

しかし彼は、その資格において始皇帝となり、その権利において中国の支配者となって、天下に君臨したが、有頂天になっていたわけではなかった。その証拠に彼は――このような場合には誰もが催すであろうところの――大慶祝の仰々しい行事を行なってはいない。帝国は出現したが、それを支配統治する体制は未だ出来ておらず、しかも、鑑《かがみ》とすべき事例がないだけに、彼は頭を痛めていたのである。

もちろん始皇帝は、自ら全知全能をもって任じていた。が、それにしても満座の幕僚を見渡したところ、ロクな男が一人もいないのは、やはり、なにかと心細い事である。例えば彼は、丞相の王綰《おうわん》と、御史大夫の馮去疾、廷尉の李斯らに、新しく国王の称号を議定するようにと命じた。

その結果は――臣らは謹んで朝廷の博士たちと討議いたしましたるところ、古の世に天皇、地皇、泰皇が存在しましたが、その最も貴いのは泰皇であることを確認いたしましたので、「泰皇」を尊号と定めたがよろしかろうかと存じます――といったお粗末なものである。

それに朝廷には七十名の博士がいたにも拘らず「終始五徳（五行）之伝」を推演し得る者はいなかった。それで始皇帝自ら、それを推演せざるを得なくなる、といった始末である。

――周の王朝は火徳によって栄えた。それに取って代わった秦王朝は、当然に水徳を擁している。そしていま、正に水徳が盈《み》ちなんとしており、ゆえに年の始めを十月に改めるべきだ。したがって朝賀は十月一日に行なうこととする。また水徳の色は黒、数は六なるによって、衣服、旄旌《ぼうせい》（旗の飾り）、節旗は黒色を宜しとす。紀章、符璽《ふじ》、法冠はすべて六寸、輿《くるま》は六尺。六尺を一歩とし、一乗は六頭立てとする。黄河の名を徳水と更《あらた》め、以て水徳の始源となす。剛毅にして戻深（容赦なく）、すべてを法に決し、峻厳に処して仁、恩、和、義を顧みず、而して五徳の法則に合わせ、法を急にして拒む者を赦すべからず――

と始皇帝は五徳の始終を推演したものだ。

いや幕僚たちが、ただに怜悧ではなく、さして役にも立たなかった、というのならまだしもである。幕僚を束ねる立場の丞相王綰すらが、建国の主旨や皇帝の抱負経綸を理解していなかったことに始皇帝は愕然とした。

――諸侯国を平定したばかりで、燕、斉、楚の諸国は遠く離れており、王を封じて統治せざれば支配の実を収め難く、よって皇族を分封すべきかと存じます――

などと丞相の王綰は、朝廷で発議したものである。それに対しては、幸いにも廷尉の李斯がすかさず巧みに反論して、丞相の発議を封じ込めたからよかった。もしそうでなければ、議論はとんでもない方向へ発展したかも知れない――と始皇帝は眉を顰めたものである。

かつて蔡沢と尉繚は李斯を腐《くさ》したが、それでも訳の分からない者の多い閣僚の中にあって、李斯はけっこう役に立つ。

そういえば李斯とは別に、始皇帝には懐刀が二人いた。あの蒙驁の孫——蒙恬と蒙毅の兄弟である。蒙恬は名将の血を引く卓抜な武将で、蒙毅は学識の深い文官であった。始皇帝は帝国の安泰と王朝の安全を蒙恬に託し、政務の輔佐で蒙毅を頼りにしている。全国の統一を果たして帝国が成立すると、始皇帝は三十万の軍を蒙恬に授けて、北方の辺境に遣わした。匈奴、戎狄の侵攻に備えるためである。いやそれ以上に、咸陽の都で万一、政変が起きた時に備えるためであり、同時に、不逞な輩が政変を企むのを牽制するためであった。その重任を帯びた蒙恬は、上郡の郡都膚施《ふし》に兵を駐屯して、黙々と長城を繋ぎ合わせ、あるいは延長する工事に取り組んでいる。

蒙毅は内史（後に上卿）として始皇帝の機密文書を扱い、その帷幄《いあく》の枢機に参画していた。その立場上、表に立つことは少なく、派手な場面は極力それを避けて、控え目に振る舞ってはいたが、蒙氏兄弟の存在は、朝廷における序列、位階勲等を超えて、くっきりと際立っている。

しかし、そうした存在であったがゆえに、密かに怨む者もいた。殊に蒙毅の場合は、始皇帝が他愛のない小細工を弄したことによって、中車府令（宮殿の車馬管理官）の趙高から骨髄に達する怨みを買っている。

そして蒙毅が趙高の怨みを買ったという、まったくもって取るに足りない些細な出来事が、実は、この十年後に起こる未曾有の劇的な、秦王朝を転覆させる途轍もない大きな「歴史的な事故」の一因ともなった。

趙高は宦官である。数人の兄弟とともに、隠宮で生まれた。隠宮とは宮刑を受けた者が百日の間、切傷の治療を受ける陰室のことである。趙高の父も宦官で、その母が後に他人と結んで生まれた子であるから、隠室で生まれた――と記録されたのであろう。

しかし趙高は、その卑賤な生まれにも拘らず、力が強くて一応の学があり獄法に通じていた。公子胡亥《こがい》（始皇帝の末子）のお守役を務めていたが、ある時、獄法に干渉して獄吏と争い、獄吏に重傷を負わせる大罪を犯す。

たまたま始皇帝が彼を中車府令に登用しようと考えていた時であったから、その忠誠心を買うために、情をかける芝居を弄んだ。蒙毅に命じて死罪を宣告させ、執行の直前に始皇帝が赦免したのである。その上で中車府令に取り立てたのだから、趙高が忠勤を励んだことは言うまでもない。だが、それで趙高は蒙毅を怨み、しかも生涯それを忘れなかった。小人の怨みは怖しい。それが「歴史的な事故」の一因となったのである。

それはともかく、朝廷を埋め尽していた文武百官で、始皇帝が頼りにしていたのは蒙氏兄弟の二人だけであった。別な意味で、李斯は役に立ったし、重宝な存在である。

李斯は、ひたすらに始皇帝に追従することを心掛けていた。だから始皇帝は、彼を巧妙に操縦して、あからさまには言えないことや、直接言えないことを、言わせることが出来る。それに、彼が勉強家で、韓非子の同門だったから、比較的容易に韓非子の理論を理解出来たことも、好都合であった。

彼は始皇帝が韓非の「弟子」だったことを知っていたから、始皇帝に合わせるために、隠れて「韓非子」の猛勉強をしている。それゆえ朝議で、妙な時代錯誤の議論が起きた時には、始皇帝の意を体して反論することが出来た。間違いなく役に立つ男である。それによって始皇帝は、さまざまな手間を省くことが出来た。だがそれは、やはりそれだけのことである。したがって始皇帝は、国家の経営や朝廷の政務を、独りで引き受けなければならなかった。つまり嫌でも独裁せざるを得なかったのである。

そして事実、始皇帝は死ぬまで独裁を続けた。それによって始皇帝は、後代、史上最初にして最大の「独裁者」と非難されて、今日に至っている。

だが考えるまでもなく、それは理不尽な批判で、無茶な話だ。彼が天下を統一して、封建制度を復活し継承していたら、話は自ら別である。彼が築いた中央集権的な、郡県制の帝国がなにであるかを、したがって何をなすべきかを、朝臣たちのほとんどはよく知らなかった。彼が独裁しなければ国は成り立たず、政治は動かなかったのである。

歴史的な状況を無視した歴史人物への毀誉褒貶は、いずれにしても良いことではない。

だがそれにしても想い出されるのは「独裁」という言葉と、その由来である。

もし政治的な用語として「独裁」を云々するのであれば、中華帝国の歴代皇帝で――独裁したくも出来なかった者はいたが――独裁者でなかった者は一人もいなかった。

それでふと中国語の「独裁者」とは、どういう意味だろうか、と思って辞書を繙《ひもと》く。

――一国の行政首領が絶対的な権力をもち、独断して事を行なうことで「独裁推多《ディクテータ》」ともいう――

とあった。なるほど、皇帝は行政首領（宰相）ではないから、独裁者ではない、というわけか。そして、ディクテータ（独裁者）ともいう――のは「独裁者」という言葉はなく翻訳語、つまり外来語だということである。

ならば「独裁者」という言葉が中国で使われ始めたのは、ディクテータが輸入されたのは恐らく清朝末期の「五・四運動」の頃であろうから、それ以降のことだ。そして五・四運動以降であれば――それ以前はともかく――皇帝が「独裁者」だという認識はあったはずである。然るに、なぜ始皇帝だけが「独裁者」なのか？

そしてもし、独裁者という言葉がその由来する古代ローマの共和制時代の「ディクタトール」が本来意味した「独裁者」を指すのであれば、始皇帝は間違いなく「立派な」独裁者であった。

ディクタトールは――内乱や外敵の侵入などの重大な国難に直面した時に、元老院から全権を与えられて、独断専行を許されたスーパーマン、すなわち才知縦横の「独裁者」だったからである。

かくて未曾有な歴史の難局に直面した、才幹の横溢する始皇帝は、偉大な独裁者として三面六臂の働きをした。

なにはともあれ最初に定めなければならないのは政府機構である。

先ず朝廷に「三公」を置き、「九卿」を設けた。三公とは――皇帝の政務を輔佐する「宰（丞）相」と、軍務を輔佐する「太尉」、それに行政監査を掌る「御史大夫」のことである。ただし御史大夫は宰相補に当り、現実に行政監査に任ずるのは、その配下の「御史中丞」であって、御史大夫本人ではない。

つまり三公は、現実の政務を処理せず、韓非子の提言した国王の輔佐役――行政監査と官場査察や人事管理に任ずる遠見明察な「法術の士」――が姿を変えた皇帝の高級幕僚である。

九卿は日常の政務を掌る「卿大夫」で――祭祀を主宰し、七十名と定められた博士を監督する「奉常」、大夫や郎官や謁者（外交官）を取り仕切る「郎中令」、警備や警護に任ずる「衛尉」、輿馬《よば》を管理する「太僕」、司法と典獄に当る「廷尉」、儀典を司る「典客」、皇室と列侯や倫侯（食邑を持たない列侯）の面倒を見る「宗正」、穀貨を掌る「治粟内史」、それに皇室の財産管理と出納を務める「少府」――の九名の政務官がそれであった。

朝廷とは、この場合「中央政府」であることは言うまでもない。

そして「地方政府」は、全国を三十六郡に分けて、それぞれに郡府を置き、太守を任命して、その下に「丞」――太守補、「尉」――軍務官、「監」――監察官を配し、中央政府の管轄（主管は御史大夫）下に置いて郡政を掌らせた。

それが、いわゆる「郡県制」の実態である。なお、郡や県は始皇帝が帝国を築く前から存在していた。しかしそれは単に、封建制度下にあった諸国の「直轄領」を称する言葉で、制度としての郡県制とは無関係である。そして、その郡県制度が取りも直さず、中央集権と称された統治形態に他ならなかった。

その郡県制度を作り上げた始皇帝は、さっそく制度を活用して、全国から金属武器を集める。それを熔かした地金で、重さ千石（二十四万斤？）の「銅人」――銅像十二体を鋳造して、宮中に展示した。武器はもう要らない。戦争はなくなった――ことを啓示したのである。

同時に、天下の富豪十二万戸を咸陽に移住させた。富裕にまかせて地方政府を惑乱したり、叛乱を企んだりする危険な芽を摘み取ったのである。

他方では、旧中原諸国の築いた長城を繋ぎ合わせ、さらにそれを北西へ延ばして――東は遼東地方から、西は甘粛省の臨洮に至る五千余里の「万里の長城」を完成させた。

その万里の長城に取り囲まれた領域は、現在の中国の版図とほぼ一致している。したがって万里の長城は、それによって夷狄の侵入を阻止するという軍事的な意義よりは、寧ろいわゆる「中国人」の生活空間を設定した、つまり縄張りを作った政治的、文化的な意義が大きかった。その意味で始皇帝は政治的、文化的に「中国人」の始祖である。

続けて、度量衡、通貨、車軌、文字の統一が始められた。それらの統一は言うまでもなく、中国人の社会的な連帯感を生む。なかんずく文字の統一は、中国人の文化的な一体感を醸成し、一体化を助長した。あえて繰り返すが、その意味で始皇帝は「中国人」の宗祖である。それらの統一が行なわれていなければ、歴史の過程で中国は、当然に幾つかの国家に分裂して固定化されたはずだし――善し悪しは別として――今日、われわれの目の前にいる「十二億」の中国人は、存在しなかったに相違ない。

そしてもし、今日のような形で十二億の中国人が存在する事が好ましいことであれば、かつて始皇帝を悪しざまに罵った儒徒は、無知蒙昧な乖義《かいぎ》忘恩の徒であった——ということになる。


明けて始皇帝二十七年、始皇帝は渭水、涇水、洛水の上流、甘粛省の南部一帯を巡遊した。この西遊の目的は当然に民情視察であったが、実は防備の薄い西部一帯の羌《きょう》族、氐《てい》族などの戎狄の動静を探るためである。

そして咸陽に帰還するや、隴西（甘粛省）に至る軍事道路を、突貫工事で造らせ、役夫に爵一級を授けて、その年に完成させた。

ところで——始皇帝を語るのに、この「軍事道路」は等閑に付すことの出来ない問題である。軍用道路つまり兵員や、主として粮秣を運ぶための道路は「馳道《ちどう》」と呼ばれた。時に「甬道《ようどう》」と呼ばれることもある。

「甬道」とは通常、建物（宮殿）と建物を結ぶ巨大な目隠しされた回廊のことであるが、馳道でも所どころに、敵の待ち伏せによる粮秣の略奪や、あるいは交通事故や渋滞を防ぐために、目隠しの壁を築いたから、甬道とも呼ばれた。

甬道は辞書を引くまでもなく、始皇帝よりひと足後れて歴史に登場する楚王項羽も「築甬道而輸之粟」——甬道を築いて粟（粮秣）を運んだというから、軍用道路だったことは明らかである。
それに始皇帝が――道の幅五十歩の馳道を、南は呉越に至り、東は燕斉に及ぶ数千キロの空間に築き、同様に要所要所に壁を設けたのは、明らかに地方の叛乱に備えたもので、それゆえに馳道もまた軍用道路であることは、言わずと知れたことだ。ただし、平時にはそれを一般の交通に開放したか否かは、残念ながら明らかではない。
然るに――史書に註釈を付け、あるいは解説を書いた史家たちは――言うまでもなく儒家の徒だが――甬道も馳道も、始皇帝が姿を人目に晒さないための「皇帝専用道路」だ、と曲解して来た。
敢えて念を押すが誤解ではない。曲解である。試みに辞書を引いてみたら、やはり「天子の専用道路」となっていた。辞書の編集者も彼らの一族郎党であるから当然のことである。曲解の意図が、始皇帝の亡霊とは倶に天を戴きたくない彼らの「系統発生的な遺伝」に由来することは明らかだ。
目的はただ一つ――始皇帝は人民の利益や立場を顧みなかった「暴君」であった、と濡れ衣を着せるためである。
しかし、この時の始皇帝は――人民の利益や立場をどう考えていたかはともかく――そういう個人的な贅沢をするなどの暇はなかったし、考える余裕すらなかった。心血を注いで築いた史上初の帝国の行方は、まだ野のものとも山のものとも知れなかった――からである。

そして始皇帝二十八年、始皇帝は東を巡行して郡県を視察した。先ず山東省に至り、嶧《えき》山に登って石に辞文を刻み、天下統一の徳を頌《しょう》する。自画自讃でもあるが、まだ広報メディアのなかった時代だから、それは唯一の効果的な広報の手段として、治世の綱領や施政の方針、あるいは政策の周知などに役立った。

辞文を刻んだ石を立てて嶧山を下りた始皇帝は、旧魯国の儒者を接見して、「封禅」の儀を尋ねる。封とは土壇を築いて天を祀ることで、場所は泰山の頂上と決まっていた。禅は地を払って山川を祀ることで、泰山の麓の小山——梁父で行なわれる。しかし全国に名山大川は多く、一々そこに至って祀ることは不可能だから、遥かにその方向に面して祀ることを「望祭」という。

そして儒者の指示のままに封禅、望祭を行ない、泰山にも石に辞文を刻んで立てた。さすがに旧魯国は孔子サマの故地である。儒者の祭祀典礼に対する知識は深く、格調は高かった。ちなみに、始皇帝が儒教を嫌悪して儒者を蔑視したというのは誤聞である。祭祀、典礼、儀式は、封禅から望祭や、冠婚葬祭に至るまで、必要欠くべからざるもので、それらの知識を身に着け、典式を心得た儒者たちの存在価値は、始皇帝といえども認めていた。ただ、古代の仁政徳治を持ち出しては、政治に容喙して、社会や民心を惑わすことを赦さなかったまでのことである。

泰山に石を立てた始皇帝は、渤海に沿って東に進み、之罘《しふ》山（腄県）に登って、同じく石を立てた。

さらに之罘山から南進して瑯邪《ろうや》山に登り、同様に石を立てる。そして瑯邪山で三月ほど休養を取り、山の麓が開墾されていないのを見て、周辺の民家三万戸を入植させて、十二年の傜役を免じた。

その瑯邪で滞在している間に、斉国生まれの方士徐福《じよふく》（市）が現われる。

――「海中に三神山があって、その名を蓬萊、方丈、瀛州《えいしゆう》と言い、仙人が住んでおります。どうぞ斎戒して身を潔め、童男童女とともに、仙人を求めることをお許しください」と上書したところ、始皇帝はそれを聞き入れて、徐福に数千名の童男童女を随わせ、仙人を求めて海へ乗り出させた――と伝えられている（正史に記録されている）が、もちろん、これもまた粗雑な作り話である。

しかも、この作り話には、さらに面白い尾鰭が付く。瀛州は日本で、だから徐福は三千の童男童女を引き連れて、日本に渡った。その証拠に、日本の山陰地方に徐福の墓がある――というのだ。

その尾鰭はともかく、作り話の本体の文章表現が舌足らずで、曖昧模糊としているのが救いとなっている。あの荆軻による秦王政の「暗殺事件」では、肌理《きめ》の細かい周到な描写、つまり喋り過ぎが仇となった。だが、この場合、舌足らずに曖昧な表現をしたのは、恐らく一転して作り話の手法を変えたのではなくて、儒徒が仙人に関する十分な知識を持ち合わせていなかったからであろう。

しかし往々にして、舌足らずな模糊とした語り口が、逆に、物語の真実性をイメージとして植え付ける事に成功することがある。しかも言い逃れが利く。この作り話に救いがあると言ったのは、そのことである。

仙人には山岳派と海島派があって、山岳派は崑崙山に、海島派は渤海沖の海島に住んでいる——というのは確立された伝説だから、渤海沖の三島に仙人が住んでいるという徐福の話は、ごもっともなことだ。

だから始皇帝が、それを信じたのは——彼ならずとも——当然のことである。しかし仙人を「求める」のに、なぜ、数千名の童男童女を同行させる必要があったのか？

唯一考えられる理由は、大勢の童男童女の誠心と「浄気」によって、仙人の心を動かすことである。だが仙人の心を動かしてみたところで詮ないことだ。仙人は「神さま」ではないのだから、遠く離れた処から人々を「加護」して「ご利益」を与えることは出来ないからである。

そもそも「仙人を求める」と言うが、仙人に一体なにを求めるのか。「求める」という中国語には「祈願する」意味もあるが、祈願しても「ご利益」を賜ることが出来ないのだから、祈願するためではないことは明らかである。

ならば「求める」ことは、仙人を始皇帝の前に連れて来るか——いやご案内せずとも仙人は雲に乗って何処へでも自在に行けるからその必要はないが——それとも不老長寿の仙丹を頂戴するか、という事の他にはない。

いずれにしても、数千人の童男童女を動員する必要はなかった——ということである。

よしや仮に必要であったとしても、どのような手段で、数千名の人間とそれに要する粮食を——仙人が霞と仙桃しか食べないという伝説はウソだとしても、彼らは必ず辟穀《へきこく》するから、粟や米などの主食はもとより、一般的な食料などあろうはずもなかろうから——遥かな海の向うの島に、どうやって運ぶのか？

もちろん船を調達し、あるいは建造することは出来よう。ならば、いきなり「斎戒して」とは、どういうことか。徐福自身がするのであれば、それは言わずもがなである。そして始皇帝にせよというなら、数千名の童男童女を集めるまでの時間と、あるいは船を用意するまでの時間を、琅邪で辛抱強くいつまでも待て、というのか？　斎戒は、彼らや彼女たちを送り出す直前に行なうのでなければ、効果がないからである。

たしかに、不老長寿の「仙丹」と聞けば、中国人なら、とびつかない者はいない。仙人に会って直接に、その手解《てほど》きが受けられるとあらば、なおさらのことだ。始皇帝が、それに興味を抱いたのは、もとより当然である。

惨めな暮しをしている時でさえも、人間は死にたいとは滅多に思わない。ましてや始皇帝には、生きて行くことの他に、なんとしてでも長生きして、成し遂げなければならない事業と、それを果たす燃えるような使命感があった。

わが沢庵和尚も「死にたくない」と臨終の間際に言ったという。始皇帝も、死にたくなかったのだ。しかし、それは間違いないとしても、だからとてそうもやすやすと、徐福の三百代言に乗ったとは考えられない。

いや、徐福は「童男童女」とは上書して言ったが、「数千名」とは言わなかった。つまり数千名という数は、史家がデッチ上げた数字である。始皇帝の「間抜けさ加減」を吹聴するために創作したのだ。ただし、始皇帝が徐福に、かなり多額の支度金を給ったことは疑いない。

琅邪で休息した始皇帝は南下して江蘇省の彭城（徐州）へ、さらに西南へ進み淮水を渡ってそのまま南に向い、湖南省の衡山を通って、南郡に抜け、揚子江で船に乗ったが、湘山の祠に至り、大風に逢って、遡ることが出来なかった。それは、湘山の祠に祀られた神（湘君）の仕業だと聞いて――始皇帝は不機嫌になる。

「その祠に祀られている湘君とは、どういう神か？」

と同行した博士たちに聞いた。

「太古の堯帝の娘で、舜帝に嫁した娥皇と女英の姉妹でございます」

と博士の一人が答える。

「朕の進路を阻むとは不埒だ」

と始皇帝は怒って、祠のある山の樹木を切り払わせた。山を裸にして、神の霊が祠に宿ることを出来なくさせたのである。

ちなみに、始皇帝が、迷信深いという伝聞は、この事実からだけでも、誤りであることは明らかだ。仙人に憧れ、仙薬を欲しがることは、迷信とは何の関係もない。

人間は、そのそれぞれの「魂の位」の高さによって、死後、鬼か神となるが、ずば抜けて優れた人間は、不老不死を遂げて、仙人となる。そして鬼の社会は「鬼界」で、神の社会は「神界」、仙人の社会は「仙界」と呼ばれたが、伝統的に「鬼界」の上に「神界」があり、神界の上に「仙界」が存在する――と信じられてきた。

つまり仙人は、神さまよりも序列が上である。そして仙人は人間の「OB」であり、人間は仙人となり得る「可能性」によって、神さまよりも偉い。だから始皇帝が、悪さをした湘君祠周辺の樹木を切り払わせて、言わば、その「庭を焼き払う」懲罰を与えたのは正当であった。神といえども朕に逆らうことは恕さない、というわけである。

果たして山の樹木を切り払うと大風は止み、始皇帝の行列は武関を通って、咸陽に帰着した。武関は咸陽のある関中盆地の南の玄関である。

功を石に刻みて貽《のこ》す

始皇帝二十九年、始皇帝は属車三十六乗を随えて、再び東へ巡遊した。属車の数が少ないのは、巡遊もこれで三度目の事とて旅慣れて、それまでの七十二乗を半分に減らしたのである。

最初の隴西へは軍事視察、というより敵情偵察を兼ねていたから、属車ばかりか、背後に軍隊を随えていた。二度目は泰山での「封禅」と、威容を誇示する必要があったから、大勢の幕僚——武城侯の王離《おうり》、通武侯の王賁《おうほん》、建成侯の趙亥《ちょうがい》、武信侯の馮毋択《ふうむたく》らの列侯や倫侯と、丞相の隗林《かいりん》、同じく丞相の王綰《おうわん》に、卿の李斯と王戊《おうぼう》、五大夫の趙嬰《ちょうえい》と楊樛《ようきゅう》を同行させたことで、いやでも属車の数は増える。

今度はその必要がなかったのと、さらにそうすると咸陽の朝廷で政務が滞るからであった。もろちん皇帝の巡遊も——物見遊山ではなくて——重要な政務の一環であることは言うまでもない。

中国の天下は、それこそ広大無辺である。時代が変わって政治も革《あらた》まった。封建制は消えて帝国が生まれたことを、実感出来ない人たちも多くいたに相違ない。

つまり人心の一新を図るためにも皇帝の巡遊は必要であった。皇帝の行列を見れば、いやでも人々は時代が変わったことを悟る。それに「立石《りっせき》」すなわち辞を石に刻んで立てることは、極めて重要で効果的な広報活動であった。いや、なにより具体的に、皇帝が現場にいなければ遂行し得ない重大な政策もある。

——堕壊城郭、決通川防、夷去険阻——

が、それであった。堕壊城郭とは、城壁を堕《くず》（崩）し壊すことである。叛乱軍の立て籠る恐れのある城を取り壊そうというわけだが、それは城民の抵抗が大きいから、皇帝の権威をもってするのでなければ、到底、地方官の手には負えない。

決通川防とは、塞がった川の流れを通したり、決潰した堤防を修復したりすることである。この場合も、それが複数の郡に跨《また》る大規模な工事であれば、皇帝の指令がない限り手が着けられず、手を着けたところで順調には捗らない。

夷去険阻とは、険阻な道を夷《たいら》（平）かにすることだが、この場合もまた同様である。

そういう必要もあって、始皇帝は頻繁に巡遊を行なった。つまり休む間もなく重要な政務の遂行に没頭していたのである。

しかも、これは巡遊をしていた間に限られていたわけではなかった。

――天下之事、無小大皆決於上、上至以衡石量書、日夜有呈、不中呈不得休息――天下の事は大小に拘らずお上（皇帝）が決めるために、すべての奏書を自分で決裁せねば気が済まず、その奏書を秤にかけて、昼と夜に見る量を二等分し、それを見終えるまでは休まなかった――ほどに休む間もなく一生懸命に、咸陽の宮殿にいる時も、政務に励んだものである。

もっとも、この始皇帝が政務に勤勉だったという正史の記録は――それほどまでに権勢欲が強かった（貪於権勢至如此）と非難を込めて結ばれており、いかにも皇帝の働き過ぎは怪しからんとばかりに謗《そし》っているが、もちろん始皇帝自身は、決してそうだとは思わなかった。

その証拠に彼は、自分がどれほど政務に勉励しているかを、堂々と胸を張って、巡遊の時の「立石」の辞に刻み込ませている。始皇帝二十八年の嶧山における立石には――皇帝は聖明にして「政務を懈《おこた》らず（不懈於治）早朝に起きては深夜に至るまで（夙興夜寝）働き通している――と刻み込ませた。

同年の琅邪山における立石では——皇帝は人民が本業に勤労するを功《いさお》となし（皇帝之功勤労本事）民を憂恤《ゆうじゅつ》して、朝から夜まで片時も政務を懈ることなく（朝夕不懈治）嫌疑がかかっただけで証拠のない民を罰することがないように法を見定めて（除疑定法）きた——と辞を刻み込ませたものである。

——朕も宸襟《しんきん》を砕いて朝早くから夜遅くまで怠ることなく働いているんだぞ。汝ら黔《けん》首《しゅ》（臣民）も本業に励め。皆で一生懸命に働いて立派な国家社会を築いて行こうではないか——

と呼びかけているかのようだ。たしかに、二千二百年を距てた現在でも、それらの立石の辞文を読めば、やる気満々な始皇帝の熱気が伝わって来るし、その時の政治の躍動を感ずることが出来る。

それにしても政府に「広報」の必要があることを思い付き、その広報の手段で「立石」に考え至ったのは、二千二百年前のこととは思えない天才的な発想と知恵であった。そして、琅邪山の立石では——始皇帝の功は歴史的な聖王とされた五帝を蓋《おお》って、その恩沢は人間を超え、牛馬にまで及んだ（功蓋五帝、沢及牛馬）——と謳い上げたが、牛馬はともかく、期せずして後代の史家たちが、その恩恵に与ったのは事実である。

というのは始皇帝に関する正史を含めた史書や解説書の記述が混乱している中で、立石の辞文が唯一絶対の史料として残された——からであった。そして幸いにも、六ヶ所に立てられた立石の辞文を、その気になって丹念に読みさえすれば、ただそれだけでも、始皇帝の治世の全貌を、窺い知ることは出来るからである。

もちろん政府（朝廷）広報だから、政治的な誇張や宣伝的な臭味は免れない。だからそれはそれと承知で加減して読めばすむことだ。昔も今も誇張や宣伝の手法は、本質的には大して変わらないからである。

しかも、それぞれに時間を違えて立てられたそれらの立石から、その時々の重要な政治課題と、施策の跡を読み取ることが出来るのは、いかにも有難いことだ。つまり、それらの立石に刻まれた辞文を読み比べれば、始皇帝の歴史的な偉業が、どのような順序で成し遂げられたかを、知ることが出来るからである。

もちろん立石は、政治広報の役割を担いながらも、形の上では、巡遊に随行した朝臣たちが、皇帝に請うて頌徳の碑を立てる形式を踏んでいた。それゆえに、すべての辞文が共通して冒頭に、天下の統一を成し遂げた始皇帝の歴史的な功業を称えたことは言うまでもない。

そして始皇帝二十八年の泰山と琅邪の立石では、「作制明法」と「以為郡県」を謳うに止めていた。それは天下統一を果たした始皇帝が真っ先に手を着けたのが「法治体制」と「郡県制度」であり、しかもこの年にはすでに、そうした国家の基本的な統治形態が作り上げられていたことを物語る。

天下を統一したのが始皇帝二十六年だったから、法治体制と郡県制度を布くのに、二年余りの時間をかけた。

そして官僚機構と社会制度を作り上げたのは、その翌年のことである。

この始皇帝二十九年に行なわれた再度の東方巡遊で、始皇帝は河南省の陽武県の博浪《はくろう》沙《さ》を通り、山東省の之罘山に登って立石した。その立石の辞文で、官僚機構と社会制度を作り上げた旨を謳っている。

——作立大義、昭設備器、咸有章旗、職臣遵分、各知所行、事無嫌疑——

作立大義とは、大義を作り立てることだが、しかし大義を儒学的な「大義名分」の大義だと解すれば、下に続く句と辻褄が合わなくなって混乱を起こす。つまり「韓非子」の解釈に従わなければ意味を理解することは出来ない。

——義者上下之事、父子貴賤之差、知交朋友之接、親疎内外之分也——

すなわち義とは、上下、貴賤、知交、内外を区別し、あるいは仕切る「けじめ」のことだ、と韓非子は解説した。大とは「上に立つ」または「支配する」ことである。

したがって「作立大義」とは、人々を支配する者（官吏）の相互関係を規定する序列《けじめ》、つまり官場の秩序を作り上げることだ。

昭設備器とは、昭《あきら》かに官吏の部署（設）を定めて、そこへ器量のある者（器）を配置（備）することである。

咸有章旗とは、それぞれの（咸）部署の職責や職務分担を定めた章典（章）や表識（旗）を具える（有）ことだ。

そうすれば、おのおの職にある官吏は、その分に遵い（職臣遵分）、それぞれの行なう所を知って（各知所行）、仕事の上で迷いが起こらず（事無嫌疑）混乱が起こらない——ということである。

儒学的な教養を身に着けた者や、その影響を強く受けた学者たちには極めて難解な字句だが、なんのことはない、要するに機能的な官僚機構を作り上げた——ということである。

そういうわけで、始皇帝は足掛け四年の間に、早くも官僚機構を含めた統治組織を作り上げた。鑑とすべきものがあったわけでは、もとよりない。理論は韓非子に教わったが、マニュアルは授けられていなかった。横溢する才幹がなくては、到底、成し得ないことである。

しかも、それればかりではなく始皇帝は、同時に社会組織をも作り上げていた。

——常職既定、後嗣循業、長承聖治——

と、やはりこの時の立石に刻み込まれた辞文は物語っている。人々は「常職」を定められ、子孫（後嗣）は親の常職を受け継いで、長く聖治に承服することになった——というのだ。

人々に常職を振り当てて、子孫がそれを継承する社会組織を作り上げた、というのは確かにその通りであろう。だが「人々が聖治に承服した」という文字が石に刻み込まれるのを見ながら、始皇帝は内心忸怩《じくじ》たるものがあったかも知れない。

時間はひと月ほど前に遡る。之罘に来る途中の博浪沙で、始皇帝は暗殺者に襲われて、危く命を落とすところであった。

博浪沙に向っていた始皇帝の馬車目掛けて、道脇の崖上から、百二十斤の鉄槌が飛んで来たのである。幸いにも、鉄槌は的を外れて、後方の副車に命中した。副車は撃ち砕かれて、馭者は瀕死の重傷を負っている。

暗殺は未遂に終った。だが、「聖治に承服して」いなかった者が、少なくとも「一人」はいたのである。

「権威」は虚構に支えられて成り立つ。それは絶対の存在でなければならず「絶対の」でなければ権威は、もはや「権威」ではない。「王爺《おうさま》のお尻」に触る者が一人もいないことで、王爺はその権威を持つ。たとえ「一人」でも敢えて尻に触る者がいれば、それは五人でも五十人でも、五十人でも五百人でも同じことだ。

始皇帝が――内心では忸怩たるものを覚えながら、それだけ余計――烈火のように怒ったのは当然である。博浪沙で行列を止めて、十日に亙る大捜査を命じた。

だがそれにも拘らず、暗殺者や容疑者は大捜査網には掛からず、手掛かりすら摑めなかった。それはそのはずで、暗殺者はただの鼠ではなかったからである。

暗殺を企てたのは――後に漢高祖劉邦《りゅうほう》の軍師として漢王朝を築いた元勲――張良であった。すでに亡びた韓国王室の血を引き、祖父の姫開地《きかいち》と父の姫平《きへい》は二代にわたって、前後五代の韓王に宰相として仕えた名門の出身である。それより張良は、生涯弟子を取らなかった韓非子のただ一人の弟子であった。始皇帝も韓非子の「弟子」だと見做せば、張良と始皇帝は同門の「兄弟弟子」ということになる。張良というのは、始皇帝の暗殺を企てるために自ら名乗った偽名である。しかし姓は明らかだが、本名を知る者はおらず、歴史にも伝えられていない。

韓王室の末裔だから、張良は当然に姫姓であった。

韓国が秦国に滅ぼされたのは、この年から十年前のことで、そのとき張良は二十三歳であった。韓非子が殺された——と張良は信じ込んでいた——のは、その前々年である。つまり張良は始皇帝に対して、亡国の怨みと、それ以上に恩師を殺されたという二重の怨恨を抱いていた。

張良は当然に、燕国の太子丹が放った刺客による秦王政の暗殺未遂事件を知っている。それで始皇帝に接近することはまず不可能であろうと考えた。それに暗殺がただの一度で成功するとは甘く考えておらず、それに身元が分かれば一族に累を及ぼすと承知している。

それで彼は、暗殺を企てるに当って、一定の距離から仕掛けることと、失敗しても捕われない——という二つの条件を満たす方法を工夫した。そのために彼は身分を隠し、大金を注ぎ込んで力士を雇い、山中で重さ百二十斤の鉄槌を投げる訓練をしながら、時機の到来を待っていたのである。

そしてついに、そのチャンスを摑んだ。しかし張良のことだから、予め失敗した時の逃げ路と、逃走の方法を周到に考慮していたことは言うまでもない。始皇帝が張った大捜査網に掛からなかったのは当然である。

しかし張良は、この後、予定していた二度目の暗殺を行なわなかった。臆したのでもなければ、自ら心境を変えたわけでもない。確認の術のない伝説だが——あの尉繚子が、博浪沙における始皇帝暗殺未遂事件を企てたのが張良であることに気付き、断念を説得したからである。

——嬴政という男と、始皇帝という皇帝は、別個な存在だ。わが輩も嬴政という男は人間的に嫌いだが、始皇帝という皇帝には、支配者として敬意を表している。たしかに、自分を万能だと信じている思い上がりや、他人を眼中にも入れない傲慢さは鼻持ちがならず、その唯我独尊は赦せない。

だが彼は、その卑らしいほどの強烈な個性によって歴史的な変革を成し遂げ、その憎ったらしいほどの才能によって、偉大な変革を定着させて来た。

いや、彼の成し遂げた偉大な業績は、必ずしも正当に評価されてはおらず、彼が定着させようと頑張っている歴史的な壮挙も、すべての人たちから肯定されているわけではない。つまり、われわれの目の前で行なわれた正当で偉大な歴史の変革は、ようやくにして定着したが、まだ大地に根を伸ばしたわけではないのだ。

彼は懸命に、それを根付かせようと頑張っている。しかしその仕事は、その強烈な個性と卓抜な才能がなくては出来ず、余人をもって彼に替えることは出来ない。彼には、もっともっと長生きして貰わねば困る。

それに、貴君の師はわが友であった。その死を悼む気持は同じだ。だが、貴君の恩師が始皇帝に殺されたというのは、誤った伝聞である。わが輩はその現場にいた。その死を悲しむより、師の理想が曲がりなりにも始皇帝によって実現されたことを、むしろ多とすべきではないか。

ともあれ、大事な時の大事な男だ。その始皇帝を殺そうなどと考えてはいけない——と尉繚子は張良を諭した。殊更に、祖国の韓国を滅ぼされた恨みを忘れよと言わなかったのは、天下の統一が歴史の流れであるならば、それは問題にすべきではなく、それを張良は初めから分かっていたはずだ——と考えたからであろう。

もちろん始皇帝が、博浪沙で自分の命を狙った刺客が、韓非子と縁のある者だと知るわけはない。そして之罘山で立石すると琅邪へ回り、山西省の上党を経て、咸陽に帰還した。

之罘山での立石から二年おいて始皇帝三十二年、始皇帝は河北省へ通算四度目の巡遊を行なって碣石《けつせき》に至り、碣石山に登って五つ目の立石をした。

碣石山は特立した岩山で、その入口に大きな石門があったから——正確には立石したのではなくて、その石門に辞文を刻み込んだ。

先に触れた——「堕壊城郭、決通川防、夷去険阻——は、この碣石山の山門に刻んだ辞文の中に見える文字である。その後に——「地勢既定、黎庶無繇」が続く。

地勢既定とは、そのようにして城壁を壊したり、堤防を築いて川を通し、険路を広げたり平らかにしたりして、環境が好転したということである。

黎庶無繇とは、人民（黎庶）に徭役無しという意味で、地勢が定まったから、今後は人民に徭役を課さない――ということだ。

ところで――この人民に徭役を課さないという「黎庶無繇」の四文字は、始皇帝の治世を知る上で、最も重要な関鍵となる言葉である。

石に刻んだ文字は消せず、皇帝が見え透いたウソを公然とつくわけにはいかない。見え透いたウソというのは、現実に徭役を課したかどうかは、誰にでも分かる事だからである。したがって始皇帝がそう決心し、しかも現実にそれを実行する気がなければ、あだやおろそかには公約したり、諾言したりすることの出来ない事であった。

つまり始皇帝は本気で、人民に徭役を課さないことを、天下に公約したのである。そして事実、碣石山の石門に「黎庶無繇」を刻み込んでから後は、徭役を課さなかった。

しかしそれは、後代の人たちには――始皇帝に偏見のない人たちを含めて――俄かには信じがたい事であろう。なぜならこの後にも長城の補修や道路の整備、辺境の開発や、あの悪名高い阿房宮や驪山《りざん》の始皇帝陵の大造営が行なわれたからである。

そして、それらの土木や造営の工事で、数十数百万の人民を苦役に駆り立てたことこそが、始皇帝の「暴君」たる所以であると宣揚され、そして現在にまで伝えられて来た。

それらの土木や造営の工事が行なわれたのは事実であり、その工事で労働強制がなされたのもまた紛れもない事実である。

だが——もう一つの事実を見落としてはならない。つまり、強制労働や苦役に駆り出されたのは、いわゆる黎庶ではなかった。

それは正史の記録に目を通せば、自ら明らかなことである。

——三十三年、発諸嘗逋亡人、贅壻、賈人、略取陸梁地、為桂林、象郡、南海、以適遣戍。徙謫、実之初県。

三十四年、適治獄吏不直者、築長城及南越地。

三十五年、隠宮徒刑者七十余万人、乃分作阿房宮、或作麗山（驪山）——

始皇帝三十三年には、嘗《かつ》て兵役や納税を怠って逃亡罪を犯した罪人（逋亡人）と、妻子とともに義父の家に寄食する怠け者（贅壻《ぜいせい》）や正業（農耕）に就かず物を売り歩いて利を得る不用の民（賈人）を徴発して墾植隊を編成し、嶺南地方（陸梁地）を略取して入植させた。

そしていまの広西省を桂林郡、広東省を南海郡、その両郡からはみ出した広東、広西の地と安南の一部を合わせて象郡となし、その三郡へ流刑者（適）を送って、警備（戍）に当らせた。

さらに、新しく設けた県（実之初県）へも同様に、流罪者を移住させて、警備と開墾に当らせた——のである。

そして始皇帝三十四年には、獄吏や獄掾（監獄の小役人）で、法を枉げて不正を働いた者（不直者）を流刑に処して、長城を築く苦役や、南越（嶺南）地方の警備や開墾に当らせた——

という次第であった。やはり、苦役や強制労働に駆り出されたのは、罪人と不用の民であって、いわゆる人民ではなかったのである。

立石の辞文に嘘偽りはなく、始皇帝は碣石山の石門に刻んだ「黎庶無繇」の諾言を、確実に履行していたのだ。

始皇帝が人民を無用な苦役に駆り立てて、残忍に酷使したというのは、明らかに誤聞で、またそれゆえに始皇帝が暴君だったというのは、紛れもない冤枉《えんおう》（ぬれぎぬ）である。

いや、単なる誤聞や冤枉ではなくて、質の悪い中傷誹謗が横行した時代もあった。しかもそれが、巧妙な「作り話」によって、広範に流布されたことが、始皇帝は「悪党」というイメージを、一般社会の底辺にまで植え付けたのである。

——孟姜女、哭倒万里長城——

と題された歌と芝居がそれであった。歌詞やドラマの筋は極めて単純で——孟姜女《もうきょうじょ》なる女性が、長城を築く苦役の過労と病気で死んだ夫の死体を引き取る時に、断腸の思いでさめざめと泣き、その涙で長城が崩れた。長城が崩れるほどに涙を流して泣いた——という物語である。

その芝居は、一体に「皇帝嫌い」な中国社会で面白がられて、方々の小屋にかけられ、その歌は「孟姜女万里の長城を泣き崩す」という題の面白さによって――戦前の中国人なら歌えない者はいなかったほどに――中国社会を風靡した。

もちろん、かなり後代に作られたもので脚本家や作詞作曲者は不明だが、どうやら彼らは古典もロクに読めず、歴史的な常識にすら欠けていたようである。その証拠に、彼らは主役の女性に「まともな」名前をつけることさえ知らなかった。

「孟」というのは明らかに苗字であるから、それが「毛」であろうと「蔣」であろうと一向に差し支えはない。しかし「姜」は「女」という意味である。だから主役の名は当然に「孟姜」または「孟女」とすべきであった。しかも古代では、結婚した女が夫の姓を重ねる慣習はなかったのだから、始皇帝と同時代に「孟姜女」と呼ばれる女性は存在し得ない。つまり中身は面白いが、とんだ「お粗末」な傑作である。妙なトチリ方をしたものだ。意外に「作り話」はむずかしいものである。

さて、碣石山の「立石」をもって、始皇帝は政府の広報活動に一段落をつけたのか、その後数年の間、どこにも石を立てなかった。そして装いを新たにして、浙江省の会稽山に、通算五度目にして最後の立石をしたのは、始皇帝三十七年である。

装いを新たにしたというのは、この時の立石の辞文に初めて具体的な政策を刻み、しかもそれが、純粋に政治的であるよりはむしろ社会的な、取り分け夫婦や家庭を中心とする社会風俗に重心を移していたからである。

皇帝休烈——皇帝の功徳は輝（休）かしくして
平一宇内——宇内を平定統一せし
徳恵修長——徳と恵みは長久永遠なり。
卅有七年——時あたかも即位して三十七年
親巡天下——親しく天下を巡遊して
周覧遠方——遠方を周覧す。
遂登会稽——ここ会稽の山に登りて
宣省習俗——習俗を省察するに
黔首斎荘——黔首《じんみんひと》斎しく盛んにして豊（荘）なり。
群臣誦功——群臣は皇帝の功徳を誦《たた》え
本原事迹——その功徳の根源を究めて
追首高明——それを皇帝の高明に帰す。
秦聖臨国——秦王朝の皇帝、国に臨むや
始定刑名——始めて法治（刑名）を定め
顕陳旧章——秦律（旧章）を普《あまね》く顕《あきら》かに布く。
初平法式——初めに制度（法）と規範（式）を整（平）えて
審別職任——百官の職掌と任務を審《つまびらか》に別《わか》ち
以立恒常——以て不易の体制（恒常）を立てたり。

六王専倍——かの六国の王、専横にして理に倍《そむ》き
貪戻傲猛——貪婪凶戻《どんらんきょうれい》にして傲慢猛悍《ごうまんもうかん》
率衆自彊——衆を率いて自ら彊《つよ》がるのみ。
暴虐恣行——暴虐なる行ないを恣《ほしいまま》にしながら
負力而驕——力を恃《たの》み（負）て驕り高ぶり
数動甲兵——しばしば兵を動かす。
陰通間使——陰《ひそ》かに間者密使を通わせ
以事合従——以て合従（討秦連盟）を事となすは
行為辟方——その行ない為すこと方《まさ》に辟《よこしま》なり。
内飾詐謀——内にありては詐謀を飾り
外来侵辺——外に来《いで》なば辺境を侵して
遂起禍殃——遂に禍殃《かおう》を天下に及ぼす。
義威誅之——ゆえに義と威にて之を誅し
殄熄暴悖——その暴虐背理を絶（殄熄《てんそく》）やして
乱賊滅亡——乱賊を撃ち滅ぼしたり。
聖徳広密——皇帝の聖徳は広大周密にして
六合之中——天下の衆生もろともに
被沢無疆——その恩沢を被ること限りなし。

皇帝幷宇――皇帝が宇内を併合して
兼聴万事――政事万般を合わせ聞きたれば
遠近畢清――遠近畢《ことごと》く清らかに治まれり。
運理群物――すべて（群物）に理を運《めぐ》らせて
考験事実――事実であると否とを験《しらべ》れば
各載其名――各《おのおの》の理非曲直の機《からくり》（名）を知り（載）得べし。
貴賤並通――貴賤それぞれの意見を合わせ聞きて
善否陳前――善否を面前にて陳《の》べさせれば
靡有隠情――なんぞ隠し立て（隠情）すること能うべきか。
飾省宣義――省《あやまち》を飾りて義を宣《のたま》い
有子而嫁――子女ありてなお再び他家に嫁ぐは
倍死不貞――亡夫に倍《そむ》きて不貞なり。
防隔内外――内と外の分際を防《かぎ》らせて
禁止淫泆――淫逸に走るを禁ずれば
男女絜誠――男女ともに誠となり、潔《いさぎよし》と化す。
夫為寄豭――夫にして種付け豚（豭《か》）の如き行ないありて
殺之無罪――妻これを殺すとも罪を問わざることとせば
男秉義程――世の男どもなんぞ義《けじめ》の程を秉《まも》らざることのあるべきか。

妻為逃嫁――妻でありながら、逃げて他家に嫁げる者をして
子不得母――その産みし子女の母となることを得ざると定むれば
咸化廉清――風俗ことごとく（咸《みな》）廉潔清純と化す。
大治濯俗――然り、大いなる治世は汚俗を洗い（濯）清め
天下承風――天下に雅風を承《うけたまわ》らしめて
蒙被休経――民草に幸せなる（休）陶冶（経）を蒙らせるものなり。
皆遵度軌――皆の者、法度と規範に遵《したが》いて
和安敦勉――安寧和合に敦《あつ》く勉むれば
莫不順令――歳時節合に順《したが》わざるなし。
黔首脩潔――人民それぞれに法規の度《めもり》（潔）修め覚えなば
人楽同則――われひと諸共《もろとも》に規則の等しきを楽しみて
嘉保太平――太平を嘉《よろこ》び保つべし。
後敬奉法――後代よろしく（敬）法を奉ずれば
常治無極――世は常に極まりなく治まりて
輿舟不傾――風波の輿《くるま》や舟を傾けることもなし。
従臣誦烈――従臣、ここに皇帝の功烈を誦《たた》えて
請刻此石――此の石を刻むを請いたれば
光垂休銘――ここに偉大なる功業（休）を銘《しる》し、以て栄光を後代に垂れるなり。

この会稽山の立石は正史の記録では始皇帝三十七年の十一月となっているが——当時の正月が十月だったこともあって——あるいは三十六年十一月だったかも知れない。

それはまあどうでもよいことだが、しかし、方々へ種子を付けて歩く男を、その妻が殺しても罪に問わない——とはただならぬことだ。もちろんそれは、当時の社会なかんずく家族の倫理が紊乱していたことを、裏返しに表現していて興味深いが、それにしても、それをすら法律で押さえ込もうとしたところに、法治至上主義に寄せる始皇帝の信念と意気込みの強さや鋭さを窺い知ることが出来る。

それに「運理群物」から「靡有隠情」に至る六句は、明らかに韓非子の——形名参同、衆端参観、以名受事、以事責功——を捩《もじ》った言葉であるが、そこから辞文の起草者が李斯であったことや、始皇帝が韓非子から学んだ政治理論と臣下操縦の技術を実行していた事実を知り得て、まことに興味深い。治世の功より立石の功——と言うべきか。

獅子奮迅

ししふんじん

不直の獄吏

秦国が六国を併呑したというのは、今様に言えば、一つの会社が規模のほぼ同等な六つの会社を、まとめて一度に吸収合併したようなことである。

そして中央集権制を採用したのは、それらの六つの会社の業務を、新しい会社の本社に集中して運営するのと同じことであった。

しかもそれが帝国と呼ばれる政治形態を取ったことは、歴史に前例がなく、まったく新しい経営方式を編み出さなければならない、ということである。

さらに、新しい会社の経営方式と運営のマニュアルを知っていたのは社長だけで、重役たちさえそれをよくは知らず、その上、青写真を描いた最高顧問の就任予定者は、細部を書き込まないままに自殺してしまった。

いや、それだけならまだしもである。経営陣の中には公然と、社長の経営方式に反対する者もいた。つまり重役たちの意志の統一すら出来ていなかったのである。しかし、その絶望的な条件の下で、どうにか新しい会社は経営の基盤を作り上げ、しかもそれを軌道に乗せた。ほとんど奇跡的な成就——と言うべきである。その奇跡的な成就は、類稀なる社長の威風と意気と才幹と、その獅子奮迅の勢いによって達成された。つまり社長が先頭を切る馬車馬のように、猛烈な勢いで突っ走った賜である。

事実、始皇帝は馬車馬のように、一生懸命に働いた。単なる権勢欲では出来ないことである。結果をどう評価するかは別として、彼が自分では、人民のために法の支配する公正な理想国家を築こうと思って頑張ったことは疑いのないところであった。そのためにこそ彼は刻苦勉励している。また、それゆえに彼は自分の一族を王侯にも封ぜず、爵位をすら与えなかった。

それは前代未聞、いや空前絶後のことである。つまり中国三千年史の上で、天子が親族を封ぜず無位無冠の「匹夫」として、庶民の列に加えた者は一人もいなかった。

その意味で彼は史上最も奇特な皇帝であったし、彼自身もまた、自分が「良い皇帝」で、人民の尊崇を受け、敬愛されていたと信じていたのは当然である。

然るに彼は、その三度目の東遊（二十九年）の途中で、博浪沙において刺客に襲われた。まことに心外で、どうにも納得が行かなかったはずである。それ以上に、十日にも及ぶ大捜査網を張らせたにも拘らず、刺客を逮捕することはもとより、その手掛かりをさえ摑めなかった。至近距離から鉄槌の襲撃を受けたのだから、当然に目撃した者はいたはずである。だが、なぜに目撃者は口を閉ざして語らず、捜査に加わった万余の役人は、なにも聞き出せなかったのか？

もちろん始皇帝は、相手が「鬼よりも賢い」と言われた張良であったと知る由もない。それゆえに彼は、皇帝陛下を「尊崇」し「敬愛」していたはずの黎民と、そして、皇帝陛下の「忠実」で「有能」なはずの股肱（役人）に、裏切られたと怒り、それまでにない強烈なショックを受けた。

だが、もとよりショックに打ち沈む始皇帝ではない。

――まだ時間が足りなかったのだ。法治の果実は未だ熟してはおらず、人民はその甘みを知るには到っていない。役人たちも法のまともな執行には慣れていなかったのだ。いまのところは已むを得まい。時間がすべてを解決する――

と考えて気に掛けないことにした。

だが気に掛けまいと思っても、一旦気に掛けたことは、やはり心の隅に蟠《わだかま》る。いかなる天才の始皇帝といえども、心のメカニズムを操作することまでは出来ない。しかしながら、物事を組み直す十分な教養と、その上で考え直す存分な知恵はあった。

――問題は、法治主義それ自体にあるわけではない。めいめいの生命と財産の安全が一定のルールで保証され、なにを為して良く、なにを為してはならないか、という明らかな社会生活の規範があって、一定の社会的な貢献から、一定の社会的報酬を受け取る規則の確立された「法治」が、支配者や役人の恣意によって、思わぬご褒美を貰うこともあれば、いきなり財産を没収されて首まで落とされる危険もあり、同じ事をしても処罰される人もいれば、されない人もいる「人治」よりも優れていることは疑う余地のないところだ。ただし、それはそうしたもろもろの規則や規範やルールを定めた「法」が厳格で公正に執行されていればの話である。そうでなければ法治の「名」はあっても「実」はなく、尻の抜けた法治は人治と変わるところがないから、時間の経過に問題の解決を期待することは出来ない。

そう言えば、かつて韓非に「法治」は、法令を整えることよりも、それを正しく執行することが肝要である、と教えられたことがあった。そして、どのようにすれば、法が正しく執行されているかどうかを知ることが出来るかも教わっている。

君主の目は二つしかない。どれほどムキになっても見える範囲は高が知れている。だから「見る」と思うな。見ずして見える手立てがある。それを彼は、老子の言葉を引きながら「戸を出ずして天下を知り、窓（牖《ゆう》）から窺（闚《うかが》）わずして天道を知る（不出於戸、可以知天下。不闚於牖、可以知天道）」と言った。

なんのことはない。彼の編み出した「支配体制（勢）論」の主要な眼目の一つである。組織機構と職権や職掌を巧みに組み合わせ、法の施行細則を絡み合わせることで、誰がいつどのような法令を、どう執行したかを追跡する仕組のことだ。

なるほどそれが出来れば、戸を出ず窓から窺わずとも、法が正しく執行されているか否かを知ることは出来よう。だが、その韓非はそれを作る手立てを教えずに自殺した。

彼を死に追い詰めなければよかったとは思うが、すでに死んだ以上いたし方ない。しかし「為すなくして為さざるはなし」といった巧妙な手は使えずとも、骨は折れるが「為し得る限りを為す」ことによって、同様な結果を得ることは出来るはずだ。そうするしかない——

と始皇帝は考えた。彼がすべての奏書に目を通すために、奏書を秤に掛けて昼と夜の分に分け、朝早くから夜遅くまで働き通したのは、この時以降のことである。

そして同時に、始皇帝は咸陽の城内と城の周辺へ微行《びこう》することを思い立ち、時間を工面してはそれを実行した。

法の執行が厳正に行なわれていたら、社会は必ず良くなり、人民の表情はきっと明るくなる。法治の効用を彼は深く心に信じていた。それを直に自分の目で確かめよう——

というわけである。

とにかく時の中国で最も忙しい男であり、中国史上でも同様に、最も忙しい皇帝であった。地方巡遊もせねばならず、すべての奏書に目を通さなければならない。その上、微行して社会の雰囲気や人民の表情も確かめなければならなかった。

当然に精神力も体力も、消耗が烈しくなる。だが、自分の築いた帝国を運営出来る者は自分の他にはなく、法治と郡県制度が必ずや収めるであろう輝かしい成果も確と見届けなければならないから、そう簡単に「くたばる」わけには行かない。

しかし、くたばるわけには行かなくても、人間はいつかはくたばる。それと承知で、しかも始皇帝は、自分の築いた帝国を軌道に乗せて、法治主義と中央集権の郡県制度に実った果実が熟れるまでは、決して、くたばるまいと考えた。

それを可能にする方法は——保証付きというわけには行かないが——ただ一つだけ、あるにはある。仙丹を飲み、仙術を身に着けることだ。もっとも仙術の究極は仙丹を作ることだから、単純に、仙丹を飲むことだ、とひと口に言っても意味は同じである。さらに蛇足を加えると、仙術は「神仙術」とも称されるが、この場合の「神《しん》」とは人間の心の奥に宿る「霊力」のことであって、神さまの「神《かみ》」ではない。

道教的な神と仙は同位概念ではなく——中国語の場合は同位概念ではなくても複合概念の名詞を作ることは出来るが——「神仙術」を神さまと仙人の術と解するのは誤りで、神術と仙術は全く異質なものである。

ところで、そう簡単にくたばるわけには行かず、くたばるまいと考えた始皇帝が、仙薬を欲しがったのは当然のことであった。そうでなくても、仙薬を飲んで不老長寿を果たし、仙丹を飲んで不老不死を遂げたいのは、裕福な中国人の普遍的な願望である。ましてや歴史的な使命を果たすために不老長寿を希い、あわよくば不老不死を遂げようと、仙薬や仙丹を欲しがるのは「正当」な要求であった。始皇帝がそれゆえに揶揄される理由はまったくない。

ともあれ博浪沙での張良による暗殺未遂事件は、始皇帝の治世に大きな転機を与えた。

法の執行がより厳しくなり、しかもその対象が、人民に対するよりは、それを執行する政府側の司法関係者、とりわけ獄吏と獄掾《ごくえん》に向けられたのである。

それによって、その後四年ほどの間に、いわゆる「治獄吏」で不直（不正）を働いた者が、少なくも七十万人が逮捕されて流刑に処せられ、強制労働を課せられた。

後世、始皇帝は「法鬼」と罵られたが、それは儒学史家の戯言《ざれごと》で、例えばこの時に七十万を超える「不直の獄吏」が罪に問われて処罰された、という正史の記録は、そのまま、始皇帝が「善政」を布いていたことの見事な証しである。

伝統的に、中国の歴史社会を暗黒にし、陰惨なものと化した元凶は、皇帝の暴挙というより、むしろ司法権を持った行政官の権力濫用と、常軌を逸した貪婪で邪悪な獄吏や獄掾の想像を絶する横虐であった。

だから、不正を働いた獄吏獄掾を厳しく取り締まったこと自体が、すでに紛れもない善政である。しかも、それによって人民をその横虐から免れしめ、さらに、彼らに人民の徭役を肩替わりさせたことによって、人民の課役を免除する恩沢をすら与えた。

他方、博浪沙における暗殺未遂事件は、始皇帝の心境にも微妙な変化を与えているようである。

その時の東遊から咸陽に戻った始皇帝は、珍しく、いや皇帝に即位してから初めて、弱音を吐いた。

君主が腹の中でなにを考えているかを周辺に知られたら、周囲の臣下たちは調子を合わせて、おべんちゃらを言う。それで、なるべく腹の内を明かすなと教えられていたこともあって、始皇帝が臣下と個人的に話し合うことは滅多になかった。

そうでなくても始皇帝は「万能」の皇帝である。弱音を吐くのはそれに似つかわしくなかったし、吐くわけにもいかなかった。未知で行末の不安な新しい帝国の建設が、皇帝自身の満々たる揺るぎない自信に支えられていた、という事情もある。

さらに、そうした公的な場面を離れて、臣下と私語を交わせば、あらぬ臆測を生み、あるいは私語を交わした相手に、皇帝の「内意」を捏造される危険もあった。偶然にもしろ特定の相手と私語を交わす度数が増えれば、偏愛したという偏見を持たれる。

それより現実に、始皇帝には私語を交わすほどの相手はいなかった。いや、いるにはいたが、それとてわずかに蒙氏兄弟の二人だけである。それも兄の蒙恬は兵を率いて、数百キロも離れた北辺に駐屯していた。話したくも声は届かない。

弟の蒙毅は毎日のように身辺にいる。しかし「出則参乗、入則御前」——出掛ける時は馬車に陪乗しており、宮殿では御前に控えていたから、わざわざ場所を改めて私議する必要などなかった。

いや、まったくなかったわけではない。しかし、そういう機会を持てば、蒙毅が妙な讒言をしているのではないか、と朝臣たちに疑惑を持たれる。それで始皇帝は蒙毅の立場を慮って、殊更にそういう機会を作らなかった。つまり、蒙毅とすら私語を交わしたことは、帝位に登ってこの方、絶えてなかったのである。

しかしすべての場合を通じて、最も切実な理由は、要するに忙しいことであった。ただでさえ中央政府の九つの部署と、全国三十六郡から日々に上呈される奏書は山のように積み上げられる。ましてや巡遊で留守の間に溜まった奏書に目を通すのは、寝る時間を削る苛酷な重労働であった。

そのような重労働に耐えて、溜まった奏書を捌《さば》いた後に、欲しいと望むものはただ一つ、寝る時間である。

ところが二十九年の東遊で溜まった奏書を、漸くにして捌いた日の夜中に、蒙毅が帰り支度を整えて宮殿を出ようとしたのを、始皇帝が呼び止めた。

「久かた振りに、一緒に酒を飲もう」

と誘ったのである。始皇帝は決して朝臣とは気安い口の利き方をしなかったが、蒙氏兄弟の場合は例外であった。そして二人にも改まった口調ではなく、気軽に口を利くことを許している。

「はあ、結構でございますなあ」

有難き幸せに存じますと答えるべきところを、蒙毅はそう言ってニッコリした。

「動くのは億劫だ。ここで飲むとしよう」

と始皇帝は酒と肴を運ばせる。

「なあ、この次の巡遊は、いつどこへ行けばよいと思うか？」

と始皇帝が不意に聞いた。蒙毅は質問の意味を弁えている。

「当分、どこへも巡遊なさらずに、お休みになられたら、いかがでございましょう」

「当分とは？」

「少なくとも一年や二年は――」

「そう思うか」

「はい、差し支えはないと存じます」

「しかし、天から鉄の塊が降って来るのが怖くて――と思われては心外じゃで、のう」

と始皇帝は表現を裏返しにして弱音を吐いた。かつてなかったことである。

「いや、ああいうタチの悪い冗談は、誰だって怖しいのが当然です。君子危きに近づかず。あんなバカな冗談に付き合ってはいけません」

「なに、本気で恐いと思っているわけではないのじゃぞ」

と始皇帝は言い直した。ここで李斯なら、さしずめ――左様でございますとも――と調子を合わせたところである。しかし蒙毅は構わずに言った。

「いや、本気で恐いとお考えになってください、陛下。ああいう手口を考えるのは気の狂った男か、そうでなければ天才です。それにもし気の狂った男なら、あっさり御用になったはず。痕跡も残さず姿を消した相手ですから、ゆめゆめ油断はなりません。深い考えもなしに匕首を懐に忍び込ませた一万人の男より、じっと考えて奇策を弄ぶ一人の男が恐ろしい存在でございます。なに者かが判明するまで、あえて無視するのは上策ではございません。調子に乗って二度目、三度目を試みるはずです」

「脅すんじゃない」

「滅相もございません。いずれにしてもご用心なさるに如くはない、と申し上げたまでのことです。それに目下のところは、ご巡遊なさる事より、先般お出しになられた『獄吏粛正の詔』を徹底させることを優先させるべきかと存じますが、そうなれば現実にも、巡遊にさく時間はございません」

「まあ、それもそうだ。しかし実はのう、徐福とその一党が渤海沖の三神島に出掛けた首尾も気に掛かるし、督促に出掛けようか、とも考えているのじゃ」

「はあ——」

　と蒙毅は気のない返事をする。

「無駄であろう、と思っているのじゃな?」

　と始皇帝は先回りして言った。

「その判断は小臣には出来かねます。しかし急ぎ促す必要はございません。せっかずとも手に入るときは手に入ります」

「なんだ毅、妙に開き直ったような言いかたをするな。仙薬はなんとしてでも欲しいのじゃ。ただし、必ず手に入るとは思っていない」

「陛下はこれまで欲しいと思われた物を、すべて手に入れて来られました。この場合に限って弱気になられる必要はございません」

「おい、なにが言いたいんだ。なんでも言ってよいぞ」

「ならば申し上げます。陛下は未だ仙薬を必要となさるお年ではございません。普通の人でも大体が還暦を迎えることは出来るので、陛下には、それまでに十数年の時間がございます。仙薬を手に入れるのは、その時でも遅くはございません。いま陛下にご必要なのは、働き過ぎによる過労を、これ以上に重ねてはならないことであって、仙薬ではないと存じます。仙薬の入手を急がれる必要は、まったくございません。時間をかけて手を尽せば、自ら手に入る途はあろうかと存じます」

「さればとて、早めに入手して悪かろうはずはあるまい」

「その通りでございますが、しかし、それが出来れば——のことです」

「あの徐福では望みはない、ということか？」

「忌憚なく申し上げれば、その通りでございます。仙薬はそこらに転がっているわけではなく、人を動員して金をかけたら見つかる、というものではございません。仙薬を手に入れるには、それなりの資格（徳）がいると聞き及んでおります。あの類の道士風情の者の手に届くとは思えません」

「ならば、誰に頼めというのじゃ？」

「それが分かったら苦労はございません」

「では、自ら手に入る途はあろう、と言ったのはどういうことか？」

「確信をもって申し上げたわけではございません。しかし陶朱公が手に入れたというから、きっと途はあると存じます」

「あの越国の宰相だった范蠡だな」

「さようでございます」

「どうして分かった」

「そういう証言がございます」

「証言したのは誰だ？」

「尉繚子でございます」

「うむ、尉繚か。しかし彼は行方不明になったのだぞ」

「実は、それについてご報告申し上げねばと考えていたのですが、機会もなく、つい失念しておりました。それに、それを口にすることには、憚りもあることとて――」

「いや、朕は尉繚に感謝こそすれ怨んでなどいないぞ」

「まことに結構至極に存じます。しかし忌憚があると申し上げたのは、彼が李斯の悪口を言ったからでございます」

「そんなことはどうでもよい。早う言え！」

「もう去年のことですが、尉繚子が上郡に兄を訪ねて来られました。天下が統一されたことを悦んでおられたようで、うむ、始皇帝も思った以上に、なかなかやるじゃないか、と褒めておられたそうです。ならばと、その折に兄が咸陽を訪ねるようにと勧めたのですが、なんとかうまく行っているから、なにも言うことはない。もはや政治に口出しする積りはなく、仙人になる積りだ、と本気で言っておられたそうです。それで彼が仙人になったら、きっと仙薬を分けて貰えるのではないか、と考えました」

「そうか、尉繚なら間違いなく仙人になれる。いや、わざわざならずとも、あの男は仙人のようなものだ。だが、居所を知らないではどうしようもあるまい」

「しかし、また訪ねて来る――と兄に言って帰られたそうです」

「また現われるかな？」

「きっと再び訪ねてくださると思います」

「なぜ分かる？」

「尉繚子と韓非子は、なぜだか、扶蘇殿下をいたく気に入っておられました。その時も、しきりに扶蘇殿下の消息を根掘り葉掘りお聞きになられたとのことでした。あの子はきっといい皇帝になる、と幾度も言われたそうです。だから、君たち兄弟で立派にお輔けするのじゃぞ。ただし、李斯と趙高には気を付けよ。李斯に大事を任せてはならん。趙高は危険だから近づけるな――と念を押されたそうです」

「そうであろう。あのころから天衣無縫で、言いにくいことを平気で言ったし、それでいて憎めない先生じゃった」

と始皇帝は、久し振りに懐しく尉繚子を想い出す。そう言えば、犯罪者にただ飯を食わせるな。使役に使え――と教えたのは尉繚子であった。

結論が出たところで蒙毅は辞して宮殿を出る。すでに夜は明けて、木々の梢に小鳥が囀《さえず》っていた。

邸に帰り着いた蒙毅は、そのまま床に潜り込んで眠りこける。その日は、出仕に及ばずと言われていたから、ずっと翌朝まで眠り続ける積りでいた。時にはたっぷり眠らなければ身体が持たない。

ところが、日が暮れると間なく、登殿せよとの使いが来た。滅多にないことである。いや、日暮れ前に帰宅したことなど、ほとんどなかったのだから、それは当然のことだ。なにか異変でも——と蒙毅は慌てて起き出す。急いで登殿すると、始皇帝が待っていた。皇帝の元気な顔を見て、まずは安堵の胸を撫で下ろす。

「これから『暗訪』に出掛ける。着替えは用意させた。すぐ着替えよ」

と始皇帝は無表情に言った。暗訪とは微行のことで、つまりは、お忍びの巡察のことである。

なるほど平服の衛士が四名、背後に控えていた。始皇帝もガウンの下に、平民の服を着ている。蒙毅が着替えるのを待って、宮門を出た。夜気は冷えていたが、寒いというほどではない。

間もなく蘭池の畔に出た。渭水から水を引いた長池である。空に半月が懸かってかなり明るい夜であった。池の向う岸に一団の人影がある。

「盗賊です」

と衛士の一人が言った。

「様子を見て来い。ここは夜間歩行禁止区域だ」

と蒙毅が声を抑えて命ずる。衛士の一人が残って、三人が大股で歩み去った。その後を始皇帝の一行三人が、ゆっくりと追う。

声は聞こえないが、いきなり斬り合いを始めたのが見えた。どうやら敵もプロのようである。

「困ったことだ。まずい！」

と始皇帝が苦々しげに呟く。こうも治安が悪いのか――という嘆息である。その意味を傍の衛士が取り違えた。

「大丈夫でございます。相手は十人ほどですので、ご心配には及びません。あの三人で、三十人ぐらいは簡単に捌けます」

「それはいいが、盗賊たちは、ああいう調子で警邏《けいら》の兵士たちにも、いきなり斬りかかるのか？」

と蒙毅が聞く。

「そんなことはありません。双方とも見て見ぬふりをしてます」

と衛士が答えた。

「うむ、そうであったか。困ったことじゃ」

と始皇帝が再び呟く。そこへ三人の衛士が戻って来た。一瞬にして盗賊を片付けたのである。

翌朝、始皇帝は廷尉に「巡城官」の罪を追及させ、盗賊の一斉捜査を命じた。それが十日の間続く。そして始皇帝の間歇的な夜の微行が始まり、咸陽の治安はそれなりに改善された。始皇帝が微行で盗賊に遭遇しなくなった分だけ、良くなったのである。なぜか盗賊たちは、いや巡城官とその配下は、知るはずのない皇帝の微行予定日を知っていたのだ。

やはり、始皇帝が微行の回数を増やすことの他に、治安を改善する手立てはなかったのである。どうやら役人たちが寄って集《たか》って、始皇帝の命を縮めていたかのようだ。咸陽の夜の治安に関する限り、それは始皇帝と盗賊との闘いではなくて、明らかに、始皇帝と巡城官との綱引きである。

いや伝統的に、中国の「善政」とは、まじめな皇帝と公然たる貪官汚吏との闘いに、たまたま皇帝が勝ちを収めた時に出現する「奇跡」のことであった。

奇跡は、そうやたらに出現しないからこそ奇跡である。つまり、それは皇帝にとって、ほとんど一対全部、あるいは皇帝と数人の幕僚が、集団としての官僚に挑む絶望的な闘いであった。

だから始皇帝以降の「賢い」歴代の皇帝たちは、その絶望的な挑戦を放棄する。それを放棄したことによって、つまりそれだけの理由で、どれほど悪の限りを尽した皇帝でも、官僚胥吏《しょり》にとっては、始皇帝よりも「良い皇帝」であった。

言うまでもなく、それらの官僚は世論を操作することの出来た知識階級で、胥吏ですらも、それを社会に伝播する力量を備えたエリートである。さらに、それらの官僚が体質的に「法治」には馴染めず、いや、嫌悪すらしたことが、始皇帝にとってはとんだ不幸であった。

それより、最大の不幸は、それらの官僚たちが、主義として法治とは相容れることのない、儒教の学徒だったことである。

それでも秦代と漢代の初期は、官場における儒徒は少数派だったから、まあまあよかった。しかしやがて、彼らは多数派となり、さらに宋代と、それ以降の官場は、彼らの独壇場と化す。

その過程で、道統（儒教の伝統）の継承をモットーとする彼らによって、始皇帝は赦すべからざる「悪い皇帝」だというイメージが脹らまされ、ついに――史上最大の「暴君」となった。

しかし考えてみれば、それは至極当然のことである。そもそも、彼らは蓄財蓄妾がしたくて官途に就いた。そして昔も今も、「不直の獄吏」は、そのための有効な露払いで、有能な尖兵である。つまり不直の獄吏が存在しなければ、彼は荒稼ぎの端緒を摑めない。

然るに始皇帝は不埒にも、いや「横暴」にも、その「不直の獄吏」を、短い期間にまとめて七十万人も捕えて苦役を課した。

その「暴挙」だけでも赦せない。ましてや皇帝たる者が、夜中に宮殿からのこのこ街に現われて、治安状況を「暗訪」するとはなにごとだ。品格に欠けるにもほどがあろう――と彼らは怒る。いや、とにかく気に食わなかった。

そして「気に食わない男」は、中国的な論理の飛躍で「悪い奴」となる。さらに「悪い奴」は「残忍暴戻な悪党」となり――始皇帝は「暴君」となった。官僚にとっては当然の「論理」だが、始皇帝にはまったく気の毒な話である。

分断分謗《ぼう》

働き過ぎてはいけない。目下のところは、仙薬を手に入れる算段をするより、過労を慎むことだ。実際に仙薬を必要とするのはずっと先のことであるから、焦る必要はない――と蒙毅が諫言したのを始皇帝は、なるほどと理屈の上では納得している。だが、そのままそれを受け入れるには、始皇帝は執念が強すぎて、個性も強すぎた。

過労に気を付けるどころか、不直の獄吏を退治することで心身を擦り減らしながら、さらに暗訪を重ねる始末である。そして一年が経ち（三十二年）、碣石に羨門《せんもん》、高誓《こうせい》と称する二人の仙人がいると聞いて燕人の盧生《ろせい》（方士）を遣わし、韓終《かんじゆう》、侯公《こうこう》、石生《せきせい》という道士が仙薬に類する奇薬の調合が出来ると知って、さっそく調剤を命じた。

いずれも如何わしい。食わせ物だ――と蒙毅は睨んでいる。しかし、かつて始皇帝が「必ず手に入ると信じているわけではないが、なんとしてでも欲しいのじゃ」と言ったのを覚えていただけに、諫止のしようもなかった。

果たして、莫大な経費をせしめたきり、それらの如何わしげな方士からは何の消息もない。催促すると、「海に入った」と称する盧生が、仙薬はまだ入手出来ないでいるが——「秦を滅ぼすは胡」というお告げを頂いた——という「以鬼神事」つまり鬼が神を気取る「出鱈目《ナンセンス》な」しかも関係のない返事を寄越してきた。

「どういう意味じゃろう?」

と始皇帝が蒙毅に聞く。政務以外のことでは、いやその政務ですら滅多に他人の意見を聞かなかったが、あの博浪沙の暗殺未遂事件で弱音を吐いて以来、蒙毅にだけは、かれこれと意見を聞くようになっていた。心から信じている相手には、なにを言われても気に障らないのか、あるいは単に、一度でも自分が自己に課した禁を破れば、後はずるずる——といったことかも知れない。

「まったくの以鬼神事です。なんの意味もありません」

と蒙毅は胡散臭《うさんくさ》い道士に、ある種の怒りを込めて言った。

「なぜそう断定できるのか」

「そう思ったまでの事で、断定したわけではありません」

「ならば、可能性のある事は、一応考えて試みるべきだ。それに——聴不参、則無以責下というではないか」

聴きて参験せざれば、則ち以って臣下を責める無し——とは「韓非子」にある言葉で、誰かが意見を言ったら、それが正しいかどうかを確かめ、あるいは験《しら》べてみよ。そうしなければ、その発言や意見の責任を取らせることが出来ない。それを怠れば、臣下はいい加減なことや、都合のよい勝手な事を言い出す——という意味だ。君主の心得の一つとして説かれた言葉である。

奇しき因縁で韓非子は死んだが「韓非子」は残った。始皇帝が時々その言葉を引用することもあって、いつしか「韓非子」は一部の朝臣や皇室の間で、政治の教本として読まれている。朝廷ではとりわけ李斯と蒙毅が熟読していたし、皇室では長子の扶蘇と末子の胡亥が愛読していた。

「秦を滅ぼすは胡——の胡とはなんじゃ？」

と始皇帝が改めて聞く。

「北狄の胡族の胡と胡亥殿下の胡の他には考えられません」

「それは分かっている。そのいずれかだ」

「その両方だと思います」

と蒙毅は真面目くさって答えた。無意味なことをなぜ取り上げる——と内心ではバカバカしいと思いながら、うんざりしていたが、ふと頭に閃くところがあり、その話に乗ろうと思い付いて、ことさらに真面目くさったのである。

「それでは答えになってはいないぞ」

「いいえ、なっております」

「胡亥が秦室を滅ぼすこともあり得る、というのか？」

「さようでございます。いや正確に言えば、殿下ご自身が、ではございません。あの腰《こし》巾着《ぎんちゃく》が禍いの因になります」

「趙高が、か。まさか?」

「いいえ、あの男、いや半男は危険でございます。なまじ才能があって、胡麻《ごま》擂《す》りに長《た》けた、劣等感の塊のような下司は、奸《かしま》しくて闇雲に権力を欲しがり、そのためには、どのような卑劣な策略をも平然と弄んで、手段を選びません」

「よほど嫌っているのだな」

「はい。蛇蝎のように、いや蛇蝎より以上に嫌いです。しかし嫌いだから申し上げているのではございません。陛下や扶蘇と胡亥両殿下、わけても扶蘇殿下には危険だと思って申し上げたのでございます」

「そうか。そう言えば、尉繚と韓非も似たことを言っていた。のう毅、本気で趙高は危険だと思っているのか?」

「その通りでございます」

「兄の恬《てん》も、同様に趙高をそう見ている、と思うか?」

「勿論でございます」

「安心した。それなら危険はない」

と始皇帝は笑った。蒙毅は一瞬、目を白黒させる。だが、すぐに始皇帝が「韓非子」の説話を借用したことに気付いた。

悪党の使い方に関する短い説話である
——孔子と同時代の男で、孔子とも縁のある陽虎《ようこ》という有能だが「権力盗っ人」の異名で名高い悪党がいた。諸侯や有力な大夫（大臣）に接近しては、立派な働きをして信用させ、政治の枢機に手が届いたところで、その権力を奪うイヤな男である。

その陽虎が、趙国の始祖趙鞅《ちょうおう》（簡子《かんし》）の前に現われた。晋国が趙、韓、魏のいわゆる「三晋」に分裂しかけた時である。独立直前で人材を必要としていた趙簡子は、すぐさま陽虎を家宰に任用した。

名代の権力盗っ人である。当然に家臣たちが、こぞって反対した。

「そうか、汝らも彼が悪党であることを知っていたのか。ならば大丈夫だ。彼を存分に働かせて、われらがじっと監視する。盗む気を起こしたら叩き出せばよい。いや監視されていると知れれば、盗む気を起こさないだろう」

と趙簡子が言った。果たして陽虎は懸命に働き、趙家の勢力を伸ばす。しかし盗心を起こさなかった——

という説話である。臣下が叛《そむ》かないことを期待するな。叛けない備えが肝心だ、ということを補足するための説話である。

「しかし、陽虎の場合は趙高と違います。陽虎は政務に携わっていたから、容易に監視することが出来ました。しかし趙高は後宮にいるから、朝臣たちの目が届きません。陛下の目が光っているとは言っても、ああいう男のことだから魔が差すこともあります。

それにもし扶蘇殿下に悪さをする時は、一瞬のことでしょうから、気が付いた時はすでに手後れで、その罪を問うたからとて、取り返しはつきません」

「それはちと大袈裟だ。そうまで深刻に考えることはあるまい。しかし言おうとしている意味は分かった。扶蘇を『監軍』という形で上郡に遣わすことにしよう」

上郡は蒙恬軍の駐屯地である。

「それにいい機会だ。扶蘇には軟弱なところがある。ちょうど蒙恬軍に霊州、夏州、勝州一帯の黄河以南の地を、胡族から略取させようと考えていたところだ。胡族との戦いを経験させよう。それによって北辺の守りがどれだけ大変であるかを悟らせることも出来ようから、恬には個人的に、太子だからとて甘やかすなと朕が言っていたと――伝えておけ」

と始皇帝が言った。蒙毅は前々から、趙高が扶蘇を暗殺するのではないか、と密かに心配していたのである。

思惑どおりに事が運んで、蒙毅は肩の荷を下ろしたようにホッとした。そして始皇帝がその気になったのは、あるいは扶蘇を上郡に駐留させれば、それを知って尉繚子が訪ねて来る、という計算もあったのかも知れない、と臆測する。

そう思えば、なるほど始皇帝はこの時、ことのほかに機嫌がよかった。ならばと蒙毅は、やはり前々から進言したいと考えていたことを、思い切って口にする。

「実は、余計な口出しで恐れ入りますが、扶蘇殿下のことで、お願いがございます」

「なんだ」

「殿下は、ご自分で陛下に嫌われているのではないか、と誤解しておられます。それで、実は――」

「待て、お前にそう言ったのだな」

「いいえ、滅相もございません。小臣が勝手に、そう推測したのでございます」

「嘘を言うな！」

「まことでございます」

「黙れ！」

と始皇帝は言葉を荒らげた。不意に始皇帝が怒り出したことで、蒙毅はどぎまぎする。しかし声を荒らげながら、それほど怒ったような様子ではなかった。それでも、それまでの和気は消えて、雰囲気が険しくなる。しばらく沈黙が続いた。

蒙毅と始皇帝との関係は、昨日今日に始まったことではない。怒った直後に言葉を続けないのは、本気で怒ったのではなくて、始皇帝の心が動揺しているからである、と蒙毅は知っていた。軽く詫びればすむことである。

「申し訳ございません」

「いいんだ」

と始皇帝は、機嫌を直す。

「のう毅、韓非子を読んでいるから分かっていよう。臣として君に仕えるのも難儀なことだが、君として臣に臨むのは、もっともっと大変なことだぞ」

「ご推察申し上げます」

「いいか、毅。お前に対してですら、朕が胸を開いたのは、つい最近のことだぞ。そなたを卿と公式の呼称で呼ばず、毅と名で呼び、お前と気軽に呼びかけたりするようになったのは、もっと最近のことだ」

「恐れ入ります」

「それを扶蘇は、絶対に口にしてはならないことを、いとも簡単に、お前だからまだよかったが、打ち明けた」

「いいえ――」

「弁護せずともよい。分かっているんだ。どういう表現だったかは、どうでもよいことで、とにかく、それと分かるように、あるいは、そう取られるような口の利き方か、少なくとも素振りを示したのだ」

「それは、その――」

「いいから黙って聞け。要するに立派な大人が、いまだに、すべての事を一身に引き受ける覚悟もしていなければ、その決意すらしていないのじゃ」

「――」

「そういう覚悟と決心さえすれば、最後に頼るのは自分自身で、責任を取るのも自分であるから、誰にも甘えてはならないことに気付く。やたらに本心をさらけ出すべきではないと悟る。朕は、教えを受けた尉繚や韓非にも、いや、子供の頃から、親身に愛してくれた蔡沢にすらも、本心を打ち明けたこともなければ、悩みを訴えたことすらなかった」

「――――」

「そう言えば、そうだ。話は逸れるが、蔡沢は十年ほど前に、燕国へ使いに出たまま帰って来ない。どうせ逃げたのであろうが、どうしているだろう。消息を知らないか？」

「はい。なんでも、尉繚子には連絡があるとかで、お達者のようでございます」

「そうか、それなら結構なことだ」

「連絡をお取りいたしましょうか？」

「いや、会いたくはあるが、お互いに会わない方がよかろう。会えば、跪拝《きはい》させるわけにも行かず、させないわけにも行かない。まだ正式に官を辞したわけではないから、あの先生と顔を合わせるのは厄介だ」

「――――」

「さて毅、考えてもみよ。朕がこの世にいる限り、扶蘇には出番がなく、彼が皇位を継承した時には、朕はすでにこの世にはいない。父親の在世中には相談することなどなく、相談の必要が起こった時には父親はいない、ということだ。だから一切を自分で引き受け、すべての責任を自分が負わなければならない。それで突き放しているのだ。甘い顔を見せたり、優しくしたりすれば、依頼心が生まれる。それが恐いのだ。別に嫌っているわけではない。いや、心から愛している。だが、それを悟らせては彼のためによくないのだ。そうだろ、毅。心を鬼にしなければこの法治帝国を支えることは出来ず、鬼にすることが出来なければ、皇位を継承しても、法治体制を守り続けることは出来ない」

「――」

「その上、父の愛情を感じたら、血を分けた兄弟たちにも愛情を覚える。そうなれば、法を枉《ま》げて、なんらかの特権を与えたくなるのが人情というものだ。だが、朕が彼らに特権を与えなかったように、彼もまた絶対に、身内に特権を与えてはならない。それが法治体制を成り立たせる前提条件だ。そうでなければ、誰も法治主義を信ぜず、法を守ろうとはすまい」

と始皇帝は結んだ。

「小臣、愚かにも陛下が扶蘇殿下を、お世継ぎに決めておられたとは存じ上げませんでしたが、それならば立太子の儀を行なわないまでも、それをご宣告なされば、扶蘇殿下も、先ほど陛下の仰せられた覚悟や決心を固められるのに役立つのではございませんでしょうか」

と蒙毅が敢えて差し出たことを口にする。

「それは違うぞ、毅。考えが浅い。扶蘇は嫡長子で、嫡子の長男が跡を継ぐのは穆公《ぼくこう》(在位前六六〇―六二一)以来、確立された秦室の不文律だ。それに扶蘇は兄弟の中では最も出来がよく、朝臣にも人気が高くて、圧倒的に支持者が多い。わざわざ決めておかずとも、彼が後継者となることは、誰の目にも疑いのないところだ」

「その通りでございます。しかし正式にお決めになられても、別に差し支えは――」

「それが、あるのじゃ。権力は一点に集中されているがゆえに貫く、その集中力の強さがすなわち権力の万能を保証する。太子を立てれば、その存在によって多少なりとも、皇帝を核とする集中力が揺らぐ。それに、太子派と非太子派が生まれて、権力闘争を招く。政治批判が、権力闘争の陰に隠れて行なわれ、あるいは、それに紛らせて行なわれる」

「――」

「政治に対する批判は、すなわち皇帝に対する批判である。だから、それはこれまで誰にも出来なかった。だが太子が存在すれば、太子への支持または反対の形を藉《か》りて、巧妙に政治批判すなわち皇帝批判ではないと誤魔化したり、あるいは弁明したりすることが出来る。それらの弊害を封じ込めようと、百慮、千慮の末に太子を立てまい、と決めたのだ」

「浅はかなことを申し上げて、申し訳もございません」

と蒙毅は素直に詫びた。やはり、さすがに全知全能を自任する皇帝だ――と感に打たれる。だが、末尾の言葉には首を傾げた。公然とではないが、すでに皇帝批判は始まっていたからである。

間もなく上郡に駐屯する三十万の蒙恬軍に、北伐の指令が出された。蒙恬は、さっそく作戦準備に取りかかる。蒙毅が兄の蒙恬に、扶蘇の監軍就任を通知し、扶蘇の処遇に対する始皇帝の意向を伝える書信を送ったことは言うまでもない。

蒙恬軍の北伐作戦の準備が完了するのを待って、始皇帝三十三年の春に、扶蘇は上郡へ赴任する。咸陽を離れる前に、朝臣たちの有志による壮行会が行なわれた。

参加者はいずれも扶蘇の熱烈な支持者である。もちろん蒙毅も参加した。なるほど――この面々が、もし扶蘇が太子に立てられていたら、始皇帝の案じていた「太子派」の中核を形成するわけだ、と蒙毅は感を新たにして会席を見廻す。

――ご長男が都城の外へ出る、というのはどういうことだろうね――

と歯に衣を着せたような意見が出た。

――「太子」が監軍に就任した前例はあったっけなあ――

と惚けた事を口にした者もいる。

いずれも表情を抑え、言葉を選んで、表現を慎んではいたが、胸に不満を秘めているのは明らかであった。当然に意気は上がらず、宴会の雰囲気は盛り上がらない。

扶蘇も心なしか、表情が沈んでいた。

「上郡には凄い鹿が大勢いて、それを狩るのは、ここらでは想像も出来ないほど豪快で、楽しいんだそうです。殿下は鹿を獲ることにかけては名手ゆえ、存分にお楽しみくださ い」

と蒙毅は話題を変え、かつは雰囲気を盛り上げようと、兄に聞いた鹿狩りの話を、誇張して見て来たように話す。

一堂に会したのは、いずれも扶蘇を中心とする、いわば仲間である。蒙毅の気遣いに気付いてその話に乗り、次第に宴席は賑やかになった。そして、それぞれが言葉巧みに扶蘇を励ます。漸くにして扶蘇の顔に微笑みが表われ、楽しくも心温まる壮行の会となった。

翌朝、蒙毅は会の様子を始皇帝に報告する。

「愉しい会でございました。しかし扶蘇殿下は、やはり島流しになった、と思っていらっしゃるようでございます」

「扶蘇がそう言ったのか？」

「はい。もちろん小臣にだけ言われたことで皆の前で言われたわけではございません」

「で、お前はなんと言った」

「実は――と申し上げたかったのですが、天機漏らすべからず、鹿狩りの話をいたしました。しかし殿下は鹿狩りよりも、北辺の守りを篤と見ておきたいと申され、蒙恬が北《ほく》狄《てき》とどう戦うか、それを見るのを楽しみにしているとも――」

「待て、気持は分かるが作り話はやめよ」

「作り話などと、滅相もございません。言葉は違いますが、確かに、そのような意味のことを――」

「分かった。もうよい。それより、恬に扶蘇を甘やかすな、と念を押せと言い付けたが──」

「はい、疾うに手紙を出しました」

「その手紙に書いたのは、それだけか？」

「もちろんでございます、陛下。いくら兄弟でも陛下のご機密を──」

「早とちりするな。この頃の咸陽の政情を知らせたか、と聞いたのじゃ」

「はあ、それは別便で書きました」

「公式文書では、咸陽の様子は分かるまいし、恬には政情を呑み込ませたがよかろうから、と思っているのじゃ。しかし毅よ。お前に打ち明けたことは、恬に限って教えてもかまわんぞ」

「兄弟ともども、有難き幸せに存じます」

「なに、朕もお前たち兄弟を臣に持ったことを幸せに思っている。本心を打ち明けられる配下がいるのはいいことだ。それより世継ぎのような重大事項は、誰かに本当の事を教えておかないと、具合の悪いこともあろう」

「われら兄弟、命をかけて扶蘇殿下をお護りいたします」

「頼む！」

「勿体ないお言葉でございます。しかし陛下、なぜ急にそのようなことを──」

「年じゃ」

「いいえ、まだまだお年を気になさる必要はございません」

「うむ、どこが悪いわけではないが、このごろ疲れを覚えるようになった」

「それは間違いなく、お働き過ぎでございます。実は前々から心配申し上げていたのですが、ぜひ、ご休息をお取りください」

「出来ないことを言うな。ここで朕が政務で手抜きしたら、どうなるか知っているはずではないか」

「その通りでございますが、さればとて、これ以上玉体の酷使はお控えください」

「どうせよ、というのじゃ」

「李斯を宰相に起用して、政務の一部を肩替わりさせる手がございます」

「うむ、李斯か。しかし重用するな、と言わなかったか？」

「いいえ、そう言ったのは尉繚子と韓非子と蔡沢先生で、小臣ではございません」

「お前は、李斯を重用してもよいと思っているのか」

「いいえ。しかし背に腹は換えられません。それに李斯の場合は、いつか話題になった陽虎の場合のように、監視することが出来ます。それより李斯は有能で、しかも小心翼々としているから、陛下の命に違うことは万に一つもありますまい。根が虎の威を借ることの好きな男だから、目下の急務である獄吏退治をさせるのに、まったくもって、打って付けの人事かと存じます」

「うむ、ならば李斯は客卿で無任所だから、わざわざ人事を動かさずとも、よいではないか」

「そうしますと兼官や併官を禁じた一官一職の法に触れます。そうでなくても、廷尉（司法長官）との競合摩擦が起こり、責任を押し付け合う結果を招いて、うまくゆきません」

「じゃ、李斯を廷尉に戻すか」

「それはなりません。僻《ひが》んで死力を尽さなくなります。廷尉は肥欿《ひけつ》（身入りの多い職場）だから、他の者なら喜ぶでしょうが、李斯は割と清廉だから、有難がりません。それより、李斯を丞相にと申し上げたのは、他にも理由がございます」

「言うてみよ」

「李斯は前々から丞相になりたくて、陛下への口添えを頼むため小臣に接近してきました。しかし小臣が取り合わないので、趙高に接近しております。李斯は有能で権勢欲があり、趙高は術策に長けた権力餓鬼だから、二人が組んだら、それこそ腕利きの調理師に酖毒《ちんどく》を預けたようなもので、それ以上危険なことはございません。その危険の芽を摘むためにも、李斯を宰相に登用すべきかと存じます。そうなれば李斯は、もともと趙高を軽蔑しているから、決して趙高と手を組むことはありますまい」

と蒙毅は言ってひと息入れた。

「で、二つ目の理由は？」

と始皇帝が促す。それに応じて蒙毅が顔を上げる。

「陛下、なにを申し上げても、ご立腹なさらないと、お約束ください」

　と始皇帝の顔を見据えた。始皇帝は神すら逆らうを赦さず、逆らわれるとムキになって必ず懲罰を加える。それが唯一、最大の欠点であった。それと承知で蒙毅は念を押したのである。

「なにをいまさら。しかしよかろう。約束する」

「ならば申し上げます。陛下の暗訪なさる日を巡城官や盗賊たちが確実に知っていたのは通報者がいるからであることは疑いありません。ところがどれほど洗っても通報者が出ないのは間違いなく、上から下まで役人たちが総勢で庇っているからです。皇帝の目は二つしかないが、常に幾百幾千の官吏たちの目で監視されている――と韓非子は言いました」

「その通りだが、この場合は、なんのために？」

「ご暗訪が気に食わなくて、その効果を尻抜けにするためでございます」

「それだけか？」

「そもそも彼らはこぞって、上は卿大夫から下は胥吏に至るまで、法治とその厳格な執行を嫌悪しております。人民は慣れさえすれば、やがて法治を有難がるであろうことは疑いありません。しかし役人たちはいつまでも、おそらく永遠に法治、とりわけ法の厳格な執行に抵抗するでしょう。自由裁量の幅が狭くて威勢が振るえなく、賄賂が取り難くて、収賄すれば身に危険が及ぶからです」

「うむ、さもありなん」

「しかも彼らはそれを悪い事、ましてや犯罪などとは考えず、権利ないしは、苦労して読み書きを覚えた当然の報酬だ、と心得ております。その報酬はなんとしてでも手に入れ、その権利を侵害する相手を、たとえそれが皇帝陛下であっても、決して赦しません」

「赦せないのはこっちだ。バカ者めが――」

と果たして始皇帝はムキになった。

「恐れ入りますが、最後までお聞き下さい。しかしそれは今に始まったことではなく、しかも役人の習性、社会の通俗でもあります。それゆえ、それをなくすことは、いかなる権力をもってしても決して出来ません。非礼の罪を犯して申し上げますが、絶大な権力を手になされた陛下の凜冽たる威風と、横溢する才幹、天に冲する気魄をもって、獅子奮迅なされても、押さえ込むことは出来ないかと存じます」

「なに、絶対に押さえ込んで見せる」

「それを心から望み、且つは天下のため、万民のために、それをお願い申し上げます。どうか、ごゆっくり休養なされて、その方策をお練りください」

「よし、本題に戻れ」

と始皇帝が促した。思ったほどムキになってはいなかったようである。

「そういうわけで法治への嫌悪は、いやでも皇帝への批判に波及いたします。しかし目下のところ彼らが嫌悪しているのは獄吏退治であって、法治そのものには及んでおりません。李斯を登用して獄吏退治をさせれば、彼らが批判や誹謗の鉾先を李斯に向けるのは必然です。それによって、彼らの陣営の一角が崩れるのは言うまでもありません。つまり李斯を宰相に起用することによって、分断と分謗を果たすことが出来ます。それが二つ目の理由に他なりません。しかし最大で最も切実な理由は、それによって陛下が過労から免れることでございます」

と蒙毅は率直に言った。それでもなお控え目な言い方だったが、この時すでに、官僚胥吏がこぞって、反抗の構えを示していたのは紛れもない事実である。

焚書・坑儒

始皇帝三十三年（前二一四）扶蘇が監軍として上郡に到着するとすぐ、蒙恬軍は北伐を開始した。

同時に、罪人と不用の民で組織された墾植部隊が、嶺南地方の略取、開墾、入植を目的とした南征に出陣する。

その直後に、客卿の李斯が丞相に昇進した。丞相に就任した李斯は、廷尉の経験者である。その経験を生かして司法粛正に乗り出した李斯は、見るべき成果を挙げ、多数の獄吏と獄胥や獄掾を捕えて、僻地の警備や長城補修の労役を課した。

南征北伐が成功し、司法粛正が成果を挙げたのを祝って、翌三十四年、始皇帝は咸陽宮で大宴会を催す。表向きはあくまで祝賀会だが、それを催した始皇帝には魂胆があった。

酒を飲ませて勝手なことを言わせる。それによって言論統制、思想統一の端緒を摑もうとの算段であった。意図は李斯に言い含めている。

始皇帝は、蒙毅に陰で言明したように、法治の確立を目指した司法粛正に対する、官僚と胥吏たちの批判と抵抗を、断固として力で押さえ込む積りでいた。言論統制、思想統一はその手始めであり、状況作りである。

果たして宴が始まると「博士」たちが活発に発言し、さまざまな意見が飛び出した。

先陣を承ったのは「僕射《ぼくしゃ》」の周青臣である。ちなみに「博士官」は宗廟の祭祀と儀式を掌る「奉常」に属し、官制によって定員は七十名と定められていた。僕射（郎中令に属する「謁者」にも僕射はいるが、それとは異なる）は歴代の君臣間で取り交わされた誓約文書を入れた金匱《きんき》（金製の箱）を管理する役職である。

「かつて秦の地は千里四方に過ぎず、秦は小さい国でした。それが陛下の聖明によって、海内は平定され、蛮夷は放逐されて、日月の照らす処すべての地方で、服順せざるものとてございません。かつての諸侯の地はいまや郡県となり、人々は安楽に暮して、戦争の煩いとて無く、この安寧を後世に伝えることが出来るようになったのは、上古より及ぶものもなき陛下の威徳の賜でございます」

と僕射の周青臣は言った。始皇帝の功業と威徳を寿《ことほ》いだのである。

ところが、それに対して特定の職掌のない斉国生まれの博士淳于越《じゅんうえつ》が、さっそく異を唱えた。

「その昔、殷と商の王朝は天下に君臨すること千余年に及んだが、それは王室の子弟と功臣を王侯に封じて、その輔翼としたからでございます。然るにいま陛下は、海内を有しながら、皇室の子弟を無冠無爵の匹夫と致しました。仮に、かつての斉国における田常や、晋国における六卿のような政権簒奪者が現われたら、相輔ける身内とてなく、いかがなされますか？　古《いにしえ》に師《なら》わずして長久たり得た例を聞き及んだことはございません。それは正しくない事であるのに、いま青臣は諛《へつら》って陛下を、逆に称えました。それは忠臣の言葉とも思われません」

と淳于越は周青臣の胡麻擂りを非難する。だが言うまでもなく、それは巧妙な、始皇帝への批判であった。周青臣が諛った、と決め付けたのは、始皇帝が「過ち」を犯していたからである。つまり淳于越は、周青臣が胡麻を擂ったと称して始皇帝の過ちを指摘し、周青臣が忠臣でないと断定して始皇帝を批判した。

しかし、これは周青臣と淳于越の掛け合い漫才だったようである。昔も今も中国人は、仲間をそのような形では決して非難せず、非難された側も、決してそのままでは引き退がらない。しかも周青臣は始皇帝の側に立っていたし、始皇帝は目の前にいる。ましてや、僕射だった周青臣の「奉常」部門における地位は、無任所の淳于越よりも高かった。

要するにそれは、仲間を非難する形を藉りた、巧妙な始皇帝批判である。ここで当然に、周青臣の発言に対する賛成と反対に紛らせた始皇帝批判が、賑やかに展開されるところであったが、そうはさせじと李斯が割り込んだ。

いや、細かく言えば、李斯がいきなり割り込んだわけではない。まず始皇帝が鷹揚に、淳于越の発言を、検討するに値するとして、議題に取り上げ、討議にかけよと命じた。どういう発言が飛び出すかを知っていた李斯が、反論の原稿を用意して待ち構えている。そして始皇帝の発言を受けて、真っ先に立ち上がった。

なんのことはない。相手が、「掛け合い」なら、当方は「八百長」というわけである。そう言えば中国の宮廷政治における暗闘は、伝統的に芸が細かかった。蔣氏小王朝下の国民政府においても、まったく同じような調子と手口で「討議」が行なわれていた——と蔣介石の文筆輔佐官を務めた、北大教授の経歴を持つ男の証言を直接に聞かされたことがある。

それはともかく、丞相李斯は得意の弁舌を振るった。

——五帝は互いに重複せず、三代は因襲することもなしに、それぞれの方法で世を治めた。相反することを望んだのではなく、時の異なるに従って、方法を変えたのである。いま陛下は大業を創成され、万世の功業を築かれた。それは愚儒の理解を遥かに超えた偉業である。

越（淳于越）は三代を論じたが、それは法《のっと》るに足りないことだ。かつては諸侯が相争い、遊説の士を招いて厚く遇したが、天下はすでに統一されている。法令はすべて一途から出るようになった。百姓はそれぞれに一家をなして農工に励み、士は法令を学んで禁を避けるべきである。然るに読書（知識）階級は、今を師とせず古を学んで、当世を非となし、人民を惑乱させて来た。

それぞれに自説をなして、法令の学習を怠り、法令が下るや自説で批判して、朝廷ではそれを口にせず、出でては巷で異を立てる。勝手な主張を誇って名を上げ、異を立てるをもって高邁となし、多くの門下を率いて誹謗するようになった。かくの如き状態を放置すれば、上では君主の勢威が地に堕ち、下では党派が蔓《はびこ》るによって、宜しく禁ずべきである。

よって丞相、臣斯、謹んで提議いたします。

(1)史官の蔵する秦史以下の史書はそれを焼き捨てる。

(2)博士官の所蔵するものを除き、天下に私蔵されている詩経、書経、諸子百家の書を所轄官署に提出せしめて焼き払う。

(3)敢えて詩書を論じ合う者は死罪に処し、死刑の執行を公開する。

(4)古代の政道に根差して現在の政治を批判する者は族誅（一族皆殺し）に処す。

(5)官吏にして、それらの犯罪事実を知りながら、しかも故意に見逃したる者は同罪とする。

(6)令を発してから三十日の間に、禁書を焼却せざりし者は、額に入れ墨を施して

は、官吏を師として学ぶ——
(7)医薬、卜筮《ぼくぜい》（占い）、植樹（農業）の書は焼却の対象から外す。法令を学習する者
（黥《げい》）築城の使役（城旦）を課す。

と李斯は、淳于越に反論しながら献議したのである。

始皇帝は、すかさず「可《よろしい》」と裁可した。それで「討議」は打ち切られ、宴はお開きとなる。鮮やかな作戦であった。まず始皇帝が、宴会を討議の場——朝廷にすり換える。李斯が討議でいきなり法案を出す。それを始皇帝が可決する。それによって李斯の献議は、そのまま法と化し令となった。

かくて、禁書が集められて焼かれる。歴史に悪名の高い——焚書《ふんしょ》が断行された。政治的には、皇帝の権力に挑戦する官僚陣営への逆挑戦、いや皇帝陣営の宣戦布告である。しかし、それで官僚陣営が怖気づいて怯むはずはなく、ましてや泡を食って甲《かぶと》を脱ぐことはあり得ない。

そのようにして、皇帝と官僚との目には見えない権力の綱引きが始まった。

官僚陣営の作戦本部は、結構な給料（六百―千石）を取りながら、普段はやる事もない七十名の博士が所属する「奉常」である。主要な戦力は、博士官の下僚や、その周辺に屯する一群の官吏予備軍——すなわち「諸生」であった。

ちなみに、時として博士を含めた読書階級が、一般に諸生と呼ばれることもある。さ

らに広義では、方士や道士をも含めて諸生と称されることもあったが、いわゆる文学的な表現であるから、特に定義があるわけではない。

なお、細かく言えば方士と道士の場合もまた——道教的な用語では、方士は巷の宗教や医療に関わる呪術師で、道士は道術（仙術）修業中の行者という区別はあるが——一般では敢えて言い分けることもなく、方士すなわち道士とされている。

そして方士こそは、この場合、官僚陣営の重要な諜報謀略を担う戦力であった。始皇帝の切なる仙薬欲求でさらけ出した「弱み」に付け入る戦略を、一身に引き受けた尖兵である。

果たして、それらの尖兵はそれなりに、期待された成果を挙げた。しかし、官僚陣営がその戦力に方士を動員したことと、その威力が誇張されたことで、この時代に行なわれた「権力の綱引き」の実態に対する、後代史家の認識や理解は大きく混乱させられた。

それは、この時期に関する正史の叙述を読めば明らかである。とりわけ始皇帝三十五年の記述は、歴史的な事実の記録というより、世の祖母が孫に語り聞かせる「歴史童話」の趣があった。

始皇帝と盧生の対話として記録されている部分は、その見事な典型である。

——盧生説始皇曰、臣等求芝奇薬、仙者常弗遇、類物有害之者。方中、人主時為微行、以辟悪鬼。悪鬼辟、真人至。

人主所居而人臣知之、則害於神。真人者、入水不濡、入火不熱。陵雲気、与天地久長。

今上治天下、未能恬淡。願上所居宮、毋令人知、然後不死之薬、殆可得也。於是始皇曰、吾慕真人、自謂真人、不称朕。乃令咸陽之旁、二百里内宮観二百七十、復道甬道相連、帷帳鍾鼓美人充之、各案署、不移徙。行所幸、有言其処者、罪死――

これを普通に訳すと、対話の内容が幼稚に過ぎて、話にもならず大人は面白くもない。だが、おとぎ噺風に訳せば、ちょっとした童話になる。

――（昔々、始皇帝という間抜けな皇帝と、呪いの出来る盧生という方士がいた。盧生は始皇帝に、それを飲むと年寄りにならない仙薬を捜して来い、と命じられたが、いくら捜しても見付からない。それでは皇帝に叱られる。仙薬を捜すために、皇帝のお金をいっぱい使ってしまったからだ。それで盧生は咸陽のお城に戻って言い訳をする。いや、間抜けな皇帝を騙すことにした。実は、仙薬がそう簡単に見付かるものではない。それを盧生は初めから知っていた。しかし盧生が最初から始皇帝のお金を騙し取るためにウソをついたのかも知れず、あるいは、皇帝に言えない別な理由があったのかも知れない）――

さて、ある日、盧生が始皇帝に言った。わたくしめと仲間たちは、海の向うの島まで出掛けて、霊芝や奇薬を捜しましたが、どうしても見付かりません。仙人を訪れようとも試みましたが、やはり遭えませんでした。そこで考えたのですが、どうも、なんらかの悪魔が邪魔立てしているようです。しかしもう大丈夫、良い方法を考え付き（方中）ました。それは皇帝が時々、忍び隠れて（微行）悪魔を避けることです。悪魔を避けたら、仙人（真人）はきっと来て下さるに違いありません。

しかも、皇帝がいる場所が家来たちに知れると、彼らの邪気が、皇帝の神気に害を及ぼします。真人というのは、水の中に入っても濡れず、火の中に入っても火傷などしません。雲に乗って空を飛ぶ（陵雲気）ことも出来るので、天地のように長生きすることが出来ます。

しかしいまのところ陛下は天下を治めながら恬虚淡然《てんきよたんぜん》としてはおられません。どの宮殿にお住まいになられているかを、誰も知る者がいないようにすれば、間もなく不死の薬を得ることが出来るはずです――

――（と盧生は始皇帝を騙した。間抜けな始皇帝は、それまで仙人の話は聞いたこともなかったから、仙人が水にも濡れず、火にも焼けなければ、ましてや雲に乗れるとは知らない。もちろん、どこかに忍び隠れたら悪魔を避けることが出来るとは、夢にも思ったことがなかった。それで盧生の話を聞いて、すっかり感動する。途端に、仙人に憧れた）――

そこで始皇帝は言った。なんとかして憧れの仙人に会いたい（吾慕真人）し、出来ることなら仙人になりたい。よし決めたぞ。朕はたった今から自分を「朕」とは言わずに「真人」と自称することにした――

――（この間抜けな皇帝、興奮して「朕」という皇帝の自称が朝議で決められたのを忘れたようである。そして勝手に変更することが出来ないことにも思い至らなかった）――

同時に、咸陽の周辺二百里（約八十キロ）にある二百七十座の宮殿と楼観を、高架（復道）の壁で目隠しした（甬道）路で繋ぎ、すべての建物に帷帳《とばり》、鍾鼓《かねたいこ》、美女を配置し、それぞれに所在を登録せしめて勝手な移動を許さず（各案署、不移徙）、皇帝は足の向くままに、それらの宮殿へ随時随所に行幸して享楽するが、その居所を口にすることを赦さず、口外した者は、それを死罪に処した——

——（宮殿楼観、合わせて二百七十とは、よくぞ建てても建てたものである。ここでは美人の数に言及していないが、別な箇所ではその数一万と記録されていた。しかし、なんのことはない。始皇帝は二百七十の宮殿楼観で、鍾鼓を叩かせて美女と戯れながら、所在を隠して悪魔を避け、ひたすらに仙人が不死の仙薬を携えて来訪するのを待ち続けた）——

という次第である。

いまさら改めて言うまでもなく「バカ者始皇帝」のイメージを植え付けるための「おとぎ噺」だが、しかし、この場合は、一から十までの完璧なデッチ上げではなかった。つまり始皇帝が、咸陽宮での朝議で朝臣たちと顔を合わせる時の他は、朝臣たちを含めた官吏たちの「監視」を躱《かわ》して隠れたのは事実である。そのため足を運ぶ必要のある幾つかの宮殿を、復道と甬道で結んだのも事実であった。

奇しくも、皇帝と官僚の綱引きで、敵味方が戦略目的を異にしながら、まったくの偶然で、同一の戦略目標を立てたからである。つまり官僚陣営は、なんとしてでも、目隠しを施して、うろちょろさせまいと、つまり始皇帝を閉じ込めようと策を弄した。他方では始皇帝が、敵の目の届かない処に隠れて、逆に彼らの動静を監視しようと計っていたのである。

だから始皇帝が復道と甬道を作った時に官僚側は、盧生を使った謀略が奏効したと悦んだであろうし、皇帝自身は、どうだ！　これで朕の動静をスパイ出来まいと北叟笑んだに違いない。

しかし第一ラウンドの勝負は、引き分けるかに見えたが、結局は始皇帝の優勢勝ちに終った。

甬道が完成した直後のことである。小高い山の上にある梁山宮に行幸した始皇帝は、丞相（王綰か馮去疾か？）が豪勢な供揃えで道を往くのを目撃した。しかし翌日、再び同じ車を見たが、極端に随車の数を減らしている。

首を傾げながら始皇帝は、昨日それを見た時に、生意気な！　と思わず口にしたのを思い出す。その時に口を突いて出た言葉を耳にした者の中に通報者がいたことは間違いない。しかし最後は拷問にまでかけて容疑者を調べたが、揃って口を割らなかった。

引き分けになるかに見えた、と言ったのはこの段階でのことである。しかし始皇帝は、そのまま放置すれば敵は増長すると考えて、容疑者のすべてを死刑に処した。

この段階では始皇帝の完勝であったかに見える。だが、それによって、始皇帝の身辺にいる者、ないしは始皇帝の居所を立場上、知り得た者の中から一人も通報者が出なかった、という保証はなかった。つまり、始皇帝の優勢勝ちに終ったのである。

そして、皇帝と官僚との綱引きは、この後もさらに延々と続く。

皇帝と官僚の間で行なわれた権力の綱引きにおいて、官僚陣営は戦略の基礎をなす状況判断で、一つの大きな過ちを犯していた。

始皇帝は、その仙薬に対する欲求の執念と、仙人への憧憬によって、方士との関係を断ち切る事は出来ず、必ずその口車に乗る——と判断したのがそれである。

始皇帝に仙薬欲求と仙人憧憬の念があると読んだのは間違いではない。だがそれゆえに方士との関係を断ち切れず、その口車に乗ると判断したのは、致命的な誤りであった。

その判断の誤りを犯したのは、基本的に、始皇帝が天才的な政治人間であることを見落としていたからである。そして天性の政治人間が本質的に非宗教的であることに、気付いていなかったからであった。

つまり始皇帝は方士たちと、宗教的に結ばれていたのではなく、それを政治的な関係で律していたのである。

——群臣はその言を陳《の》べ、君はその言によって事を授け、その事をもって功を責め、功その事に当れば、事はその言に当り、則ち賞す。功その事に当らざれば、事その言に当らず、則ち誅す——

というのが始皇帝の群臣を律する基本であった。仙薬が手に入ると言う（言）から、よし、それを捜す仕事（事）を授けよう。そして、その仕事の結果（功）が仕事と合致し、その仕事が最初に言った通りであれば、つまりどうやって仙薬を手に入れるか（経費が絡むから）と言った通りに（予算の範囲で）仙薬を捜し出して来たら賞を与える。

だが、然らざる場合は、いい加減な事を陳べて君主を誑《たぶら》かしたのだから誅殺する――というわけで始皇帝は、そう甘くはなかった。ただ、仙薬は国家や朝廷が望んでいるわけではなく、彼自身が欲しがっていたわけだから、しかも是非手に入れたいという執念があっただけに、予定の延長は許す。だが、それとて二度、三度はよいとして、四度も五度もというわけには行かなかった。つまり始皇帝は、そろそろ盧生、侯（公）生、石生、韓（終）生、徐（福）生らの責任を追及しようと、考え始めていたのである。

その矢先に諸方士、とりわけ盧生と侯生の背後関係が明るみに出た。二人は相談した結果、味方の支援は得られず、始皇帝の迫害は免れないと悟って逃亡する。

そして逃亡直前に怨言を吐いた。その怨言は期せずして、時の政治状況をそれなりに、巧みに解説している。

――始皇帝は天性が剛愎暴戻《ごうふくぼうれい》で我が強い。天下を統一したことで、古来自分に及ぶ者はないと自惚れている。法治を行ない法の執行に急で、専ら司法官を重用してきた。奉常に七十名の博士官を置きながら、まったく使おうとはしない。丞相始め諸大臣は、皇帝の命を受けて事を処理するだけの事務官である。

皇帝は刑殺をもって威をなし、天下は罪を畏れ、禄を持することに汲々として、忠を尽す（まともに意見を述べて仕事もする）者はいない。それによって皇帝はますます驕り、朝臣は畏服して敷衍欺瞞《ふえんぎまん》をなし、ひたすらに苟容《こうよう》（機嫌取り）に励むのみである。

秦の法（秦律）では「一官一職」の制によって兼任併官を許さず、方士もまた兼方

（一種の方術を兼ねる）が許されなくて、効験を顕わさなければ死を賜る掟になっているから、進んで事をなす者はいない。

それは天運星気を観測する「天台」の方術師の場合も同様である。そこには優れた三百人の方士がいるのに、忌諱《きい》を畏れて諛い、皇帝が天運に逆らう過ちを犯しても指摘し諫言する者はいない。

天下の事は大小に拘らず、すべてを皇帝が決し、皇帝は毎日呈上される奏書を秤にかけて昼夜の分量を決め、それを捌くのに四苦八苦して休む間もない。

権勢を貪ることかくの如し。そういう調子だから仙薬を求めて得られるわけはなく、しかもこのままでは間もなく罪に問われる。逃亡するに如くはない。やはり肚を決めて逃げるとしよう――

というわけで逃亡したのである。

先手を打たれて逃げられたと知って、始皇帝は大いに怒った。しかし方士が逃亡したことは、綱を引く相手の陣営に分裂が起こった証拠であり、少なくとも咸陽城内の諸生の間に軋轢《あつれき》が生じた事は疑いない。

時節到来と判断した始皇帝は間を置かず、御史大夫に、社会擾乱の廉《かど》で諸生の捜査を命じた。

御史大夫は「三公」の一人で、御史府は行政を監察、監査する機関である。ちなみに、この御史府は伝統的な中国の政治制度におけるユニークな機関で、後代、大司空府、御史台、都察院、監察院と名を変えて現代にまで伝えられた。司法、行政、立法のいわゆる「三権」と並ぶ「監察権」を具え、現在の「台湾にある中華民国」にも存在している。

さて、始皇帝の命を受けた御史大夫は、ただちに配下の「侍御史」と属官の「御史掾《えん》」を総動員して、一斉に諸生の捜査を始めた。

始皇帝の読みは当って、諸生は互いに相庇おうとはせず、むしろ進んで相互告発をする。審問を受けた千数百名の容疑者の中から、四百六十余者が自白して社会擾乱の罪を認めた。

この場合の擾乱罪とは、法治を批判し、妖言蜚語を飛ばして人心を惑乱した罪のことである。そして擾乱の罪を認めた者は、見せしめのために、城内で「坑《こう》」の刑に処せられた。

この諸生を坑の刑に処した事実から、後代の儒家によって「坑儒」という言葉が「造語」される。そして「焚書」と組み合わせて「焚書坑儒」の四字句を作り、始皇帝の極悪非道、残忍暴虐を告発する言葉として、末代にまで流布させた。

ところで――「義」により始皇帝の名誉のために、また「理」により中国史の史実のために、あえて蛇足を加えなければならないと考えたが、それは「始皇帝」を論じたからには、その義務があると思ったからである。

先ず坑刑を受けたのは「諸生」であって「儒生」ではなかった。だから「坑儒」というのは言葉の間違いである。なるほど諸生に儒生が含まれていたことは疑いない。しかし、だからとて「一部」を「全部」と言い包《くる》めるのは誤魔化しである。

続いて、この時諸生が坑刑に処せられたのは「擾乱罪」を犯したからであった。つまり、彼らは刑事犯であって思想犯ではない。それに、それらの刑事犯に含まれていた儒生は、彼らが儒学徒だったがゆえに罪を問われたわけでは、もとよりなかった。その証拠に諸生の中には犯罪者の他にも大勢の儒学徒がおり、博士官の中にすら多くの儒学徒がいたにも拘らず、彼らは処罰の対象とはならなかった。それゆえ、殊更に焚書と坑儒を四字にして儒教弾圧だと言い立てるのは卑劣である。それは思想弾圧ですらなかった。

それより問題は「坑」の字義である。後代の儒教徒は一般に「坑」を「坑殺」と言い換え、坑を「穴埋め」だと解した。この時に課した刑は「坑」であって「坑殺」ではない。そして「坑」には「穴埋め」の意味はなかった。

「坑」とは、もともと「閬《ろう》(むなしい)」と「虚《きよ》(うつろ)」を意味した言葉である。閬とは広大な門の姿を修飾する形容詞で、それが後に「門」をも表わす名詞となった。門は建築物だが、内容がなくて「空っぽ」である。その空っぽな「むなしさ」が、そのまま「門」となったのだ。

さらに閬は、その空っぽなむなしさが、「在谷満谷、在坑満坑」と言われる場合のように谷(山と山に挟まれた空間)や、坑(崖に囲まれた空間)の姿を形容しながら、しかも谷や坑そのものを表わす。それによって、形容詞としての閬は、谷と坑の同義語となった。

そして、元来「坑」に含まれる「虚」の意味は、きわめて単純で、例えば「坎陥《かんかん》の虚《きょ》」と言われる場合のように「落とし穴」の中の「うつろ」な空間のことである。

坎陥（陥穽）というのは、言葉通りに敵（人間）や獲物（動物）を「生け捕る」ための仕掛けであって「殺す」ための装置ではない。したがって「閬」と「虚」を意味する「坑」が動詞に使われたら、それは当然に「殺す」ことではなくて「閉じ込める」ことだ。

ならば諸生を「坑した」という歴史の記録は、どう考えても「穴埋めにして殺した」ということではあるまい。

それは、この七年後（三世皇帝元年）に起きた事例を参照すれば、自ら明らかとなることだ。楚王項羽は洛陽の西七十里の新安の城外で、無傷のまま投降した秦軍二十万の将兵を、夜半に急襲して「坑した」――と正史は記録している。

その時、楚王項羽は漢王劉邦と、咸陽攻撃の先陣争いをして、函谷関へ強行軍をかけていた。ゆっくり二十万の秦軍を穴埋めにする穴を掘っている時間など、ありようはずはない。それに、夜半に兵士に穴を掘らせたら、翌日の行軍に差し支えることは明らかであった。たしかに、降服した敵軍を伴って行軍するのは面倒で、放置すれば再度寝返って追撃される危険はある。だが「穴埋め」にして殺す必要はまったくなかった。

それに二十万頭の豚を殺すことすら容易なことではない。ましてや相手は人間で、しかも難を避ける事にかけては、いかなる種類の人間よりも賢い中国人である。黙って穴に入るような間抜けな者は一人もいまい。しかも戦いに負けて降服したわけではなく、戦うのが厭《いや》になり命が欲しくて投降した人たちである。埋めるから穴に入れと言われたら、それこそ死に物狂いで抵抗するのは火を見るより明らかだ。しかも夜中のことである。

だからどう考えても「坑した」という記録は、ひとまずどこかへ「閉じ込めた」ことであって「穴埋め」にしたことではない。

したがって「犯禁者（諸生）四百六十余人、皆阬之咸陽」ということが、四百六十余人の諸生を咸陽で、「穴埋め」にして殺したわけではなかったのは明らかである。

翌三十五年、始皇帝は雲陽（咸陽の北西）と九原（綏遠省五原《すいえん》）を結ぶ数百キロの軍用道路の開設を命じた。北伐の成功で北狄は鎮まっており、長城の延長と補修工事も完了している。いつまでも三十万の大軍を北辺に駐屯させておくわけにもいかなかった。もちろん北辺の防《まも》りは疎《おろそ》かには出来ないが、軍用道路を作れば、一旦緩急に備えることが出来る。それに軍隊を、そのまま道路工事に動員することが出来る利点もあった。

それればかりではない。咸陽の人口は脹れ上がって、すでに超過密である。道路が開通すれば雲陽は当然に栄えようから、そこへ人口を移動させることも出来る、と始皇帝は考えた。事実、道路の開通後に始皇帝は人家五万戸を、雲陽に移住させている。

咸陽では人口も膨脹したが、役所も増え、官吏の数も増加して、宮殿を新築する必要に迫られていた。

宰相李斯は、期待通りに「不直の獄吏」退治で着々と成果を挙げている。それゆえ新しい宮殿造営の労働力の問題はなかった。

そこで始皇帝は、渭水の南の上林苑の中に広大な宮殿を造営することを決意する。そしてまずはその前殿の造営に着手した。後に「阿房宮」と呼ばれた未完の宮殿である。

李斯の報告によると、動員可能な徒刑者の数は七十万とのことであった。阿房宮の造営は、その半分あれば足りる。ならばと、始皇帝は驪山《りざん》陵の拡張作業を決意した。

皇帝陵は秦王室の仕来りによって、新しい王が即位するとすぐ着手することになっている。だから始皇帝の場合も、十三歳の年に秦王政として即位した時から、陵寝の建設を始めていた。

もちろん、その規模には一定の標準がある。しかし彼はすでに秦国の王ではなく、天下の皇帝であった。その規模を大々的に拡大せしむべきだ、と考えたのは当然である。

いや、単なる想像だが、あるいはこの時、彼の死生観に大きな変化が起きていたから、かも知れない。もともと本気で盧生、侯生、徐福が不老長寿の仙薬を、必ず手に入れてくれると信じていたわけではなかった。しかも、彼らはすでに逃げ去っている。

ならば残された途は「自己救済」の他にはない。もともと中国人には「出生入死」の死生観があった。生死は単なる「出入り」である。しかもそれは「尸解《しかい》」という成仙（仙人になる）の途があることによって、人々に死後にも仙人になれるという「希望」

を与えて来た。

「尸解」とは、棺桶から抜け出して仙人になることである。生まれ「出」でて、棺に「入」って死ぬが、再び棺から「出」て生まれる、という考え方だ。

もしかすると始皇帝は、尉繚子がやがて仙人となり、自分の「尸解」を遂げさせてくれる——と期待したのかも知れない。

だからであろうか。過労を重ねてはいけない、と諫言する蒙毅の真心を有難いと思いつつ、しかも自分自身、過労で身体の調子が崩れていると知りながら、それでも始皇帝は獅子奮迅の働きを止めなかった。再び巡遊を開始しようと、陵寝の拡張工事を見ながら、思い立つ。

千慮一失

せんりょのいっしつ

山鬼唯《ただ》知る一歳事

始皇帝三十六年、熒惑《けいわく》星が心宿《なかごしゅく》（星座名）に留まって移動せず、流れ星があって巨大な隕石が南郡（湖北省）に落下した。

巡遊を計画していた矢先の凶兆である。蒙毅が、巡遊の取り止めを進言した。凶兆を気にしたわけではない。巡遊から帰って来た後の奏書の山を考え、それを見るために始皇帝が、睡眠時間を削るのを考えての進言である。

始皇帝は意外にも、素直に蒙毅の進言を受け入れた。天の凶兆に、嫌な気がしたからかも知れない。

ひと月ほどして、咸陽の城で――始皇帝死而地分――始皇帝が死んで天下が分かれる、という言葉を、人々が面白半分で口にするようになった。南郡に落下した隕石に、その七文字が刻まれていたから、と言うのである。

もちろん、初めから隕石にそのような文字が付いているわけはなかった。しかし、ないはずのものがあった、というのが「奇跡」の所以《ゆえん》で、これは中国の歴史に散見される人心惑乱、または、ある行為の正当化に利用される常套手段だが、意外に効果がある。

それと知った始皇帝は、ただちに調査を行なって、文字を刻み込んだ者を逮捕せよ、と命じた。しかし、命を受けて現地に駆け付けた御史は、不得要領で咸陽に戻る。

「文字を刻んだ犯人を目撃した可能性のある近辺の住民を誅殺して、石を燔銷《ばんしょう》（焼き崩す）せよ」

と始皇帝はさらに命じた。

誰かが見ていたはずである。それを言えと命じたのに言わない。直接に目撃しておらずとも、目撃者を周囲の人たちは知っているはずである。それも言わない。つまり彼らは皇帝の命に逆らったのだ。逆らった者は絶対に赦さない――という始皇帝の「最大唯一」の悪い癖が、またもや爆発したのである。

しかもこの場合は、容疑者がどの筋の者であろう、というおおよその見当がついていたことが、始皇帝の憤激に輪をかけた。同時に――皇帝権に対する官僚の必然的な暗黙の抵抗を、どれほど偉大な皇帝といえども、押さえ込むことは出来ない、と蒙毅が言ったのをいまだに忘れかねていた、からでもある。

そういうわけで、隕石を燔銷して、文字を刻んだ容疑者を知っていたはずの住民を誅殺しても、始皇帝の腹の虫はおさまらなかった。そこで持って行き場のない腹立たしさを紛らわせようと、珍しく宮廷の楽団に名曲を演奏させて耳を傾ける。そして音楽を聴きながら、ふと一計が思い浮かんだ。

演奏が終るのを待ち切れずに、始皇帝はそそくさと席を立つ。そして博士たちに――宇宙の造化を讃美し、あるいは神仙を称え、または山水の景観を欣慕する歌詞を作れと命じた。

学があって儀礼典式の心得はあっても、すべての博士が作詞に長じているわけではない。腕に覚えのない者は諸生に代作を依頼するだろうし、自信のある者でも、諸生に下書きを頼むはずである。

そういうことで、故意にか、あるいは筆を滑らせて、隕石とその文字の意味を暗喩し、あるいは密かに揶揄する詞が作られるかも知れない。それを目聡く見付け出せば、あの隕石に文字を刻んだ容疑者を手繰り寄せる端緒を摑めるのではないか――と考えたのである。

間もなくして博士たちの作った歌詞が揃った。始皇帝は、それを吟味する作業を手伝わせようと、蒙毅を呼びつける。

「陛下、お願いでございます。それは是非お止めください」

と蒙毅は諫言した。

「なぜだ?」

「先入観をもって読めば、恐らく、そのすべてから怪しい表現を見付け出すことが出来るに違いありません。例えば、あの隕石の文字にしたところで——陛下にもしもの事があれば大変だ。天下が再び分かれて乱れるぞ、と読むことは出来ます」

「そうか。そうだなあ」

　と始皇帝は、あっさり承知する。それは、蒙毅にとって、意外な反応であった。それまでは、言い出したら、まず絶対に引き退がる事はなかったからである。

　——なにか様子がおかしい——

　と蒙毅は思ったが、それはそれとして、陽気に進言した。

「陛下、せっかく博士たちが傑作を物したのですから、その詞にそれぞれ小曲を付けさせて楽団に演奏させ、歌詞競作会でも催されたらいかがでございましょうか?」

「面白い思い付きだが、そんな暇などあるか」

「恐れながら、是非その暇をお作りください。幾度も申し上げましたが、いま陛下にとって最も必要なことは、ご休息なさることでございます」

「気にするな。別にどこが悪いというわけではない」

「どこかが悪ければおよろしいのですが、どこも悪くないのにお疲れを覚えられるのは、玉体のすべてがお悪いのでございます。是非ご休息をお取りになられて、ゆっくり音楽でもご鑑賞ください。気分が爽快になれば、きっとお疲れを覚えなくなります」

「うむ、競作会はともかく、曲を付けさせるか。それより、あの七文字をお前がそう読んだのは、うむ、いい読み方だ」

「恐れ入ります。ならば陛下、勝手な振る舞いを一つだけいたしたいと存じますが、お許しいただけるでしょうか」

「なんだ？」

「あの隕石の文字は、陛下に万一のことがあれば天下は再び分裂して乱れるから、陛下に弓を引いてはならぬぞ――という天の万民に対する警告で、陛下はことのほかにご機嫌麗しく、天の啓示を祝って歌詞競作会を催す準備を進めておられる。陛下のご真意を誤解して住民を誅殺した御史には責任を取らせて、辺境で兵役に服する刑を科した――という情報を流したいと存じます。申し上げるまでもなく、あの御史には因果を含めて、上郡にいる兄に預け、兄には事情を言って、礼遇するようにと頼みますのでご放念ください」

「では、歌詞競作会を催さねばならなくなるではないか」

「その通りでございますが、是非お願い申し上げます」

「うまく乗せおったな」

「恐れ入ります」

　と蒙毅は、いかにも得意げに、にっこり微笑んで退出した。

　しかし、退出した蒙毅の顔が、やにわに曇る。われながら、まったくの子供騙しな、愚にもつかない小細工を思いついたものだ、と思ったからであった。

　どう考えても褒められた手口ではない。だが、自嘲の念を抱きながらも、蒙毅は真剣であった。

いつの頃からか、始皇帝が極度に「死」という言葉と文字を、耳にしたり目にしたりするのを、忌諱《きい》するようになっていたのを、蒙毅は知っている。しかもそれは、理屈ではなく、本能的な忌諱であった。

したがって、その忌諱に触れる「破嘴《ポオツエ》」を病的なほどに嫌悪する。そして、それを行なった相手を心から憎悪した。破嘴とは現代語の「破口《ポオカオ》」のことで、相手の忌諱に触れたり、不吉な言葉を口にしたりすることであるが、相手は、それを「呪われた」と思うから怒るわけである。

それは、始皇帝が極度に「死」を懼《おそ》れていたからであった。そう簡単に死ぬわけにはいかないと思い始めてから、なんとしてでも生きたくなり、さらに、どうあっても死にたくないと思うようになって、ついに「死」の恐怖に取り憑かれたようである。

もちろん、それには正当な理由があった。その理由を蒙毅は聞かされていたし、事実その通りであると思っている。それでも蒙毅がそれに初めて気が付いた時には——そうか、ほとんど完全無欠な男にも、なるほど、死を懼れるという、それこそ致命的な弱点があったのか、と一種の滑稽さをすら感じたものだ。

だが間もなく、それは笑いごとではない、厳粛な事実だという事に気付く。たしかに「始皇帝」は秦王朝の「帝国」そのものだ。いっ時流行した言葉を借りれば、始皇帝と彼の帝国は等身大である。始皇帝がいなければ帝国もない。それに気付くと蒙毅も、始皇帝に死なれては困る。いつまでも長生きしてもらわねばならない――と考えるようになった。

それにしても皇帝というのは――まじめに務めようとすればの話だが――残酷な稼業である。始皇帝の場合、彼は死にたくないと思いながら、しかも過労を重ねることで、まっしぐらに死に至る道を突き進んでいた。

それに人間としての始皇帝も、決して幸せな男ではない。たしかに彼は権勢を恣《ほしいまま》にしていたが、それを個人的な享楽のために用いたことはなかった。いや、働きづめで享楽する暇などなかったのである。

だから、それを傍で具《つぶさ》に観察していた蒙毅は、始皇帝が自分の幸せを終らせたくなかったがゆえに、死を懼れていたのではないと承知していた。にも拘らず死を懼れながら、しかも死に至る道を急いでいる始皇帝の姿には、悲壮感が漂っていたし、蒙毅は一種の壮烈さをすら感じている。

それを痛ましいと思いながら、蒙毅は始皇帝を心から、皇帝として崇拝し、人間として尊敬していた。

それゆえに、一旦言い出したら後へ退かず、容易には進言を入れない始皇帝の頑固さをすら、それが始皇帝の始皇帝たる所以で、むしろ長所だとさえ想うこともある。だがこの頃、始皇帝が比較的簡単に自説を枉《ま》げ、進言を受け入れることで、逆に当惑していた。

しかし、今度の場合――ちょっと様子がおかしい、と感じたのは、そうした当惑の延長線上にある感覚ではない。

この時、突如として蒙毅の頭に浮かんだのは「反行《ファンシン》」ではないか、ということであった。反行とは道教用語で、人間が死を直観して不知不覚に行ないを変えることである。

だが考えてみれば、それは至極当り前のことだ。あれだけ働きづめで過労を重ねれば誰しも命を縮める。それで始皇帝の「反行」を感じた蒙毅の心配は、現実味を帯びて募った。しかし打つ手はなさそうである。

いくら進言を受け入れるようになったとは言え、働き過ぎるなと諫めても、それだけは聞き入れまい。いや蒙毅の心には、しかし始皇帝が獅子奮迅しなくなったら、もはや始皇帝ではない――という矛盾がある。

始皇帝と官僚との綱引きは、ある意味では獅子と狼群との闘いのようなものであった。そしてこの場合、獅子の致命的な弱点を、狼たちが知っていたのは、それこそ獅子にとって致命的である。

隕石を利用した心理作戦を、はぐらかされたと知って、官僚陣営はすかさず二の手を繰り出した。またもや「始皇帝悪言死」――始皇帝が死を口にされるのを悪《にく》むことに乗じた「破嘴《ポオツェ》」の手である。

その年の秋、関東に遣わされた始皇帝の使者が、咸陽に戻るのに、秦嶺山脈の高峰で、五岳の一つである華山の北にある華陰の平舒道《へいじょ》を通った。

帰りを急いでいたから夜路を辿ると、不意に男が現われて使者を遮る。

「ちとお手数を煩わす。これを咸陽の滈池君《こうちくん》にお渡しいただきたい」

と璧《へき》を差し出した。暗い夜で、顔は定かには見えない。

使者が由来を聞こうとしたら、すっと闇に消えた。使者は、渡された璧を手に茫然と立ち尽す。

——今年、祖龍が死するぞよ（今年祖龍死）——

と闇から声がした。先ほどの男の声に間違いない。使者は声をかけたが、返事はなかった。周囲は一面の闇である。

咸陽に帰り着いた使者は、璧を捧げて一部始終をありのまま、始皇帝に報告した。

祖龍とは、もとより始皇帝のことである。璧を渡すようにと頼まれた滈池君とは、滈池に鎮守する水神のことだ。滈池は長安県の西北にある滈水（川）の水源地の池である。

秦の王朝は「終始五徳之伝」によって「水徳」を奉じていた。水徳の王朝を守護するのは水神である。関中の元締が滈池君であった。

——秦王朝の祖龍始皇帝が今年中に「死」ぬ。それについて水神は事前に知らせる義務がある。それを山神が水神に告げた。滈池君に璧を渡すのは、山神が水神の総元締、揚子江の長江君に伝言を頼まれた証しである。したがって、その璧は揚子江（長江）の産で、伝言の真偽はその璧を調べれば分かることだ。すなわち山神が水神に伝えた総元締の伝言に誤りはない。始皇帝は今年中に「死」ぬ——

という筋書である。

なるほど調べてみると、たしかに、その璧は始皇帝二十八年に、始皇帝が巡遊で長江を渡った折に、水路の安全を祈って川に沈めた璧であった。

——山鬼固不過知一歳事——

と始皇帝は、関東から戻った使者の報告を受けた時には笑いとばしている。「固不過」というのは「唯《ただ》」のことで「一」は「単に」を意味するから——なに、山鬼などというのは、供物が欲しくて、人々が祀ってくれる歳事祭祀の日を待つのみだ。その他の事はなにも知っちゃいないんだ——という意味である。

それでも使者の持ち帰った璧が、自分の長江に沈めた璧に相違ないと知って、やはり、薄気味が悪くなった。しかし蒙毅の解説を聞いて納得する。

——長江に沈めた璧を拾い上げることが出来るわけはない。水神というのはいるかいないか知らないが、仮にいたとしても、そんなお節介を焼くわけはなかろう。だから、その璧があの時の璧だとしたら、考えられる理由は一つしかない。それは、それを沈める際に、誰かがそれを安物とすり換えた、ということだ。ここは李斯の出番である。当時の状況を再現して追及すれば、誰がすり換えたかは簡単に分かるはずだ。しかも、その男がこの事件に一枚咬《か》んでいるに違いない——

と蒙毅は言った。

それによって李斯が取り調べを始める。たしかにすり換えた容疑者は浮かび上がったが、疾うに逐電していた。

それにしてもさすがに、李斯はやはり能吏である。たしかに容疑者を割り出すことは出来た。しかし、間違いなく容疑者がすり換えたのか、あるいは、関係者が行方不明となった男に責任を着せたのかは明らかではない。そこで隠密にその容疑者の行方を探索させている――とのことであった。

咸陽の人口はさらに膨脹し続ける。先年、行なわれた雲陽への移民に続いて、この年、今の甘粛省寧夏一帯の北河と楡中《ゆちゆう》へ、さらに三万戸を移住させた。この地方は生活環境が悪い。そこで始皇帝は、各戸の長に爵一級を授けて、優遇措置を取った。

「隕石破嘴事件」が落着し、続く同様な「祖龍事件」も一応は片が付いたことで、始皇帝は延期になっていた巡遊を実行する手筈を整え始めた。それを蒙毅は必死に諫止する。ならば、卜占に問うことにしようということで占ったら――「游徙《ゆうし》吉」と卦が出た。巡遊してよろしいということである。

もはや蒙毅は、なにも言えない。準備は着々と進められた。運命の日が近づいているとも知らずに、間もなく始皇帝を載せた馬車は南へ往く。

小器大才事を破る

始皇帝三十七年（前二一〇）の春（月日は不明）、始皇帝は南巡の馬車隊を率いて、咸陽の城を出る。右丞相の馮去疾が留守を預り、左丞相の李斯が随行した。

始皇帝が背筋を伸ばし、ただでさえ猛禽のように突き出た「鷙鳥膺《しちょうのむね》」の胸を張って、不動尊のように、どっかと馬車に腰を下ろしている。顔の中央に聳えるどっしりした、高い「蜂準《ほうせつ》」の鼻が、大男の始皇帝をさらに巨人のように浮き立たせていた。大きくて切れの長い「長目《ちょうもく》」が爛々と光っている。

「では、留守を頼んだぞ」

と武関まで送って来た右丞相馮去疾に、豺《やまいぬ》のような「豺声《さいせい》」で声をかけた。

どこから眺めても威風堂々の皇帝陛下である。だがただ一つ、顔色が悪い。身体の調子が良くないのは明らかだ。それを隠して、無理に踏ん張っているかに見える。

参乗（陪乗）したのは、いつもの通りに蒙毅であった。快活を繕うてはいるが、表情が沈んでいる。目に、いつもの彼らしい光りがなかった。心配事を抱えているのは明らかである。

皇帝の車の背後に、中車府令の宦官趙高の車が続いていた。趙高と並んで胡亥が腰を下ろしていた。異例の随行である。始皇帝に必死の嘆願をしたのと、趙高の巧みな口添えによって、特に随行を許された。

それゆえにか、皇子であるのに単独の車を宛行《あてが》われていない。いや趙高と「仲良し」だったから、逆に勿怪の幸いであった。すでに成年に達しているのに、趙高なしでは自立することが出来ないでいる。蒼白くて目が坐らず、きょろきょろ周囲を見回して落ち着きがない。

丞相李斯の車は、始皇帝の車の前を進んでいる。車の中で、会稽山に立てる石の辞文の原稿を推敲していた。まじめな男である。なかなかの文章家だ。とりわけ引喩に長けている。韓非子の文章を捩《もじ》ることにかけては天才的だ。捩ったと気付かせないほどにうまい。推敲中の原稿にも、まったく違う言葉で韓非子を捩った句を幾つも忍び込ませている。文章ばかりではない。政治的な手腕もある。独特の見識はないが、知識の水準はかなり高い。才能も優れている。

かつて尉繚子は彼を米倉の鼠と酷評した。韓非子は同門の誼《よし》みで、米倉の火事に気を付けろよ、と死の直前に注意を促している。蒙毅は彼を評して「小器大才」と言った。

尉繚子、韓非子、蒙毅の三人はいずれも彼の才能を認めている。しかし揃って――李斯は才能こそあれ「大体《だいてい》（大機）」を知らないから、大事を破る、と始皇帝に忠告した。

しかし李斯は重宝な存在である。始皇帝は――朕、李斯の見識に期するところなし。されどその才を愛す、と重用した。いや、李斯の丞相昇進を進言したのは蒙毅である。

蒙毅は敢えて矛盾を犯していた。始皇帝の「健康」をすべてに優先させて考えた末のことである。

だがそれにも拘らず、始皇帝の健康は改善されておらず、現に、いま馬車に揺られている始皇帝の健康状態は、決して芳しいものではなかった。蒙毅が滅入っているのは、そのためである。

いや、妙な胸騒ぎを覚えていた。蒙毅は自分が李斯に妬まれており、趙高に怨まれていることを知っている。それは大勢の朝臣に囲まれた咸陽の朝廷なら、どうということもないことであった。だが、この巡遊の隊伍には目星い朝臣はいない。

なにかが起きたら、どうするか。それが心配であった。蒙毅の表情が沈んでいる真因はそれである。もちろん蒙毅自身が、李斯と趙高に何か悪さをされることを憂えているわけではなかった。

心配なのは——やはり始皇帝の健康である。陪乗していても、始皇帝は、ほとんど喋りかけては来なかった。口を開けるのも億劫なほどに、疲れておられる。いや、ただ疲れておられるだけのことならよいが、と蒙毅は天に祈りたい気持であった。

始皇帝巡遊の馬車隊は、蒙毅の胸騒ぎを乗せて、西へ南へとくねりながら進む。

巡遊の行列はほどなく、湖北省の雲夢に到着する。そこで遥かに湖南省の九疑山を望み、そこに葬られている虞舜《ぐしゅん》（帝舜）の霊を遥拝した。雲夢からは長江に舟を浮かべて下り、籍柯《せきか》を望んで海渚《かいしょ》に渡る。安徽省の丹陽を経て、浙江省の銭唐（杭州）に出た。そこから会稽山《かいけい》を目指して浙江を渡ることにしたが、川が荒れて波が高い。やむなく西へ迂回して狭中《きょうちゅう》から渡った。そして会稽山に登り、こたびの南巡の主たる目的の一つである立石を果たす。

立石を済ませて、始皇帝はご機嫌であった。元気潑剌としている。少なくとも蒙毅を除く随員たちの目には、そのように映った。

始皇帝はかなりの演技派である。精神を集中して、それを爆発させる特技があった。通常なら、それは始皇帝の器量として賞讃されるべきである。だがこの場合、それは命を削る演技であった。

いや、会稽山における演技に限られていたわけではない。馬車の中や、行宮の帷帳《とばり》の中では、つまり人目に着かない所では、肩を落として足を投げ出し、首を垂れた、見るも哀れな姿で、辛うじて息をついている有様でありながら、他人の目を意識するや、途端に肩を聳やかせ、目を光らせて威厳を作る。

その天晴れな演技で消耗される精神力を思うと、蒙毅は心が疼《うず》いた。どうやら始皇帝は周囲の人々が、四六時中、皇帝の威厳に満ちた姿を期待している――とでも勘違いしているかのようである。

他人はいざ知らず蒙毅の目には、始皇帝がそういう演技を繰り返す度毎に、それだけ精神力と体力を確実に磨滅させているのが見えた。会稽山での威風辺《あたり》を払う元気潑剌は、それこそ掉尾《ちょうび》の勇（最後の力）を奮ったかに見える。

それを痛ましいと思いつつ蒙毅は、始皇帝が法治をこの世に実現させるべく、皇帝として「苦労」するためこの世に生まれて来たのではないか——と、その「業《ごう》の深さ」に思わず戦慄を覚えることすらあった。

同時に、その燃えるような使命感と、それを貫徹させようとする恐ろしいほどの執念に、殉教者的な尊厳の馥《かお》りと悲壮さの奥に潜む美しさに感動を覚えつつ、たとえ蒙昧な朝臣たちに嫌悪されようとも、天公（天の擬人語）から祝福された無類な果報者だ、と思うこともある。

このまま巡遊を続けては、生きて咸陽に帰れまい。つまり始皇帝の死期は近い、と蒙毅は見た。中止を進言しても到底入れられまい。いやそれより蒙毅は、決して諫言すまいと腹に決めた。

始皇帝が咸陽の宮殿の後宮の奥で、宦官や美女に見取られて静かに息を引き取った、ではサマにならない。この一代の英傑、史上初めて法治の帝国を建てた開祖、文字通りの「始」皇帝は、やはり、咸陽の朝廷で奏書の山に埋もれて、裁決の筆を手に握ったまま真夜中に事切れるか、あるいは、巡遊中の幌馬車の中で——「朕の築いた帝国を潰すでないぞ。法治を貫徹せよ」と——遺嘱《いしょく》するのではなく——「命令」を下して瞑目するのが相応《ふさわ》しい、と蒙毅は考えた。いや、もし一旦瞑目しながら再び瞼を微かに開けて「しなければならない事が残っているんだ。まだ死ぬわけにはいかぬ」と囈語《げいご》でも言ったら、さらに似付かわしい、とさえ蒙毅は思った。

会稽山から下りた始皇帝は、江蘇省の江乗に出て舟に乗り、長江を下って海に出る。そのまま北上して琅邪《ろうや》に至った。九年前の第一次東巡で、徐福が渤海沖の三神島へ仙薬を手に入れるために、三千の童男童女を連れて行きたい、と出鱈目を言上した場所である。

その琅邪から始皇帝は、さらに海路を北東に進む。そして山東半島の海岸沿いに西へ進んで之罘《しふ》に至り、こんどは陸路を真西に進んで、平原津《へいげんしん》に至った。

その平原津（山東省）に至ったところで、始皇帝は力尽きる。蒙毅の心配していた最悪の事態が——ついに到来した。

「毅！　もうダメかも知れない」

と病いを得た始皇帝が力なげに言う。皇帝に即位して以来、初めて聞く弱々しげな口振りと、悲観的な言葉であった。

「大丈夫でございます、陛下。ただのお疲れでございます。なんのことはございません。早くお城に戻って休養なされば、すぐにでも回復いたします。すこし行進の速度を上げて先を急ぎましょう」

「そうしてくれ」

と始皇帝が頷く。それによって「一舎三十里」の二倍の速度で、馬車隊は真西へと突き進み、二日後には平原津から二百余里の沙丘《さきゆう》に到着した。

沙丘の平台《へいだい》に至って始皇帝は、死期の近いことを悟る。しかし、やはり死にたくなかった。だが始皇帝はすでに精神力も体力も使い果たしている。溺れる者は藁をも摑むの譬《たとえ》で、それまでバカにさえしていた神々に、すがろうとした。

「毅よ。どこぞ霊験のあらたかな祠廟を見つけて、朕の平癒を祈ってこい」

と蒙毅に言い付ける。通常なら——そんなことをしても無駄です、と進言したところだが蒙毅も必死だった。それより皇帝の命令には従わなければならない。

蒙毅が急いで、始皇帝の傍を離れた。間もなく、従者を一人だけ随えた蒙毅の馬車が静かに隊列を離れる。馭者には老練な男を選んだが、出発の合図を受けた馬は、不意に前脚を上げて嘶《いなな》き、こんどは下ろした前脚を突っ張って、走り出そうとはしなかった。

馭者が鞭を入れる。そのビューンと微かに響いた鞭声が——秦王朝の崩壊に繫がる歴史的な、未曾有の「大事故」の発生を告げる音であった——とは誰も気付かなかった。

いや、もしかしたら一人だけ、それを予感した者はいたかも知れない。中車府令の宦官趙高である。

蒙毅が沙丘平台を離れた翌日に、始皇帝の容体が急に悪化して、中国最初の皇帝はついに息を引き取った。途轍もなく巨大な星を、宇宙の引力や浮力が支え切れずに、落下したのである。

始皇帝三十七年七月、丙寅《ひのえとら》の酉時《とりのこく》（夕刻）であった。

臨終の床で始皇帝は、蒙毅の帰りを待ち続けたが、ついに諦めて、瞑目する一刻ほど前に「遺言」を遺す。蒙毅に代わって李斯に、その遺言を書かせた。

上郡にいる長子の扶蘇に宛てた遺書は、わずかに「与喪会咸陽而葬」の七文字である。しかしそこはさすがに始皇帝で、七文字に意は尽されていた。

――朕の喪を発する、その時に合わせて、咸陽に帰り着き、而して葬儀を取り行なえ――

という意味である。皇位を継承する皇子が「喪主」として、亡君の葬儀を行なうのが、この時代の定められた「礼《しきたり》」であった。つまり始皇帝は、扶蘇を皇位継承者に指名したのである。

遺書を含めて、皇帝の名で出す文書には、すべて符璽《ふじ》（皇帝の印紋と印鑑）を捺《お》さなければならない。巡遊中にはそれを趙高に保管させていたが、平原津で病いを得た始皇帝は、その符璽を取り上げて蒙毅に預けた。しかし蒙毅は隊列を離れた際に、それを始皇帝に還し、始皇帝はそのとき傍にいた趙高に、なにげなく渡している。

遺言を代筆した李斯は、趙高に符璽の押捺を求めた。しかし趙高は、始皇帝の容体の変化を窺いながら、言を左右にする。時間を稼いでいたのだ。奸智に長けた趙高は、この時、すでに心の中で、恐ろしい奸計を編み上げていたのである。

それと知らずに――それを知らなかったことは根が大それた悪党ではなかった証しであるが――李斯は執拗に催促し、ついにはすごい剣幕で怒り出した。その剣幕にたじろいで、趙高がしぶしぶ遺書に符璽を捺す。

それを手に李斯は、急いで発送しようとした。だが、使者の人選は丞相の権限だが、その使者の乗る車を用意するのは、中車府令の仕事である。ここで趙高はさらに、時間を稼ぐ。ああでもない、こうでもないとご託を列べている間に、夕暮が迫り、果たして始皇帝が、永遠に開けることのない瞼を閉じた。

皇帝が都城から二千里も離れた地点で、急逝したと知れたら、いかなる異変が起こるやも計り知れない。そこはさすがに李斯で、彼は巡遊の随行者にすら、始皇帝の死を隠した。

だから始皇帝の死を知っていたのは、李斯と趙高と胡亥と、そして数名の宦官だけである。当然に李斯は箝口令《かんこうれい》を布いた。その箝口令に趙高は諸手《もろて》を挙げて賛成する。そして密かに北叟笑んだ。

もはや一刻の猶予も許されない。

「使者の車を直ちに出せ」

と丞相の権力において李斯は命じた。しかし夕暮に車は出せない——と趙高が今度は悠揚迫らず、やはり言を左右にして拒否する。

やがて沙丘の平台に夜のしじまが訪れた。趙高は胸に編み上げた一計を、まず胡亥に打ち明ける。そして丁寧に李斯を胡亥のいる自分の車に——招じ入れた。

「明朝、使者が遺書を携えて出発すれば、数日中には上郡に到着します。皇子扶蘇と将軍蒙恬は、遺書を手にすれば、直ちに咸陽へ向われるでしょう。われわれは大世帯の行進で足が鈍いから、おおよそ半月ほどかかり、彼らとほぼ同時に、咸陽の城へ到着することになります」

と趙高が言った。

「うまくそう運べばよいが、われわれが扶蘇殿下より都城に入るのが早すぎても遅すぎてもまずい」

と李斯は左手を曲げて、指折り数え始める。

「丞相！　まずいのはそれだけですか？」

と趙高が突然そう言って、にやりとした。

「なんぞあるのか？」

と李斯は日程の計算を止めて、怪訝な顔をする。

「ありますとも。葬儀がすめば扶蘇殿下は即位して二世皇帝となられます」

「当り前じゃないか。それがどうしたのだ？」

「のんきなお方でございますなあ。その時は間違いなく蒙恬将軍が丞相の座に着き、あなたさまはクビになります」

「それは已むを得まい。自分は、すでに位人臣を極めた。長男の由《ゆう》は三川（洛陽）の太守を拝命しており、一族はそれぞれに処を得て、十二分に恩沢に浴している。これ以上、望むことは何もない」

「ご立派なお心掛けでございますなあ」

「かつて師の荀卿に──『物禁大盛』つまり人間(じんかん)(この世)では、頂上の天辺に登り詰めてはならない、と教えられた。物は極まれば則ち衰える。実は現在のわが家の幸せが、少しばかり恐ろしくなって、頂上から下りる機会を窺っていたところだ。丞相をクビになっても悔いなど、あろうはずはない」

と李斯は本気に答える。

「立派なお心掛けだと申し上げましたが、しかし、そうは問屋が卸しますまい。物が極まって衰えることもあれば『亡びる』こともありますぞ」

「どういうことだ？」

「丞相と太守が首を落とされた上に族誅——でご一族全滅、ということもございます」

「そんなバカな！　なにが言いたいのだ？」

「お手許に、封はされたがまだ発送していない遺書があり、わたくしの懐には、それを捺せば、なんでも思い通りになる万能な符璽が入っております」

「まさか——？」

「そのまさか、でございます。天の配剤とは正にこの事、いま上卿（蒙毅）はここにはおられません。しかし、こうしている間にも、ひょっこり戻って来るやも知れず、時を急ぎますので、率直に申し上げます」

「言うてみよ」

「陛下は今際の際に、丞相李斯と中車府令趙高の面前で、胡亥殿下を皇太子に立てると遺言して、皇子扶蘇と将軍蒙恬には、謀反の罪で、死を賜る遺書を残された——という筋書です」

「とんでもないことだ。そんな天に逆らい地に背く大逆非道が出来るか！」

「言葉を慎みなさい」

と趙高は開き直った。

「胡亥殿下は扶蘇殿下よりも、皇位継承者にお相応しいお方ですぞ。その胡亥殿下を擁立申し上げることが、なぜ大逆非道ですか！」

胡亥は皇位を継承するに相応しくない——とその面前で言わせようとしている。

——しまった！　罠にかけられた——

と悟って小心な李斯は蒼ざめた。急いで答える言葉を捜す。息苦しい沈黙が続いた。

「ご注意申し上げたように、長考の時間はありません。それに胡亥殿下は、即位されたら李斯の終身丞相を保証する、と言っておられます。そうでございましたな、殿下」

と胡亥に顔を向ける。胡亥が大きく頷く。

「胡亥殿下には誠に申し訳もございませんが、やはり、そのような大それたことは出来ません」

と李斯は胡亥に詫びる。

「ああ、そうですか。やっぱり族誅をお覚悟のようですね」

「まさか――」

「いいえ、まさかどころか、必ずそうなります」

「なぜだ？」

「ご存じなければ、お教えいたします。丞相李斯は亡君の遺言に逆らい、扶蘇殿下の皇位継承を反古にして、胡亥殿下の擁立を策謀したが、胡亥殿下に窘《たしな》められて、しぶしぶ引き退がった――というのは如何です？」

「やめろ！　バカを言うんじゃない」

「お静かにお聞き下さい。話はまだ終っておりません。胡亥殿下が、茶飲み話に、さりげなく――」

「止めないか！　戯けたことを」

と李斯は憤然として席を立つ。

「まあ、お坐りください。胡亥殿下は、それほどまでに、役立たずなお方でしょうか？」

と趙高が胡亥の袖を引く。シナリオが作られていたのである。

「おい李斯！　いくら丞相でもオレを侮蔑するのは赦せない。必ず兄上に言い付けるぞ」

と胡亥が止《とど》めを刺した。

万事休す。李斯は進退きわまって唇を噛みしめた。顔面蒼白となって膝を震わせる。

ついに――往生した。

「ご納得いただけましたか」

と趙高が言う。

「分かった」

と李斯は血を吐く思いで頷いた。

「ようござんした！　天下のため、胡亥殿下のため、そしてわれら二人のために、どうぞ、遺書をお渡しくださいｌ」

と趙高が手を出す。一瞬、李斯はためらったが、やはり差し出した。それを趙高はすかさず火にかけて灰にする。

そして新たに「遺書」が作られた。

――扶蘇が父君を、しばしば誹謗して、謀反を企んだ罪は深い。蒙恬はそれを承知で諫止せず報告もしなかった。よって両人に死を賜る。朕の愛用せし短刀を持参させた。以て瞑目すべし――

要するに、皇帝愛用の短刀で自決せよ、ということである。文章も論理も整っていないのは、それを書いた李斯の心が乱れているからであった。しかしそれが逆に、いかにも死に瀕した始皇帝の言葉を、そのまま書き取ったかのような「真実味」を帯びて、もっともらしげである。

翌朝、使者がその偽作の「遺書」――実質的には遺書ではなく聖旨（勅書）――を携えて、隊列を離れ、三十万の蒙恬軍の駐屯する上郡に向った。

始皇帝の死を隠蔽するために、西へ向っていた巡遊の隊列は、予定された巡遊のコースを辿らなければならなくなり、進路を変えて北上する。

そして沙丘を出てから五日後に、井陘《せいけい》（直隷省保定）に到着したところへ、蒙毅が追い着いた。蒙毅は、巡遊の隊列が当然西に向っていると思って、一旦西へ向ったから追い着くのに時間がかかったのである。

進行方向を変えたのは、始皇帝の死を隠すためだという李斯の説明に、蒙毅はなるほどと納得した。始皇帝の遺言がわずかに七文字で、疾うに、上郡へは使者を立てたということについても遺言は予想通りの内容であったし、別に言うことはない。

つまり蒙毅は事態が常識通りに運ばれていると信じて疑わなかった。私信を兄に出さなければならなかったが、兄はすでに、いまや遺言で太子となった扶蘇殿下を擁して、上郡を離れたはずである。

そういうわけで、蒙毅は特にすることもなく、心で泣いて始皇帝の冥福を祈りながら、隊列に加わった。そして黙々と行進に随う。

だがこの時、兄の蒙恬は上郡で、弟からの私信を、いまか、いまかと首を長くして待っていた。もちろん神ならぬ身の蒙毅が、それを知る由はない。

来るはずのない手紙を待ち続けた蒙恬は哀れである。蒙恬は、届けられた「遺書」が偽作であることを見抜いていた。そうでなくても、始皇帝が自分を疑うことは絶対にない、と確信している。同時に、偽作の出来る可能性はないと信じていた。それで、偽作のからくりと、事の真相を知らせてくれるはずの、弟からの手紙を待っていたのである。

そして、真相を確認出来る期待が、蒙恬の判断を誤らせ決断を鈍らせた。そうでなければ蒙恬は、遺書を届けた使者を監禁し、場合によっては拷問にかけて、真実を吐かせたはずである。あるいは真実を吐かせることが出来なくても、偽作の遺書を無視して、その命ずるところに従わなかったに違いない。

そうすれば趙高と李斯の陰謀が成功することはなかった。それにしても偶然は重なるものである。


上郡の鎮守府で使者を迎えた扶蘇と蒙恬は、当然に九原へ向う予定のある巡遊中の始皇帝を、どこでどう迎えるかの連絡であろうと考えた。だが渡された「遺書」を読んで、扶蘇は手が震え、足がわなないて、言葉が出なかった。そして読み了えた聖旨を黙って、蒙恬に渡す。

蒙恬も、その信じがたい文面に驚き、読み違いではないか、と幾度も読み返して、口が利けなかった。

「殿下、どうぞ！」

と使者が無表情に短刀を手渡す。それを受け取って、扶蘇はしげしげと眺め廻した。見覚えがある。たしかに父君が愛用していた短刀であった。蒙恬も手に取って確かめる。やはり本物であった。

「なんぞ内史、いや上卿（蒙毅）からの書状や言い付けはなかったか？」

と蒙恬が聞く。蒙恬は使者が顔見知りでなく、しかも扶蘇に短刀を渡したときの無表情な冷たさを見て、訝った。それで殊更に乱暴な口の利き方をして、反応を窺ったのである。

蒙恬はいまやすでに「老臣」で、しかも子供の頃から祖父や父親の尻に着いて宮殿や官舎に出入りしていたから、顔を見知らない朝臣はまずいなかった。つまり彼が顔を見知らない者は、よほどの軽輩か新参である。こういう大事を務める使者に、そういう輩を立てるはずはない――と蒙恬は訝ったのだ。

しかも、それにしては、その使者はかなりに横柄である。建前の上で使者は皇帝の代理だから偉いわけだが、しかしだからとて、扶蘇や蒙恬の前では、大きな顔はしないはずだ。しかるに、乱暴な口の利き方をされて、使者は憤然とする。そして開き直ったように答えた。

「皇帝の使者はすなわち勅使。勅使が私用の手紙や言い付けを携えているわけはなかろう。聖旨と短刀を渡して、自決を見届け、血刀を持ち帰って復命するのが任務。時間は猶予しないゆえ、直ちに実行されたい」

と催促する。

「では聞くが、血刀を持ち帰ったとして、誰が検証するのか」

「それは、うむ、いや、答える必要はない」

と使者が、しどろもどろになりながら、やっとのことで答えた。

「殿下、この使者は如何わしく、聖旨も本物ではありません。少なくとも筆跡が、こういう時に筆を取るはずの蒙毅のそれではないことは確かです。黙殺して様子を見ましょう。勅使が異議を唱えたら拘束して監禁します」

と言いながら蒙恬は使者を睨み付ける。使者の目の色が変わった。やはり怪しい。

「使者！　名と経歴を言うてみよ」

と蒙恬が迫った。使者は顔色蒼白となる。

「将軍！」

と扶蘇が声をかけて、制止の身振りを示した。使者が哀願するような目付きで扶蘇に顔を向ける。

「一見して筆跡が李斯のものであるとは気付いた。しかしそれは、蒙上卿がこういう内容の聖旨で筆を取るに忍びなかったからであろう。それに古い朝臣たちは、きっと理由をつけて、われらの自尽を見届ける使者の役を断わったに違いない。符璽も短刀も本物だ。父君の命には従う他あるまい。それが人の子、秦室の皇子としての道であろう」

と扶蘇は言った。

「いや、老臣の責任において、真相を確認いたします。事を決めるのは、それからでも遅くはありません。殿下は皇位を継承すべきお方で、初めから、そう決まっておりました。ご軽挙は、くれぐれもお慎み下さい」

「心遣いは嬉しいが、確認の必要はあるまい。それより将軍、なにも言うてくれるな」

れて、死を賜ったのであろう」

「これまで尽してくれた忠誠に感謝している。実は皇位を継承するのが恐ろしくなったのだ。この帝国の経営は、父上の他には誰の手にも負えない。皇位を継げば祖法としての父命も継がねばならないが、このまま引き続いて法治体制を締めつければ、朝臣たちは窒息する。さればとて手を緩めたら、法治体制は一朝にして崩れ去るであろう。それでは父君に申し訳が立たない。子を知るにおいて親に如くはなし。父君はそれを見抜かれて、死を賜ったのであろう」

「いずれにしても殿下、一両日中に必ず真相が分かります。それまで是非お待ちください」

「しかしそれでは使者が難儀しよう」

「いいえ礼遇して、待ってもらいます。なあ使者、それでよかろう?」

と蒙恬が使者に念を押す。

「けっこうですが、ただし日数が――」

「一両日だ」

「ならば、けっこうです」

と使者はさすがに機を見るに敏と見えて、素直に応じた。

だが必ず来るはずの蒙毅からの手紙は来ない。そして三日前の朝、蒙恬が目を覚まして伺候すると、明け方に――扶蘇はすでに自尽していた。

扶蘇が果たして、口にしたような理由で自殺したか、どうかは歴史的な謎である。だがそれはともかく、扶蘇は自害したが、蒙恬はきっぱりと拒否した。

使者は黙って引き揚げる。蒙恬は弟からの手紙を待ち続けた。

蒙恬が使者と聖旨を疑ったのは正当である。しかしいかに老練慧眼な蒙恬でも、必然性のまったくない歴史的な「事故」を見抜ける道理はなかった。

蒙毅からの手紙を待ち草臥《くたび》れた蒙恬は、巡遊の隊列が九原に到着する日を見計らって、蒙毅と連絡をつけようと、副官だけを連れて鎮守府を離れる。そして、九原で網を張って待ち構えていた、李斯と趙高の配下に不意を襲われて捕えられた。

それと知る由もない蒙毅は、巡遊の隊列に随って九原を通過し、さらに兄の開設した雲陽に至る数百キロの軍用道路を南下して、咸陽の城に帰還する。

城に入るとすぐ蒙毅は、兄の蒙恬と謀反を共謀したとして逮捕された。そして間もなく相前後して処刑される。胡亥は九月に、まず始皇帝を驪山陵に葬り、即位して、二世皇帝となった。

ふた月前に沙丘で仕組まれた、なんとも「無謀」な「平台の陰謀」は、幾重にも偶然が重なった空前絶後の「歴史的な事故」によって、呆気《あっけ》無《な》く成功した。

その歴史的な事故が起きた遠因は——立派な後継者に育つことを願って——長子の扶蘇を突き放した聡明この上ない始皇帝の「千慮の一失」である。そして直接的な契機は——蒙毅の指摘した——李斯の「小器大才」であった。趙高の愚昧な野望は、歴史のあらゆる時代に見られることで取るに足りない。

李斯に限らず、有能だが、「大体《だいてい》」または「大機」——すなわち治世の根柢や大局を知らない「小器大才」な男は、大事に臨んで「事を破る（誤る）」のが常である。

そして、たまたまその小器大才の男が、歴史的な転機に逢着して、しかもその決定的な瞬間に関われば、いや、その場面に立ち会っただけでも、思わぬ悲劇が生まれるものだ。必ずや、人々に災害を及ぼして、自らも身を滅ぼす。その典型が——秦帝国の宰相李斯である。

さて秦王朝は、始皇帝三十七年の七月に、王朝の「重《おもし》」を失い、しかも跡継ぎの「棟梁」を強制的にあの世へ追放して、九月には二本しかなかった「屋台骨」を二本とも抜き取った。それでは、王朝が存続し得る道理はない。

それだけでも容易ならぬ事態であった。しかもその上に、皇位を簒奪同様にして継承した——馬と鹿の区別もつかない愚かな皇帝と、それを輔佐した——「馬を指して鹿と謂う」戯《たわ》けな御側用人（郎中令）が、危険も知らずに、自ら足許を掘り崩したのだから、さあ大変である。

まさしく胡亥は、父親が骨身を削って蓄えた王朝の政治遺産と、天才的な器量で打ち立てた帝国の土台を傾けるために、二世皇帝として帝座に着いたようなものであった。

父の始皇帝とは正反対に、二世皇帝にとって皇帝とは、いとも気楽な稼業である。無知貪婪な趙高にとって、権力遊びはこの上なく楽しいことであった。哀れなのは、二世皇帝と郎中令に、無理難題を押し付けられて、しかも顎でこき使われる李斯であった。

二世皇帝下で与えられた李斯の初仕事は、二十二名の皇子と王子の処刑である。次に命じられたのは朝廷の粛清であった。

あの始皇帝にすら「権力の綱引き」を挑んだ名にし負う官僚たちである。しかも始皇帝の命を受けた李斯は、猛烈な「獄吏狩り」を行なって、元来は仲間である官僚の嫌悪を買っていた。それでも始皇帝という不動の後楯があった時はまだよい。

始皇帝の死によって官僚たちは、本性をむき出しにしている。二世皇帝を舐めて、憚りもなく好き放題に振る舞っていた。そうなったら手は着けられない。だが、それを粛正し、粛清せよとの無知な二世皇帝の命令は厳しく、しかも趙高には傍から会釈なくせっつかれる。しかし強力な後楯のなくなった李斯は、これまで通りに勇ましく官僚たちと渡り合うことは出来ず、するわけにも行かなかった。

幸いにも、李斯にはお茶を濁す才能がある。それで彼は自分の立場を守りながら、なんとか宰相職を紛すことは出来た。だが、それがやがて破綻を招くのは、言わずと知れたことである。

二世皇帝は始皇帝の見よう見まねで、「大皇帝」として振るまった。湯水のように国庫の蓄えを浪費しては、大造営を行なう。驪山陵の拡大工事と共に、阿房宮の本格的な建造に乗り出した。そのため始皇帝時代には考えられなかった酷税苛賦、重課苦役が出現する。

そうなれば当然に、各地で叛乱が起こる。そしてたちまち全国へ広がった。しかし、二世皇帝と郎中令は平然たるものである。

――始皇帝時代にも盗賊はいた。なにほどのことかある。厳しく取り締まれば、やがて止む――

と叛乱と盗賊の区別もつかず、ついには「殺人衆者為忠臣」――人民を多く殺した者が忠臣で、「税民深者為明吏」――人民に重く税をかけた者が立派な官吏である――という恐るべき事態が出現した。

中国史上にバカな皇帝は数あるが、二世皇帝胡亥は、その極め付きである。同様に、愚劣で悪辣な宦官も多いが、郎中令趙高はその最たる者であった。しかも、その二人が組み合わさったのだから、もはや話にもならない。

胡亥は叛乱の火の手が宮殿の廂《ひさし》を舐めていたのも知らず、趙高はそういう事態でも、なお李斯から丞相の職を奪い取ろうと考えた。

果たして二世皇帝二年の秋、趙高は丞相職欲しさで、二世皇帝に讒言して李斯を殺す。李斯は「斬腰《ざんよう》」の刑に処せられて、腰を斬られた。韓非子の警告した「米倉の火事」が起こり仕合わせな鼠は逃げ損なったのである。

そして、翌三年には胡亥が趙高に殺された。続けて今度は、趙高が三世皇帝の嬴嬰《えいえい》に殺される。三世皇帝は在位ひと月余りで、関中を制圧した――後の漢高祖劉邦に降服して、秦帝国は始皇帝の死後、三年余りで亡んだ。

実際には、始皇帝が死に「平台の陰謀」が成功した時点で、すでに秦帝国は亡んだようなものだ。この三年余は秦帝国史にとって無駄な歳月である。始まりから筋書の読める、面白おかしくもない歳月であった。いや、歴史という檜舞台で、愚にもつかない下手くそな芝居を見させられた、後味の悪さの残るドラマである。始皇帝の輝かしい業績に泥を塗った醜悪なドラマである。

しかし、始皇帝は死に秦帝国は亡びたが、中華帝国は残った。中華帝国とは、秦王朝に続く漢王朝以降の各王朝を結ぶ、政治と文化社会の両面的な統一体のことである。始皇帝は中国人の生活空間を措定《そてい》し、文字と度量衡や貨幣、車軌を統一することによって、中華帝国の社会、文化の基礎と基盤を築いた。そして、法治主義的な中央集権の国家組織と、三公九卿の機構を創設したことで、中華帝国の政治支配体制の原型を作り上げた男である。

すなわち、始皇帝は中華帝国の開祖であった。したがって文化概念としての「中国人」の宗祖でもある。

個別的な一人の皇帝としては——皇室を王侯に封ぜず、官爵を含む一切の政治的な特権をすら与えなかった、史上唯一人の皇帝であった。

そして、史上最も政務に勤勉だった二人の皇帝の中の一人である。ちなみにもう一人は清帝国の雍正帝であった。

それに、中華人民共和国の主席毛沢東と共に、史上、その顔と人格がそのまま政府であり、国家であった唯二人の個性的な領袖《リーダー》の一人である。

同時に、歴史の「進歩」を信じて、偉大な政治変革を成し遂げた、史上、最も意志が固く、覇気に満ちた唯二人の領袖の中の一人でもあった。もう一人は同様に毛沢東である。

世界史的にも、始皇帝はローマ帝国が築かれる二百年以上も前に、史上最初の帝国を、この地上に建てた先駆的な皇帝であった。

明らかに始皇帝は、中国史上、最も偉大な皇帝である。だが同時に、中国史上、最も冤枉《えんおう》に充ちて、不名誉な「暴君」の汚名を着せられた、お気の毒な皇帝であった。「暴君」とは理不尽なデッチ上げである。しかし幸いにも、二千年後に出現した中華人民共和国の手で、ようやくにして名誉は回復された。だが、それでもなお、正当な評価を受けたわけではない。

中華帝国の人民が、その開祖を非難するのは「道徳性が高い」と自他ともに許す「人たち」の恥ずべき忘恩行為である。他所者で、その尻馬に乗って偉大な人物を悪し様に言うのは、不礼であり不見識の謗《そし》りを免れない。取り分け始皇帝の法の執行の厳しさを論《あげつら》うのは、ひと昔前ならともかく、現在では常識に関わる問題である。

十年ほど前に中華民国の法務部と最高法院の建物に――合情、合理、合法――と書かれた巨大な垂れ幕が下がっているのを目撃して驚いた。始皇帝よりも二千二百年ばかり

「後れている」わけだが、もし始皇帝が生き返って来ようものなら、中華民国の法務大臣と最高裁長官は、間違いなく「バカ者！」とどやされるはずである。しかし当方は、その垂れ幕を読んで、始皇帝がいまでも嫌われている所以《ゆえん》を納得した。

つまり始皇帝は二千二百年以上も、進み過ぎていたのである。中華人民共和国でも、その名誉を回復させながら、未だに正当な評価をする動きがないのは、やはり、それゆえであろうか？

真に、法治主義が中国大陸に根付かない限り、始皇帝が正当な評価を受ける日は訪れないかも知れない。だが周知のように法治主義こそ、政治経済の近代化を保証する基本条件である。誰よりも始皇帝が、西安市の東三十五キロにある驪山の始皇帝陵の地下宮で、自分の築いた「偉大な中国」の近代化を待ち侘びているに違いない。

文庫版あとがき

「汚ない争い」は見ていて、うんざりする。しかし心温まる「和睦」や、靄々たる「和気」よりも、「崇高な争い」は感動的で、しかも美しい。だから「歴史」で、そういう場面に出会うと、夜なら眠れない程に興奮する。

始皇帝と韓非子の衝突は、間違いなく、その「崇高な争い」の白眉であった。言うまでもなく、始皇帝は「皇帝」で、韓非子は「軍師」だったから、二人が敵対関係にあったわけではない。いや、相互に才能を認め合って、互いに相手を尊敬していた。

それればかりではない。現実に、始皇帝は全国の統一と、統一後の治世に、韓非子の構築した「支配体制論」のノウ・ハウと、そのマニュアルを必要としていた。他方の韓非子は、全国を統一する器量のある男は、時の秦王政（後の始皇帝）を措いて他になく、したがって彼の理想を実現し得るのは、始皇帝だけだと信じている。

つまり始皇帝と韓非子は、相互依存と相互補完の関係にあった。しかも二人とも、それをよくよく承知している。だが、それにも拘らず、二人は収拾すべからざる争いを起こした。もとより、それは単なる意地や、浅はかな利害に因ったことではなく、それぞれの政治信念と、魂の位を賭けた争いである。だからこそ「崇高」で「美し」かった。その崇高な美しさを、なんとか描き出そうとして、わたくしが「始皇帝」を書いたのは、三年前のことである。それが、このたび文庫化される運びとなった。嬉しいことだが、ふと省みて、その「崇高な美しさ」を、存分に描き切れなかったことを悔いている。実は、その翌々年に「韓非子」を書いた。始皇帝と韓非子とを別々に書かずに、例えば「始皇帝と韓非子」とでも題して、同時にまとめて書けばよかったのではないか。二人を同一平面に列べて、同じスタンスから眺めたら、あるいは、二人の争いがもっと鮮明に見えたかも知れない。

そうすれば、筆力の問題はさて置くとして、もっともっと鮮やかに、その争いの崇高さと美しさを描き上げることが出来たのではないか――という後悔である。

しかし俗な言い方だが、後悔は先に立たない。残された途はただ一つ、ひたすらに読者の皆さまに、お願いするのみである。もし、この「始皇帝」と「韓非子」を合わせてお読みいただけたら、史上稀に見る始皇帝と韓非子との「崇高な美しい争い」を、よりよくご堪能いただけるに違いない。

著者

解　説

冨谷　至

紀元前二二一年、現在の陝西省の西方地域を本拠地として覇権を争ってきた秦は、東方の諸侯国を平定して全国統一を果たした。

秦が統一する以前の中国は、殷周時代、春秋戦国時代という時代名称で区分されている。その時代は、各地に周王から領地を与えられ周王朝の藩屏の役割を担った独立した国（これを諸侯国という）が存在した。

それは、ちょうど我が日本の室町時代から戦国時代への流れと似ている。つまり京都に足利将軍がいて、そのもとに領土の所有を安堵され自国の兵と法をもつ戦国大名が各地方に存在した。大名の力は次第に強くなり互いに覇権を争い、足利将軍は名目上の存在となってしまい、親族もしくは家来にその地位を奪われる大名も存在した。下克上が出来した時代である。

将軍を周王、戦国大名を斉、晋、楚などの封建諸侯国に置き換えた構図、それが中原に鹿を逐った統一前の情勢にほかならない。

ただし、同じ戦国時代という名称をもつ日本と中国、その後の両国の歴史には大きな違いがある。

日本の戦国時代は、織豊政権へとすすんでいくが、そこでも封建制は継承され地方分権のもと大名は無くならない。しかし、紀元前二二一年統一を完成した秦は、独立した諸侯国を認めず、全国に郡、その下に県をおき、長官は中央から派遣した。換言すれば、郡県制を基盤とする中央集権国家を誕生させたのである。

秦王政は、これまで使っていた「王」に代わって「皇帝」という新しい称号を作り、また死後あたえられる諡《おくりな》をやめて、自らを第一番目の皇帝という意味で「始皇帝」と名のった。ここに、中国史は、以後二千年以上にわたって続く皇帝による中央集権的統一帝国（これを帝政中国と歴史学では呼んでいる）が始まることになる。

帝政中国の共通する制度、それは、皇帝を頂点としたピラミッド状に築かれた官僚制、成文法（律と令）による法治、文書で行われる行政システム、中央に直属した地方行政組織などであり、それらは内容の変化を伴いつつ、二千年の長きにわたって基本構造を変えることがなかった。

かかる中央集権国家体制が、秦によって紀元前三世紀に登場したのだが、現在の甘粛省以西と自治区を除いて今とほとんど変わらない広大な領域に中央集権体制を施行したということ、考えてみれば驚異と言うほかない。

画期的と言ってよい新体制が、始皇帝一人の類《たぐい》まれな才能によって創成され可能となったのか、小説の世界ではそれは面白い題材となるだろうが、歴史学の立場、否、起こるべき常識からすれば、ことがらは、個人の力量では達成できるものではない。

かの万里の長城は、秦一代で築かれたのではなく、戦国時代に北方に位置していた各諸侯国がすでに築いていた対匈奴の防壁をつなぎ合わせ、長城の形を作り上げたのだが、郡県制、成文法、租税制度などの諸制度もこれと同じである。統一に先立って秦をはじめとした諸侯国においてすでに行われつつあったものを統一後、全国に敷いたのであり、始皇帝による「文字の統一」「度量衡の統一」「貨幣の統一」など行政面での統一の命令は、異なる基準をもっていた諸制度を整合するために最初に取らねばならない政策だったのである。

なるほど、既存の建造物をつないだだけの長城なら、さほど困難さを伴わないかもしれない。しかし、こと政治にかんしては、それほどたやすいものではない。「馬上で天下を取ることはできても、馬上で天下を治めることはできない」、これは漢高祖への臣下の忠告だが、旧政権を打倒したものが新しい政治体制を作りそれを進めていくことは至難である。しかし、秦はそれを成し遂げたのである。中央集権化がどうして確立し、また可能だったのか、いまそれを人体に例えて述べるとこうなろう。

人体には血液とそれを流す血管があり、心臓から送られる血液は身体の末端まで届き、末端から血液は心臓に還流する。血液そのものに支障が生じたり、体の隅々まで張り巡らされている血管が詰まり硬化すれば、健康体を維持することができず、ひいては死へとつながる。これを国家に置き換えると、中央集権国家（身体）を創成し維持する（健全な身体を保つ）には、皇帝の命令（血液）が地方（身体末端）に行き届き確実に施行されたかどうかの報告（還流血液）が逓伝システム（血管）にのって確《しか》と機能することで、可能となる。それがどこかで不具合が生じると国家は衰退・滅亡（身体の衰弱と死）してしまう。

　こういった身体にもたとえられる政治制度を完成させたのが秦であり、この制度さえ構築すれば、個人の力量に頼らずとも政治は行える。それが中央集権国家の誕生を可能ならしめた事由であり、そこに秦王朝の傑出性があると言えよう。

　なお、一つ付言しておきたいことがある。それは、皇帝の命令、臣下からの上奏はすべて口頭ではなく、文書でもって執り行われ、また文書の伝達も副本が残されたうえ文書で報告されたということである。文字によって伝達し、文字によって記録が残されることは、検証が可能でありまた責任の所在もはっきりする。文書による行政は、それをおこなう役所と役人の掌握にまことに有効であったのだ。始皇帝は日夜膨大な文書の処理に時間を費やしたとあるのも、あながち誇張とはいえない。

　秦帝国および始皇帝の事績を知るための史料としては、司馬遷『史記』がもっとも有効と言って過言ではない。このほかには、近年陸続として出土する考古資料があり、それらは、『史記』の記述の確かさを証明していった。さきに述べた始皇帝の文書処理の記事も、出土する膨大な木簡竹簡の行政文書が全く捏造ではないことを示し、『史記』

に見える始皇帝驪山陵の内容——広大な地下宮殿、庭園を造り、地下には水銀で河水を作り、魚脂をもって燈火を絶やさず明かりを保った、など——がかの兵馬俑、地下庭園遺跡の出現により、全くの出鱈目ではないことが証明され、また驪山陵の地下の水銀含有量が陵墓域に近づくにしたがって、高い数値を示したという調査結果も『史記』の記事の傍証となっている。

かく、『史記』の史料性は定評があり、始皇帝の政治、事績についての記事は史実性が高いといってもよいが、登場する人間の行動と評価、彼らの人となりに関しては、それを知る術はなかなか見つからない。ここで、『史記』が記す以下の有名な事件を紹介して、史実とはなにかを考える「資料」を提供しよう。

それは、本書『始皇帝』にも書かれている始皇帝臨終の事件である。

紀元前二一〇年、始皇帝は外遊先で発病して死亡する。彼には二十人余りの子がいた。長男の扶蘇は人格者であったが、しばしば始皇帝の法治政治に異を唱えたことから、長城の守備隊長として左遷されていた。対して第十八番目の子、胡亥は特別に可愛がられて、外遊にも同行が許されていた。臨終に際して、始皇帝は、一通の遺書を長男扶蘇に残した。

「兵を蒙恬にゆだねて、急ぎ咸陽にもどり、棺を迎えて葬儀をとりおこなえ」と。

扶蘇に葬儀を命じたということは、皇位の継承を認めたことに他ならず、始皇帝は扶蘇の才能を認めて判断を下したとも言えよう。

件の遺書は、封をされたが、まだ使者に手渡されないうちに始皇帝は息を引きとってしまう。遺言書と封に使う皇帝の印は秘書官の趙高の手に残った。この微妙な状況が、以後の歴史を大きく変えてしまう原因をつくる。

遺言書をおのが手に納めて、趙高は胡亥に耳打ちする。

「お上は逝去されました。扶蘇さまに遺言を残されただけで、他のお子様にはなにひとつご配慮がありません。さて、いかが致したものでしょうな。いまや、天下の去就は、私と丞相と、そしてあなたさまの胸ひとつ。ここは、ひとつよくお考えを」

胡亥という男は、実に暗愚な人物であり、老獪な趙高にとっては、赤子の手を捻るようなもの、わけなく甘言に乗ってしまう。しかしいまひとり遺言書の内容を知っていた李斯は、ひと筋縄ではいかない。なんといっても国家を代表する重臣であり、秦の法治主義の政策は全て彼によって推進されたのだった。

「お上は崩御されました。ご長男に手紙を送られ、咸陽で棺を迎えて跡継ぎになれとのことです。ただ遺書はまだ発送せず、印とともに胡亥様の下にございます。如何致したものでしょうか」

聡明な李斯にして、趙高のこの言葉が何を意味するのか、瞬時に理解できた。

「そなた、亡国の言を吐くか！　臣下たる者のとやかく言う筋合いではない」

「殿、お考えいただきたい。ご自分と蒙恬、才はどちらが勝っておられるとお思いか？

功績はどちらが勝っておられるか？　遠謀熟慮はどちらが勝っておられるのか？　人気はどちらが勝っておられるのか？　扶蘇様のお覚えはどちらが勝っておられるのか？」

「確かに、蒙恬にはおよばぬ。しかし、そなた何故にかくも儂に畳みかける？」

「扶蘇様は、剛毅で武勇が優れて、人望を得ておられます。位につかれれば、蒙恬を丞相にされること間違いなく、貴方様は今の立場に留まることはできますまい。私め、教育係として胡亥様にお仕え致して参りましたが、胡亥様は過失なく、仁愛に富み、聡明で軽薄なことは口にされません。御公子のなかでも希有な人材かと。お世継ぎとして、どうかご賢察を」

「もうよい、さがれ！　某、なき主君の遺詔を奉じ、天の命に従うのみ。他に考えることなどない！」

　趙高の恐るべき企みを聞かされた李斯は、当然のごとくにはねつける。しかしながら、それで引き下がる趙高ではない。『史記』には、趙高と李斯の息詰まる応酬がなおも展開されて、李斯列伝の圧巻となっているが、強い意志をもった李斯も結局は趙高の説得に屈し、陰謀に荷担してしまうことになる。李斯をしてそうさせたのは、焚書坑儒に代表される始皇帝の苛酷な政治、その推進の責任者は李斯であり、扶蘇は李斯のやり方に反対していたいわば政敵だという事情である。扶蘇が皇位についた暁には、李斯の命とて保証の限りではないかもしれない、趙高のこれが殺し文句であった。

　ここに初めの遺言書は握りつぶされ、趙高ら三人による偽の遺言書が作られ、扶蘇のもとに届けられる。偽書の内容は、扶蘇に自殺を命ずるものであり、受け取った扶蘇は、参謀の蒙恬の制止を聞かずに、父の命令ということで命を絶ってしまうのである。かくして、跡継ぎには、趙高・李斯に擁立された胡亥が二世皇帝として即位する。

以上の話は、『史記』秦始皇本紀、李斯列伝に記され、描写が与える臨場感が読者にことがらの信憑性を強く印象づけるのだが、冷静に考えてみれば、腑に落ちないことが多い。趙高の陰謀は、そもそも極秘裏に進められたもの、三人しか目にせずに握りつぶされたはずの遺言書の内容をどうして百年後の司馬遷が知ることができたのか。さらに趙高と李斯の密室の激論を、どうして生き生きと再現することができたのか。『史記』の記述をそのまま事実として信ずることには、やはり躊躇があると言わねばならない。

漢は秦を打倒して成立した王朝である。特に秦の法家主義は、漢が採用した儒学とは真っ向から対立する。いや、対立すればこそ、漢は儒学思想を国家のイデオロギーとして取り上げたのである。秦の儒家弾圧、それは焚書坑儒に代表されるのだが、政策の推進者は李斯であり、それにただひとり、敢然と抗したのが扶蘇であった。このふたりの役回りをもとに、漢代に入って、ことさら秦の暴政とそれによる滅亡を誇張する風潮によって、法家思想に反対する側から作られた話が、始皇帝遺書偽造事件であったと考えられないのか。

ならば、ここで改めて『史記』のフィクション性、歴史の真実とは何かを問わねばならないだろう。そして歴史家司馬遷の『史記』編纂の意図も。

歴史家は史書に記された歴史事象を分析することには長けているかもしれないが、歴史上の人物の実像の描写は、やはり想像と筆致に優れた小説家の後塵を拝することは認めねばならない。

（京都大学名誉教授）

単行本　一九九五年九月　文藝春秋刊
本書は一九九八年八月に刊行された文庫の新装版です。

文春文庫

始《し》皇《こう》帝《てい》
中華《ちゅうか》帝国《ていこく》の開祖《かいそ》

定価はカバーに
表示してあります

2019年11月10日　新装版第1刷

著　者　安《あ》能《のう》務《つとむ》
発行者　花田朋子
発行所　株式会社　文藝春秋

東京都千代田区紀尾井町 3-23　〒102-8008
TEL　03・3265・1211㈹
文藝春秋ホームページ　http://www.bunshun.co.jp

落丁、乱丁本は、お手数ですが小社製作部宛お送り下さい。送料小社負担でお取替致します。

印刷製本・凸版印刷
Printed in Japan
ISBN978-4-16-791385-4

（　）内は解説者。品切の節はご容赦下さい。

磯田道史
龍馬史
龍馬を斬ったのは誰か？　史料の読解と巧みな推理でついに謎が解かれた。新撰組、紀州藩、土佐藩、薩摩藩……。諸説を論破し、論争に終止符を打った画期的論考。（長宗我部友親）
い-87-1

磯田道史
江戸の備忘録
信長、秀吉、家康はいかにして乱世を終わらせ、江戸の泰平を築いたのか？　気鋭の歴史家が江戸時代の成り立ちを平易な語り口で解き明かす。日本史の勘どころがわかる歴史随筆集。
い-87-2

磯田道史
無私の日本人
貧しい宿場町の商人・穀田屋十三郎、日本一の儒者でありながら栄達を望まない中根東里、絶世の美女で歌人の大田垣蓮月——無名でも清らかに生きた三人の日本人を描く。（藤原正彦）
い-87-3

磯田道史
徳川がつくった先進国日本
この国の素地はなぜ江戸時代に出来上がったのか？　島原の乱、宝永地震、天明の大飢饉、露寇事件の4つの歴史的事件によって、徳川幕府が日本を先進国家へと導いていく過程を紐解く！
い-87-4

磯田道史
日本史の探偵手帳
歴史を動かす日本人、国を滅ぼす日本人とはどんな人間なのか？　戦国武将から戦前エリートまでの武士と官僚たちの軌跡を古文書から解き明かす。歴史に学ぶサバイバルガイド。
い-87-5

沖浦和光《かずてる》
幻の漂泊民・サンカ
近代文明社会に背をむけ〈管理〉〈所有〉〈定住〉とは無縁の「山の民・サンカ」はいかに発生し、日本史の地底に消えていったか。積年の虚構を解体し実像に迫る白熱の民俗誌！（佐藤健二）
お-34-1

大佛《おさらぎ》次郎
天皇の世紀　全十二巻
文豪・大佛次郎による歴史文学の名著。卓抜した史観と膨大な資料渉猟によって激動の幕末を照射し、世界史上のエポックともなった明治維新の真義と日本人の国民的性格を明らかにする。
お-44-2

（　）内は解説者。品切の節はご容赦下さい。

加藤陽子
とめられなかった戦争
なぜ戦争の拡大をとめることができなかったのか、なぜ一年早く戦争をやめることができなかったのか——繰り返された問いを、当代随一の歴史学者がわかりやすく読み解く。

か-74-1

今　東光
毒舌日本史
「古事記」は性書の古典である！　信長は狂っていた！　秀吉は大泥棒であった！——今までの歴史観がもち得なかった奔放自在の発想で、日本歴史の表裏を面白く語る〝東光歴史談義〟。

こ-20-1

司馬遼太郎
歴史を紀行する
高知、会津若松、鹿児島、大阪など、日本史上に名を留める十二の土地を訪れ、風土と人物との関わり合い、歴史との交差部分をつぶさに見直す。司馬史観を駆使して語る歴史紀行の決定版。

し-1-134

司馬遼太郎
手掘り日本史
日本人が初めて持った歴史観、庶民の風土、史料の語りくち、「手ざわり」感覚で受け止める美人、幕末三百藩の自然人格。圧倒的国民作家が明かす、発想の原点を拡大文字で！　（江藤文夫）
し-1-136

長宗我部友親
長宗我部　復活篇
大坂の陣で長宗我部家は歴史から消えた。しかし、姓を変え、「下士」に転落するも命脈を保ち、大政奉還によって復活する。「血をつなぐ」ことの意味を問う歴史ノンフィクション。

ち-6-2

徳川宗英《むねふさ》
徳川家に伝わる徳川四百年の内緒話
八代将軍吉宗のときに創設された御三卿のひとつ「田安徳川家」第十一代当主が、徳川幕府にまつわる「面白い話」「へぇーな話」を収集。徳川一族だからこそ知っている秘密も明らかに。

と-19-1

永井路子
歴史をさわがせた女たち　外国篇
クレオパトラ、ジャンヌ・ダルク、楊貴妃、マリー・アントアネット、ローザ・ルクセンブルクなど、世界史に名をとどめた女性の素顔と、そのとことん生き抜いた雄姿をスケッチする。

な-2-41

（　）内は解説者。品切の節はご容赦下さい。

中野京子
ヴァレンヌ逃亡
マリー・アントワネット　運命の24時間
フランス革命の転換点となった有名な国王逃亡事件はなぜ失敗したのか。女王アントワネットの真実とは。迫真の攻防戦24時間を再現した濃密な人間ドラマ！　（対談・林　真理子）
な-58-2

半藤一利　編著
日本史はこんなに面白い
聖徳太子から昭和天皇まで、その道の碩学16名がとっておきの話を披露。蝦夷は出雲出身？　ハル・ノートの解釈に誤解？　大胆仮説から面白エピソードまで縦横無尽に語り合う対談集。
は-8-18

半藤一利
ぶらり日本史散策
新発見・開戦直後の山本五十六の恋文から聖徳太子と温泉、坂本龍馬人気のうつりかわりの理由まで。日本史の一場面を訪ね、ユーモアたっぷりに解説したこぼれ話満載。
は-8-20

菅原文太・半藤一利
仁義なき幕末維新
われら賊軍の子孫
薩長がナンボのもんじゃい！　菅原文太氏急逝でお蔵入りしていた幻の対談。西郷隆盛、赤報隊の相楽総三、幕末の人斬り、歴史のアウトローの哀しみを語り、明治維新の虚妄を暴く！
は-8-34

原　武史
松本清張の「遺言」
『昭和史発掘』『神々の乱心』を読み解く
厖大な未発表資料と綿密な取材を基に、昭和初期の埋もれた事実に光を当てた代表作『昭和史発掘』と、宮中と新興宗教に斬り込む未完の遺作『神々の乱心』を読み解く。
は-53-1

藤原正彦・藤原美子
藤原正彦、美子のぶらり歴史散歩
藤原正彦・美子夫妻と多磨霊園、番町、本郷、皇居周辺、護国寺、鎌倉、諏訪を散歩すると、普段は忙しく通り過ぎてしまう街角に近代日本の出来事や歴史上の人物が顔をのぞかせる。
ふ-26-4

松本清張
私説・日本合戦譚
菊池寛の『日本合戦譚』のファンだった松本清張が、「長篠合戦」「川中島の戦」「関ヶ原の戦」「西南戦争」など、戦国から明治まで天下分け目の九つの合戦を幅広い資料で描く。　（小和田哲男）
ま-1-112

（　）内は解説者。品切の節はご容赦下さい。

松原久子（田中 敏 訳）
驕れる白人と闘うための日本近代史
欧米中心に形作られた歴史観・世界観に対し、日本近代史に新たな角度から光を当てることで真っ向から闘いを挑む。同時に本書は、自信を失った日本人への痛烈な叱咤にもなっている。
ま-21-1

宮城谷昌光
中国古典の言行録
中国の歴史と文化に造詣の深い作家が、論語、詩経、孟子、老子、易経、韓非子などから人生の指針となる名言名句を選び抜き、平明な文章で詳細な解説をほどこした教養と実用の書。
み-19-7

三浦佑之 訳・注釈
口語訳 古事記 神代《かみよ》篇
記紀ブームの先駆けとなった三浦版古事記が文庫に登場。語り部による親しみやすい口語体の現代語訳で、おおらかな神々の物語をお楽しみ下さい。詳細な注釈、解説、神々の系図を併録。
み-32-1

三浦佑之 訳・注釈
口語訳 古事記 人代《ひとよ》篇
神代篇に続く三十三代にわたる歴代天皇の事績と皇子や臣下の物語。骨肉の争いや陰謀、英雄譚など「人の代の物語」を御堪能下さい。地名・氏族名解説や天皇の系図、地図、索引を併録。
み-32-2

三浦佑之
古事記講義
「神話はなぜ語られるか」『英雄叙事詩は存在したか」など四つのテーマから、古事記の神話や伝承の深みに迫る刺激的な集中講義。『口語訳 古事記』がより面白く味わえる必携副読本。
み-32-3

山内昌之
歴史という武器
ビジネスパーソンこそ、歴史に学べ！ 変化の激しい21世紀を乗り切るのに有効なのは、「歴史的思考法」を身に付けることだ。日本を代表する歴史学者が実践的に徹底伝授する。
や-64-1

與那覇 潤
中国化する日本 増補版 日中「文明の衝突」一千年史
中国が既に千年も前に辿りついた境地に、日本は抗いつつも近づいている。まったく新しい枠組みによって描かれる興奮の新日本史！ 宇野常寛氏との特別対談収録。
よ-35-1

（　）内は解説者。品切の節はご容赦下さい。

文藝春秋 編
大戦国史
最強の武将は誰か？

信長・秀吉・家康から武田信玄、上杉謙信、真田一族など名将たちの戦いを津本陽、宮城谷昌光、半藤一利ら碩学が最新の知見と想像力で分析。この一冊で戦国時代のすべてが分かる！

編-6-17

文藝春秋 編
犯罪の大昭和史
戦前

昔はよかった、は大間違い!?　五・一五事件や二・二六事件などの歴史的大事件から、「八つ墓村」のモデルにもなった津山三十人殺し事件まで、今より残酷だった戦前の犯罪を一挙紹介。

編-6-18

文藝春秋 編
テロと陰謀の昭和史

張作霖を爆殺した河本大作、辻政信が語った石原莞爾、井上日召の血盟団秘話、黒幕とされた真崎甚三郎が語った二・二六事件など、当事者たちが文藝春秋に寄せた証言を集成。　（保阪正康）

編-6-19

幕末維新を愛する会
西郷隆盛101の謎

薩摩の下級武士から明治維新の立役者となり、反乱軍の首領として死ぬという数奇な人生を丹念にたどる。日本で最も人々に愛される偉人「西郷どん」の実像が、この一冊で明らかに。

編-6-20

文藝春秋 編
西郷隆盛と「翔ぶが如く」

西郷の挙兵原理を薩摩文化の側面から検証した司馬遼太郎。歴史の転回点に立つ巨人の思想を探った山本七平――多彩な執筆陣による人物論や当時の写真・絵で辿る「西郷どん」の世界。

編-6-21

文藝春秋 編
世界史一気読み
宗教改革から現代まで

混迷を極める世界情勢、その謎を解くための鍵は「歴史」にあり。ルターの宗教改革からトランプ大統領までの世界史を総まとめ。この一冊で「現代世界はいかにして出来たか」がわかる！

編-6-22

小前　亮
月に捧ぐは清き酒
鴻池《こうのいけ》流《りゅう》事始《ことはじめ》

尼子一族を支えた猛将の息子は、仕官の誘いを断って商人の道を歩む。日本を代表する鴻池財閥の始祖が清酒の醸造に成功するまでの波乱の生涯を清々しく描く。　（島内景二）

こ-44-2

堺屋太一
豊臣秀長
ある補佐役の生涯（上下）

豊臣秀吉の弟秀長は常に脇役に徹したまれにみる有能な補佐役であった。激動の戦国時代にあって天下人にのし上がる秀吉を支えた男の生涯を描いた異色の歴史長篇。　（小林陽太郎）

さ-1-14

早乙女　貢
明智光秀

明智光秀は死なず！　山崎の合戦で生き延びた光秀は姿を僧侶に変え、いつしか徳川家康の側近として暗躍し、二人三脚で豊臣家を滅ぼし、幕府を開くのであった！　（縄田一男）

さ-5-25

佐藤雅美
関所破り定次郎目籠のお練り
八州廻り桑山十兵衛

河童の六と、博奕打ちの定次郎。相州と上州。二人の関所破りを追いかけて十兵衛は東奔西走するが、二つの殺しは意外な展開に……。十兵衛は首尾よく彼らを捕えられるか？

さ-28-24

佐藤雅美
頼みある仲の酒宴かな
縮尻鏡三郎

日本橋の白木屋の土地は自分のものだと老婆が鏡三郎に訴え出た。とはいえ、証拠の書類は焼失したという。老婆の背後には腕利きの浪人もいる。事の真相は？　人気シリーズ第八弾！

さ-28-23

佐藤雅美
大君の通貨
幕末「円ドル」戦争

幕末、鎖国から開国へ変換した日本は否応なしに世界経済の渦に巻込まれていった。最初の為替レートはいかに設定されたのか。幕府崩壊の要因を経済的側面から描き新田次郎賞を受賞。

さ-28-7

酒見賢一
泣き虫弱虫諸葛孔明　第壱部

口喧嘩無敗を誇り、自分をいじめた相手には火計（放火）で恨みを晴らす、なんともイヤな子供だった諸葛孔明。新解釈にあふれ、無類に面白い酒見版「三国志」、待望の文庫化。　（細谷正充）

さ-34-3

（　）内は解説者。品切の節はご容赦下さい。

酒見賢一
泣き虫弱虫諸葛孔明　第弐部
酒見版「三国志」第2弾！　正史・演義を踏まえながら、スラップスティックなギャグをふんだんに織り込んだ異色作。第弐部は孔明出廬《しゅつろ》から長坂坡《ちょうはんは》の戦いまでが描かれます。（東　えりか）
さ-34-4

酒見賢一
泣き虫弱虫諸葛孔明　第参部
魏の曹操との「赤壁の戦い」を前に、呉と同盟を組まんとする劉備たち。だが、呉の指揮官周瑜は、孔明の宇宙的な変態的言動に殺意を抱いた。手に汗握る第参部！（市川淳一）
さ-34-6

酒見賢一
泣き虫弱虫諸葛孔明　第四部
赤壁の戦い後、劉備は湖南四郡に進出。だが、関羽、張飛が落命し、あの曹操が逝去。劉備本人も病床に。大立者が次々世を去る激動の巻。孔明、圧巻の「泣き」をご堪能あれ。（杜康　潤）
さ-34-7

酒見賢一
墨攻
古代中国、「墨守」という言葉を生んだ謎の集団・墨子教団。たった一人で大軍勢から小さな城を守った男を、静謐な筆致で描いた鬼才の初期傑作。（小谷真理）
さ-34-5

桜庭一樹
伏《ふせ》
贋作・里見八犬伝
娘で猟師の浜路は江戸に跋扈する人と犬の子孫「伏」を狩りに兄の元へやってきた。里見の家に端を発した長きに亘る因果の輪が今開く。（大河内一楼）
さ-50-6

佐藤賢一
ラ・ミッション
軍事顧問ブリュネ
幕府の軍事顧問だった仏軍人ブリュネは、日本人の士道に感じ入り、母国の方針に逆らって土方歳三らとともに戊辰戦争に身を投じる。「ラストサムライ」を描く感動大作。（本郷和人）
さ-51-3

佐伯泰英
神隠し
新・酔いどれ小籐次（一）
背は低く額は禿げ上がり、もくず蟹のような顔の老侍で、無類の大酒飲み。だがひとたび剣を抜けば来島水軍流の達人である赤目小籐次が、次々と難敵を打ち破る痛快シリーズ第一弾！
さ-63-1

（　）内は解説者。品切の節はご容赦下さい。

田辺聖子
むかし・あけぼの　小説枕草子（上下）
平凡な結婚生活にうんざりしていた海松子。書き綴った「春はあけぼの草子」が評判を呼び、当代一のセレブ・中宮定子に仕えることに！　田辺版「枕草子」の絢爛豪華な世界。（山内直実）
た-3-52

高橋克彦
舫《もやい》鬼九郎
吉原近くで若い女の全裸死体が発見される。首を落とされ、背中の皮が剝がされた無残な死体。謎のスーパー剣士・舫鬼九郎が柳生十兵衛、幡随院長兵衛らと江戸の怪事件に立ち向かう。
た-26-19

高橋克彦
鬼九郎鬼草子　舫鬼九郎2
舫鬼九郎と仲間たちが、謀反の噂がささやかれる会津藩で宿敵・左甚五郎率いる根来傀儡衆と激突。甚五郎の背後に隠れた黒幕は由比正雪！　絶好調の時代活劇第二弾。（雨宮由希夫）
た-26-20

高橋克彦
鬼九郎五結鬼灯　舫鬼九郎3
旗本殺しの罪を着せられた幡随院長兵衛、顔を鼠に食われた遊女の亡霊に悩まされる高尾太夫、天海僧正が明かす九郎の出生の秘密など鬼九郎と仲間たちが主人公の短篇集。（田口幹人）
た-26-21

高橋克彦
鬼九郎孤月剣　舫鬼九郎4
父との対面を果たすため、九郎は仲間たちと京に向かう。だが九郎の存在を厭う父の命を受けた風魔衆が、次々と一行に襲いかかる。鬼九郎の運命は？　シリーズ完結編。（西上心太）
た-26-22

田中芳樹
蘭陵王
あまりの美貌ゆえに仮面をつけて戦場に出た中国史上屈指の勇将、高長恭（蘭陵王）。崩れかけた国を一人で支えながら暗君にうとまれ悲劇的な死をとげた名将の鮮烈な生涯。（仁木英之）
た-83-1

高橋由太
猫は仕事人
時は幕末。江戸は本所深川に化け猫のまるは住んでいた。裏の仕事人稼業からは足をあらって、桜や三味線を愛でる駄猫ライフを満喫するはずだったけれど……。痛快新シリーズ開幕！
た-93-1

永井路子
山霧　毛利元就の妻（上下）
中国地方の大内、尼子といった大勢力のはざまで苦闘する元就の許に、鬼吉川の娘が輿入れしてきた。明るい妻に励まされながら戦国乱世を生き抜く武将を描く歴史長編。（清原康正）
な-2-52

永井路子
葛の葉抄　只野真葛ものがたり
伊達藩藩医の娘あや子。離婚、家の没落などを経て、只野真葛を名乗り、自由で個性的な随筆を執筆。"江戸の清少納言"と著者が評する真葛の半生を生き生きと描いた長編。（酒井順子）
な-2-54

中村彰彦
二つの山河
大正初め、徳島のドイツ人俘虜収容所で例のない寛容な処遇がなされ、日本人市民と俘虜との交歓が実現した。所長こそサムライと称えられた会津人の生涯を描く直木賞受賞作。（山内昌之）
な-29-3

中村彰彦
名君の碑　保科正之の生涯
二代将軍秀忠の庶子として非運の生を受けながら、足るを知り、傲ることなく、兄である三代将軍家光を陰に陽に支え続け、清らかにこの世に身を処した会津藩主の生涯を描く。（山内昌之）
な-29-5

新田次郎
武田信玄（全四冊）
父・信虎を追放し、甲斐の国主となった信玄は天下統一を夢みる（風の巻）。信州に出た信玄は上杉謙信と川中島で戦う（林の巻）。長男・義信の離反（火の巻）。上洛の途上に死す（山の巻）。
に-1-30

新田次郎
怒る富士（上下）
宝永の大噴火で山の形が一変した富士山。噴火の被害は甚大で、被災農民たちの救済策こそ急がれた。奔走する関東郡代の前に立ちはだかる幕府官僚たち。歴史災害小説の白眉。（島内景二）
に-1-36

新田次郎
槍ヶ岳開山
妻殺しの罪を償うため国を捨て、厳しい修行を自らに科した修行僧・播隆。前人未踏の岩峰・槍ヶ岳の初登攀に成功した男の苛烈な生き様を描いた長篇伝記小説。「取材ノートより」を併録。
に-1-38

（　）内は解説者。品切の節はご容赦下さい。

天地人（上下）
火坂雅志
主君・上杉景勝とともに、信長、秀吉、家康の世を泳ぎ抜いた名宰相直江兼続。〝義〟を貫いた清々しく鮮烈なる生涯を活写する長篇歴史小説。NHK大河ドラマの原作。（縄田一男）
ひ-15-6

真田三代（上下）
火坂雅志
山間部の小土豪であった真田氏は幸村の代に及び「日本一《ひのもと》の兵《つわもの》」と称されるに至る。知恵と情報戦で大勢力に伍した、地方の、小さきものの誇りをかけた闘いの物語。（末國善己）
ひ-15-11

常在戦場
火坂雅志
行商人ワタリの情報力で仕えた鳥居元忠、「馬上の局」と呼ばれた阿茶の局、「利は義なり」の志で富をもたらした角倉了以など、家康を支えた異色の者たち七名を描く短篇集。（縄田一男）
ひ-15-13

天下《てんが》 家康伝（上下）
火坂雅志
惜しまれつつ急逝した著者最後の文庫本。信長のアイデアも、秀吉の魅力もない家康が、何故天下人という頂に辿り着けたのか、その謎に挑んだ意欲作！（島内景二）
ひ-15-14

隠し剣孤影抄
藤沢周平
剣客小説に新境地を開いた名品集〝隠し剣〟シリーズ。剣鬼と化し破牢した夫のため捨て身の行動に出る人妻、これに翻弄される男を描く「隠し剣鬼ノ爪」など八篇を収める。（阿部達二）
ふ-1-38

海鳴り（上下）
藤沢周平
心が通わない妻と放蕩息子の間で人生の空しさと焦りを感じる紙屋新兵衛は、薄幸の人妻おこうに想いを寄せ、闇に落ちていく。人生の陰影を描いた世話物の名品。（後藤正治）
ふ-1-57

逆軍の旗
藤沢周平
坐して滅ぶか、あるいは叛くか——戦国武将で一際異彩を放ち、今なお謎に包まれた明智光秀を描く表題作他、郷里の歴史に材をとった「上意改まる」「幻にあらず」等全四篇。（湯川　豊）
ふ-1-59

誉田哲也

吉原暗黒譚

吉原で狐面をつけた者たちによる花魁殺しが頻発。吉原大門詰の貧乏同心・今村は元花魁のくノ一・彩音と共に調べに乗り出すが……。傑作捕物帳登場！　（末國善己）

ほ-15-5

万城目　学

とっぴんぱらりの風太郎　（上下）

関ヶ原から十二年。伊賀を追われ京で自堕落な日々を送る〝ニート忍者〟風太郎。行く末は、なぜか育てる羽目になった「ひょうたん」のみぞ知る。初の時代小説、万城目ワールド全開！

ま-24-5

松井今朝子

老いの入舞い　麴町常楽庵　月並の記

若き定町廻り同心・間宮仁八郎は、上役の命で訪れた常楽庵で、元大奥勤め・年齢不詳の庵主と出会う。その周囲で次々と不審な事件が起こるが…。江戸の新本格派誕生！　（西上心太）

ま-29-2

宮城谷昌光

楚漢名臣列伝

秦の始皇帝の死後、勃興してきた楚の項羽と漢の劉邦。覇を競う彼らに仕え、乱世で活躍した異才・俊才たち。項羽の軍師・范増、前漢の右丞相となった周勃など十人の肖像。

み-19-28

宮城谷昌光

三国志外伝

「三国志」を著したのは、諸葛孔明に罰せられた罪人の息子だった（「陳寿」）。匈奴の妾となった美女の運命は（「蔡琰」）。三国時代を生きた、梟雄、学者、女性詩人など十二人の生涯。

み-19-35

宮城谷昌光

三国志読本

「三国志」はじめ、中国歴史小説を書き続けてきた著者が、自らの創作の秘密を語り尽くした一冊。宮部みゆき、白川静、水上勉らとの対談、歴史随想、ブックガイドなど多方面に充実。

み-19-36

宮城谷昌光

華栄の丘

詐術とは無縁のままに生き抜いた小国・宋の名宰相・華元。大国・晋と楚の和睦を実現させた男の奇蹟の生涯をさわやかに描く中国古代王朝譚。司馬遼太郎賞受賞作。　（和田　宏・清原康正）

み-19-34